lr

Danksagung

Herzlichen Dank dem Verlag und Dr. Birgit Holzner, die an mich geglaubt und meinem Roman auf die Welt geholfen haben. Danke an Erika Krammer-Riedl für ihren knackigen Rotstift. Vielen Dank an meine Liebsten zuhause, meine Kinder Stefanie und Andreas und meinen lieben Mann Manfred, für euren Rückhalt. Danke an Nicole und alle meine lieben Freunde, die mit meinen Texten ins Bett gegangen sind und sie gelesen haben. Danke für euer Mut machen und dass ihr an mich glaubt.

Petra Herzgsell

Zartbitter

Roman

laurin

1. Auflage
ISBN 978-3-902866-56-1

Universität Innsbruck
Coverfoto: Gregor Sailer
Druck und Bindung: Christian Theiss GmbH

Erster Speisengang

Salzburg Gourmet Magazin: Welche Voraussetzungen bringen Sie mit, um Restaurantkritiken zu schreiben?

M. D.: Die Antwort ist nicht sehr spannend. Ich habe eine einfache Kochlehre gemacht. Später habe ich europäischen Spitzengastronomen über die Schulter geschaut. Dabei habe ich viel gelernt. Ich kann Ihnen nicht sagen, wer meine Lehrmeister waren, sonst fliegt meine Identität auf. Das verstehen Sie doch?

1.

Zartbitter

Die Augenpaare der hoch zu Ross sitzenden Männer folgten ihren Bewegungen. Marie Lipp hielt vor dem großen Gemälde. Als Kind fand sie die Gestalten irgendwie unheimlich. Egal, in welche Ecke sie ging, die Reiter behielten sie im Auge.

Die Eleganz dieses Speisesaales war unverändert geblieben. Der Holzboden knarrte leise, die Marmorsäulen drehten sich bis an die Decke und in den Fenstern spiegelte sich der türkisfarbene Fuschlsee.

Maries Finger glitten soeben über die feine Struktur einer Damasttischdecke, als sich die gläserne Schwingtür öffnete. Ein Mann betrat den Saal. Mit seinen dunklen Augen überprüfte er die Gläser und das Silber. Er umrundete einen weiteren arrangierten Tisch. Seine Absätze hämmerten auf den Boden. Mit irgendwas schien er nicht einverstanden. Er beugte sich über ein Gedeck und murmelte vor sich hin.

Marie war erleichtert, als er wieder gegangen war und sie ihren Erinnerungen weiter nachhängen konnte. Übermütig drehte sie sich um, dabei knallte sie mit ihrem Schienbein gegen einen Stuhl. „Sch...!" Sie biss sich auf die Unterlippe, sonst hätte sie laut geflucht. Der Schmerz drang bis in den Knochen vor. Marie stützte sich ab, leider am Rand eines Tellers, der sogleich in die Luft flog. Sie fing ihn auf, stieß aber gegen zwei Gläser, die lautstark zu Boden fielen.

Marie starrte auf die Scherben. Hoffentlich war das Klirren nicht bis nach draußen gedrungen. So, wie der Mann vorhin die Tischordnung abgecheckt hatte, würde er ihr wegen der kaputten Gläser den Hals umdrehen. Eine Silhouette tauchte hinter der Glastür auf. Sollte sie sich unter dem Tisch verstecken?, doch, zu spät.

„Spinnen Sie?", zischte er durch den Saal. „Was haben Sie gemacht? Wo kommen Sie auf einmal her?"

Der Mann machte sich in ihre Richtung auf.

„Es tut mir leid."

„Sehen Sie sich das an. Die Scherben liegen jetzt überall." Sie folgte seinem Zeigefinger. So schlimm war es auch wieder nicht, fand sie.

„Gleich kommen die Gäste zum Essen."

„Ich bringe das wieder in Ordnung." Marie bückte sich und sammelte die ersten Scherben auf.

„Haben Sie eine Ahnung, was das für Gläser sind und was sie kosten?"

Was für eine blöde Frage! Er könnte sie mitten in der Nacht wecken und sie würde sofort alle Kristallglashersteller herunterbeten können. Sie hielt eine Glasscherbe gegen die Mittagssonne. „Serie *Wine Classic Feeling*, nicht unter fünfzig Euro das Stück."

„49,95“, korrigierte er.

In ihrem Augenwinkel sah sie seine steife Haltung. Was tat sie hier eigentlich? Dieser Kellner brauchte sich gar nicht so aufspielen. Sie ließ die Scherbe wieder fallen.

„Hören Sie! Es ist ja nicht so schlimm. Das kann jedem passieren. Es war ein Missgeschick“, erklärte sie und schaute zu ihm auf.

Sein Blick verfing sich in ihren blauen Augen und glitt schließlich über ihr Dekolleté. Rasch sah er zur Seite.

„Da hat wohl jemand nur auf ein hübsches Gesicht geachtet, anstatt auf Qualifikation?“, sagte er.

Sie riss ihre Augen auf und schoss zu ihm hoch. „Mein Name ist Marie Lipp und ich bin nicht ...“

„Haben Sie getrunken?“, fragte er und sein Gesicht kam näher an ihres. Marie presste die Lippen aufeinander. Als er so dicht vor sie trat, musste sie in seine braunen Augen blicken.

„Warum nicht?“, platzte sie hervor. „Ich habe heute Geburtstag.“

Sofort nahm er Abstand zu ihr ein. „Während der Arbeit ist Alkohol verboten.“

„Während der Arbeit?“

„Wenn wir nicht dringend jemanden fürs Hotel brauchen würden, dann ... also wie gesagt, kein Alkohol.“

Seine Sorge um das Hotel machte sie hellhörig. „Was ist mit dem Hotel Lambert?“

„Nichts, aber ein Restaurantkritiker ist unterwegs.

Achten Sie besonders auf korpulente Männer mit Zeitung unterm Arm."

Darum war der Kerl so angespannt. Marie musste grinsen.

„Finden Sie das witzig oder warum lachen Sie?"

Verdammt!

„Nein! Ich, ich habe eine Allergie." Sie kratzte sich an der Wange.

„Auch das noch."

Marie bückte sich schnell.

„Kommen Sie vom Arbeitsamt?"

Was sollte das jetzt? Hatte er sie soeben abgestempelt, persönlich angegriffen? Garantiert würde er ihr in den Hintern kriechen, wenn er wüsste, wer sie war. Doch diesen Joker wollte sie sich aufheben. Womöglich war er ein Kollege von Onkel Freddy. Sie biss die Zähne zusammen und sammelte weiter die Scherben auf.

Der Mann kniete sich neben sie, und mit ihm senkte sich ein hölzerner Duft. Vorsichtig legte er einen Splitter nach dem anderen in seine Hand, als sei er noch immer wertvoll. Als Nächstes hob er sein Kinn und schimpfte weiter. „Heutzutage gutes Personal zu bekommen, ist fast so schwierig, wie bei Neandertalern auf Bildung zu treffen."

Das reichte! So ein eingebildeter Schnösel. Marie ballte ihre Hände. „Aua!", etwas bohrte sich in ihre Handfläche. Als sie ihre Hand öffnete, steckte ein Glassplitter darin.

„Sie sind ja nicht nur ungeschickt, sondern auch

noch tollpatschig!“, stellte er fest und packte ihre Hand.

Das stimmte wohl. Sie verdrehte einmal die Augen, um nicht hinzusehen, als er die Glasspitze aus ihrer Handfläche zog. Marie verkniff sich ein Jammern. Er zupfte sein Anstecktuch aus dem Jackett und drückte es auf die blutende Stelle.

„Ich hole ein Pflaster.“

Als er zurück war, nahm er das blutverschmierte Taschentuch aus ihrer Hand, legte ein Pflaster über den Schnitt und strich über ihren Handrücken. Marie sah von ihrer Verletzung auf: „Danke“, sagte sie leise.

„Gern.“ Um seine braunen Augen zeichneten sich Fältchen ab, als er ihr zulächelte. Was für ein merkwürdiger Kerl, dachte sie. Eben noch so gemein und jetzt? Während sie sein Lächeln erwiderte und sein Gesicht erforschte, ließ er ihre Hand aus seiner fallen. „Nun sind Sie ja versorgt. Holen Sie den Besen und kehren Sie den Speisesaal gründlich durch!“ Auf dem Weg nach draußen murmelte er: „Wenn jetzt auch noch dieser Restaurantkritiker auftaucht und hier Scherben findet, bin ich erledigt.“

2.

Dark Sugar

„Wie war deine Joggingrunde?“, fragte Marie, ohne sich umzudrehen.

„Vor dem Laufen hätte ich keinen Sekt trinken sollen.“ Hans-Georg legte hastig sein Handy am Sideboard ab.

„War es so schlimm?“

„Nein, eigentlich nicht. Im Gegenteil. Der See ist so grün wie die Karibik. Ich war versucht reinzuspringen.“ Er näherte sich ihr von hinten. „Bist du noch sauer?“

Nein, war sie nicht. Zumindest nicht, weil der Urlaub mit ihrem Freund schon vorbei war, bevor er begonnen hatte. Sie war auf sich sauer. Wie konnte sie nur geglaubt haben, dass er ‚Nein‘ zu seinem Chef sagen würde?

Hans-Georg schlüpfte aus seinem Sporttop, legte es um Maries Taille und drehte sie mit einem Ruck zu sich um.

„Lass das!“ Sie schubste ihn, sodass er taumelte. „Du bist völlig verschwitzt.“

„Was ist los mit dir?“ Automatisch strich er durch seine Haare.

„Was hat er gesagt?“ Marie nickte in Richtung Sideboard, wo er versucht hatte, sein Handy unbemerkt abzulegen. „Du hast doch mit ihm telefoniert, oder?“

„Mit wem?“

„Tu doch nicht so! Mit deinem Chef natürlich.“ Sie konnte Philipp Vorderegger noch nie ausstehen. Er verhielt sich immer wie ein Sklaventreiber und verfügte über seine Mitarbeiter, wie er wollte.

Hans-Georg sank auf das prunkvolle Bett und zog die Socken von seinen weißen Füßen.

„Du musst zurück, oder?“

„Ja, morgen früh.“

„Und was ist mit meinem Geburtstag?“

„Ich bin ja heute noch da.“

Als würde der heutige Abend ihren ganzen Urlaub ersetzen.

„Wie lange bist du weg?“

Hans-Georg strich über seine Brust, bis er einen imaginären Fussel entdeckte.

„Hörst du mir zu?“

„Ähm, wir übernehmen die Kanzlei. Du weißt schon, die in Nonntal.“ Seine Augen strahlten. „Es ist passiert! Sie verkaufen endlich!“

„Na toll!“, stöhnte sie und verstaute den leeren Koffer.

„Nicht wahr? Herr Vorderegger braucht dringend den Zwischenabschluss. Das heißt, ich muss sämtliche Daten prüfen. Dazu muss ich nach Wien fahren.“

Sie ging zu dem Tischchen und goss sich Wasser ein. Dabei fiel ihr Blick auf einen Notizblock und einen Bleistift. Beide mit dem geschwungenen Namen der Familie Lambert versehen.

„Ich habe dir von Anfang an gesagt, dass es keine gute Idee ist, ausgerechnet jetzt nach Fuschl zu fahren“, hielt er ihr plötzlich vor.

„Urlaub mit mir scheint jedes Mal ein Risiko zu sein.“

„Wir haben gesagt, wenn der Zeitpunkt passt, ist es okay und falls nicht ...“

„Aber gleich am ersten Tag?“

„... und falls nicht, fahre ich zurück nach Salzburg und du bleibst hier und besuchst Onkel Freddy, wie du es vorhattest.“ Mit einem Satz war er auf den Beinen. „Warum benimmst du dich auf einmal so ... wie ein Teenager?“

Marie beobachtete, wie er sich im Spiegel bewertete und an seinen Haaren zupfte.

„Kann dein Chef nicht warten? Du hast diese teure Suite doch schon bezahlt!“

Er hielt kurz inne. „Du hast natürlich Recht. Das ist wirklich blöd.“ Jetzt hatte sie ihn erwischt.

„Ein Storno kommt wohl nicht mehr infrage.“

Marie klopfte sich beinahe auf ihre Schulter.

„Ach was, ich sehe es als ein Opfer. Für meine Karriere.“

Was?! Was für ein Opfer?

„Außerdem kannst du hier wohnen bleiben. Ich kann jetzt schon an nichts anderes mehr denken.

Meine erste große Sache als Büroleiter." Er erschien mit seiner Zahnbürste im Türrahmen. „Das verstehst du doch, oder? Schatz!"

Die Sache war anscheinend entschieden.

„Lass uns den Urlaub nachholen. Eine Fernreise. Nach Marokko, wo du schon immer hinwolltest."

„Mauritius!", korrigierte sie.

„Warst du schon bei deinem Onkel?", fragte er und begann seine Schneidezähne zu bürsten.

„Nein, mir ist etwas dazwischengekommen."

„Wathhh denn?" Schaum trat aus seinen Mundwinkeln.

„So ein seltsamer Typ ist mir im Speisesaal begegnet. Daraufhin ist mir die Lust vergangen."

„Was kann einem im Speisesaal Schlimmeres passieren als langweiliges Essen?", fragte er über das Becken gebeugt.

„Der Kerl war absolut humorfrei! Ein Irrer." Sie heftete ihren Blick auf die Kehrseite ihres Freundes, den sie oft einfach nur HG nannte.

„Was hast du angestellt?", wollte er wissen.

„Gar nichts!" Jedenfalls nichts, weshalb man gleich ausrasten müsste.

„Der hielt mich für seine Putzfrau. Oder sein Zimmermädchen."

„Ausgerechnet dich? Für eine Putzfrau?" Hans-Georg bekam sich vor Lachen kaum wieder ein. „Liest der keine Zeitungen?"

3.

Adams Apfel

„Ich habe im Hotel angerufen. Freddy sagte, du warst nicht bei der Arbeit. Was ist los, Maximilian?“ Sybille fiel Max’ Abwesenheit sogar dann auf, wenn sie mit einem Gipsbein zu Hause sitzen musste, wie in den letzten Tagen.

„Wenn ich weg bin, trage ich keine Schuld“, antwortete er pubertär und betrat Sybilles Wohnküche. „Wie geht es deinem Bein?“

„Ach“, sie fixierte den Gips, „es juckt schrecklich.“

„Das kenne ich. – Du hast einen Pflaumenkuchen gebacken?“ Max deutete auf das Kuchenblech.

„Magst du ein Stück?“ Obwohl er verneinte, stellte sie ihm ein Stück vor die Nase.

„Du sollst dich schonen. Wir haben zwar jetzt eine Aushilfe, dennoch brauchen wir dich im Hotel. Außerdem soll sich ein Kritiker im Salzkammergut herumtreiben.“ Er kratzte sich am Hals.

„Ein Kritiker?“

„Ja.“

Sybille blickte nachdenklich drein, was Max noch

mehr beunruhigte. „Was ist los? Was denkst du?“ Der Schatten in ihrem Gesicht verschwand blitzartig.

„Darüber mach dir keine Sorgen. Wenn alles läuft wie bisher, wird niemand ein böses Wort verlieren.“

„Es läuft aber nicht wie bisher, weil du fehlst. Nicht drei Aushilfen könnten dich ersetzen.“

„Du schmeichelst mir.“

„Es ist die Wahrheit.“

„Kannst du Jean-Pierre trotzdem den Kuchen bringen?“

„Klar, mach’ ich. Danke!“

„Was hast du vorhin gemeint? Wer beschuldigt dich und weshalb?“ Sie legte ihre warme Hand auf seine. „Geht es um deinen Vater und die Hotelübergabe?“

„Es kommt mir vor, als säße er mir im Nacken, egal, was ich mache, ich höre ihn nörgeln.“

„Jetzt übertreibst du.“

„Du hast wahrscheinlich Recht. Ich verhalte mich wie ein Kleinkind.“

„Im Grunde wollte Adam immer nur das Beste für dich. Er ist auch nur ein Mensch.“

Max zog seine Hand unter ihrer hervor, als hätte er sich verbrannt. „Das war das Beste für mich? Dass seine Angestellten mich großgezogen haben?“

Sein Ausbruch verursachte bei ihr feuchte Augen.

„Es tut mir leid! Ich weiß natürlich, dass du jederzeit für mich da warst. Es ist nur ...“ Er musterte ihren von Pigmentflecken übersäten Handrücken.

„Ich weiß. Dein Vater war nie da, wenn du ihn

gebraucht hättest. Besonders nach dem Tod ..." Sie beobachtete ihn mit ihren kleinen hellen Augen, „... dem Tod deiner Mutter. Du hast allen Grund, wütend zu sein." Sybille sah ihn warmherzig an, wie sie es immer tat, wenn sie über seine Mutter sprachen. „Aber versuche auch ihn zu verstehen. Adam hatte seine Frau verloren."

„Früher oder später hätte er an mich denken müssen. Stattdessen ging er mir aus dem Weg, wie einer üblen Grippe."

Er sah zu Boden, ehe er weiterredete. „Mein Vater hat dir erzählt, was er mit dem Romantikhotel vorhat, oder?"

Sybille nickte nur und Max fuhr fort: „Bevor er seine Reise angetreten hat, stand er im Gespräch mit einer Hotelkette. Welche, hat er mir nicht verraten."

„Er wird dir das Hotel nicht wegnehmen."

„Wenn doch? Was, wenn ein Kritiker einen negativen Artikel veröffentlicht, während ich das Hotel leite?" Er verschränkte die Arme. „Du kennst meinen Vater."

„Was hat Adam zu dir gesagt, ehe er gefahren ist?"

„Wenn ich die nächsten Monate gut überstehe, übergibt er mir das Hotel, vielleicht. Natürlich nicht ohne Vorbehalt. Es gab immer eine Bedingung. Sogar mein schlechtes Gewissen war Bedingung, wenn wir mal im Kino waren."

„Welche Bedingung meinst du?" Sybille war bemüht, sich nichts anmerken zu lassen, denn es war ihr misslungen, Adam den Unsinn auszureden. Sie hatte ihm geraten, sich gänzlich zurückzuziehen. Jung und Alt, das passte in diesem speziellen Fall nicht zusammen. Doch Adam war ein Sturkopf. Dass er Max nicht von seiner kranken Mutter trennen sollte, wollte in jenen Tagen auch nicht in seinen Schädel. Es brach Sybille immer das Herz, wenn er ihn am Sonntagabend in den Bus setzte, der Max ins Schulheim brachte.

„Ich kann die Führung des Hotels übernehmen, solange er auf Weltreise ist. Dann wird er kommen und uns vor dem Untergang retten, indem er das Hotel verkauft."

„Da wird es nichts zu retten geben", versicherte sie. „Du bist jetzt alt genug und in Frankreich hast du viel gelernt."

Max trat ans Fenster. „Ich darf das Hotel nicht verlieren. Es ist alles, was ich habe."

4.

Servierter Hohlkopf

„Hallo Schatz, ich verspreche dir, dass wir bald mehr Zeit füreinander haben werden. Wenn meine Termine in Wien planmäßig verlaufen, kann ich die letzten Tage zu dir ins Hotel kommen. Ich habe dir dein Lieblingsfrühstück geholt, lass es dir schmecken! Ich melde mich. Kuss, dein Hans-Georg, oder, wie DU immer sagst, dein HG!"

Marie legte den Zettel zurück und kroch aus dem Bett. Die Croissants dufteten verführerisch, doch zuerst griff sie nach einem Apfel und bewunderte die Voralpen vor ihrem Fenster. Hatte sie bei HG je das Kribbeln im Bauch gehabt wie bei der gestrigen Begegnung im Speisesaal? Na ja, Kribbeln war übertrieben gesagt. Der Kerl hatte sie eher aufgeregt.

Sie war mit Hans-Georg in Salzburg Eislaufen gewesen. Unter der bronzenen Mozart-Statue hatte alles angefangen. Riesige Schneeflocken, so verführerisch wie Kokoskugeln, fielen vom Himmel. Die stimmungsvollste Zeit in Salzburg. Zu romantisch für ein Treffen unter Freunden. Plötzlich verlor sie ihr Gleichgewicht auf dem Eis. Sie klammerte sich an HG, der daraufhin in die Knie ging. Seither war er ihr nicht mehr von der Seite gewichen, wie ein zugelaufener Kater.

Marie kletterte auf das Fenstersims. Die Morgenfrische verursachte ihr eine Gänsehaut. Sie überblickte die Zufahrtsstraße, die sich um ein Blumenbeet schlängelte. Von hier konnte sie das Logo der Familie Lambert gut erkennen: Es war der Buchstabe L, zusammengesetzt aus purpurroten Stiefmütterchen. L wie Lambert oder L wie Lipp.

Trotz der Tatsache, dass sie die Zeit alleine in einem Romantikhotel verbringen musste, stieg das Gefühl von jugendlicher Freiheit in ihr auf. Früher hätte sie über den Umstand tagelang geschmollt. Heute, mit ihren 28 Jahren, akzeptierte sie abrupte Wendungen eher. Es gibt für alles einen Grund, philosophierte sie. Ein Wink des Schicksals. Kismet.

Was trieb denn dieser Hohlkopf vor dem Hotel? Beinahe hätte sie sich am Apfel verschluckt. Diese aufrechte, ja steife Haltung würde sie aus Tausenden erkennen. Der Typ aus dem Speisesaal stellte soeben ein Kuchenblech auf dem Autodach ab, während eine Frau in einem indigoblauen Kostüm und mit barbieblonden Haaren um das Auto lief und mit ihren Absätzen im Kies einknickte.

Da hat wohl jemand nur auf ein hübsches Gesicht geachtet, anstatt auf Qualifikation, fiel es Marie wieder ein. Seine Frage, ob sie vom Arbeitsamt käme, hätte sie dem Dummkopf noch verzeihen können, aber sie als Neandertaler zu bezeichnen, damit war er zu weit gegangen.

Weinte die Frau etwa? Marie biss ein großes Stück vom Apfel ab. Was sagte er zu ihr? Klar waren das Tränen! Bestimmt behandelte dieser rücksichtslose Mensch alle Frauen wie sie. Es musste eine Strafe sein, ihn zum Freund zu haben. Sie biss ein weiteres Mal kräftig in den Apfel und ärgerte sich so, dass sie den Brocken unzerkaut hinunterschluckte. Plötzlich blockierte das Obststück ihre Luftröhre. Verdammt! Marie griff sich an den Hals, hustete und röchelte. Rasch sprang sie vom Sims. Ihr Gesicht glühte, während sie nach Luft rang. Mehrmals schlug sie gegen ihre Brust, ehe sie das Stück endlich ausgehustet hatte.

Als ihr Gesicht wieder eine menschliche Farbe erlangt hatte, lugte sie erneut über das Sims. Der Mann hielt das Kuchenblech in seinen Händen und kehrte der Unbekannten den Rücken zu. Die Blondine, die noch dazu über Modelmaße verfügte, hielt ihn am Arm fest. Er riss sich los und bekam nicht mit, wie die Schönheit mit den Armen rudern musste, damit sie nicht im Kies landete.

Die Frau wühlte nach einem Taschentuch und wischte sich die schwarzen Tränen aus dem Gesicht. Schließlich richtete sie sich auf und warf das Tuch weg. Marie lachte, als sich das verrotzte Taschentuch auf dem Signum der Lamberts verfing.

5.

Gesalzener Kaffee

Während Max zwischen dem Seeufer und den Fischrestaurants entlanghetzte, verfolgte ihn die peinliche Begegnung mit Marie Lipp. Wegen eines Glases!, murmelte er vor sich hin. Lächerlich! Immer flammte ihr Gesicht vor ihm auf. Als sich Marie Lipp für das Pflaster bedankte und ihm dabei in die Augen sah, hatte er bemerkt, wie blau sie waren.

Was war mit ihm los? Ohne es zu wollen, hatte er die Frau angebrüllt. In Wahrheit galten die Worte nicht ihr. Nein, sie wären für eine andere Person gewesen. Eine, die sie verdient hätte. Eine, wie Alice!

Er betrat den Frühstücksraum und entdeckte seinen Freund Tobias Müller an einem Fensterplatz, als dieser gerade herzhaft in sein Marmeladebrot biss.

„Guten Morgen, Max." Tobias mampfte und grinste, „komm, setz dich zu mir."

Max folgte seiner Einladung nicht, sondern warf das brandaktuelle Gourmetmagazin auf den Tisch. Tobias musste seine Kaffeetasse festhalten.

„Hast du das Interview mit diesem selbst ernannten Restaurantkritiker schon gelesen?“ Tobias schüttelte den Kopf und las die Überschrift laut: „Wir haben den gefürchteten Restaurantkritiker M. D. persönlich getroffen.“ Mit Butter beschmierten Fingern blätterte er zu dem Artikel.

„Hallo, Max!“ Eine kleine, rundliche Frau stürmte auf ihn zu und zog einen Duft von gebratenem Speck hinterher. Im Gegensatz zu Tobias war Bianca ein Wirbelwind, wenn sie nicht gerade ein Babybauch daran hinderte. Sie stellte sich auf die Zehenspitzen und küsste Max auf die Wangen.

„Servus, Bianca!“ Er staunte über ihren Umfang, der sich seit ihrem letzten Treffen verdoppelt hatte. „Wann ist es denn so weit?“

„In zwei Wochen. Aber wenn SIE nach mir kommt, hat sie es eilig und kommt vor dem Geburtstermin.“ Wie aufs Stichwort blickte Tobias vom Magazin auf: „Wenn ER aber nach mir kommt, bleibt er so lange drinnen wie nur möglich. Darauf wett' ich.“ Er deutete mit dem Zeigefinger auf Biancas Bauch.

„Du bist geschmacklos, Tobias Müller! Du redest immerhin von deinem Kind. Was hat mich nur geritten, dass ich mir dich ausgesucht hab'?“

Tobias holte nach einer Antwort aus, aber Bianca streckte ihm die Hand entgegen. „Stopp! Keine dumme Bemerkung mehr, sonst platze ich, und du hast deine Wette verloren.“ Sie neigte sich vor und küsste ihren Tobias auf den Mund.

„Magst was trinken, Max? Soll dir die Gitti ein Bauernfrühstück machen oder Spiegeleier mit Speck?“

„Danke, Bianca, Orangensaft reicht mir."

„Du solltest etwas essen, verrückter Freund meines Mannes, bald können wir dich nicht einmal mehr als Köder an die Angel hängen." Sie deutete auf seine Taille. „Geschweige denn, dich als Taufpaten verwenden."

Als sie in die Küche zurückkehrte, ließ sich Max doch auf die Bank fallen. Leise und ungeduldig klopfte er auf den Tisch, bis Tobias mit dem Lesen fertig war.

„Und? Was sagst du?"

Tobias schüttelte den Kopf. „Wenn das stimmt, ..."

„Wenn das stimmt, dann können wir zusperren und uns beim Arbeitsamt melden", fuhr Max dazwischen.

„Quatsch!"

„... Wünsche erfüllen, bevor der Gast sie ausspricht. Der spinnt doch! Dazu bräuchte ich einen Mentalisten." Er schnaubte. „Oder kannst du erraten, ob dein Gast ein Früchtemüsli oder ein Ei im Glas will?"

„Na ja, am zweiten Tag ..." Max sah ihn böse an. Tobias revidierte: „Nein, natürlich nicht. Ich glaube, der Kritiker meint, dass man zum Tafelspitzsülzchen einen kräftigen Weißwein anbieten soll."

Max ignorierte seine Worte. „Man weiß ja nichts von diesem Kerl. ‚Spitzenköchen über die Schulter geschaut.' Wahrscheinlich kann der Gratisesser nicht einmal eine Calzone von einem Wrap unterscheiden."

„Das kann er. Hier steht, dass er die erste Auszeichnung fürs Kochen bereits in der Schule bekommen hat."

Tobias klopfte auf den Absatz, wobei sich ein Butterbrotkrümel löste und auf dem Papier festsaugte. „Du wolltest doch auch immer so einen Preis. Ich kann mich genau erinnern. Ich erwähne nur: Fuschlseebad, ringsum die heißesten Bräute und du hast wegen des misslungenen Wettbewerbs geheult."

„Ja, ja!" Max wischte die Anspielung beiseite.

„Hast du es schon gehört? Alice ist von Portugal zurück."

„Und? Wen interessiert's?"

„Meine Güte, Max! Wer hat dir den Kaffee versalzen?"

Er sagte mehr zu sich als zu Tobias: „Marie Lipp."

„Wer?"

„Ach, eine neue Aushilfe. Sie hat sich im Speisesaal herumgetrieben und dabei Gläser zerschlagen."

„Davon würde ich mir auch den Tag versauen lassen."

„So ein Glas kostet eine Stange Geld und, was noch schlimmer ist, was, wenn dieser M. D. hereinspaziert?"

„Die Arme", murmelte Tobias, dann kam er auf Max' Magazin zurück. „Die Starköchin Martina Kömpel hat zuerst Schneiderin gelernt, bevor sie mit ihrer Karriere als Köchin begonnen hat."

„Wo hast du denn das her?"

„Letztens stand eine Kolumne über Köche im zweiten Bildungsweg hier in der Zeitschrift."

„Es interessiert dich, was dieser Gastrojournalist ausspuckt?“

„Man erfährt viel Neues aus seinen Kolumnen. Sag, Max, worüber regst du dich eigentlich so auf?“

„Diese Testesser sind in der Lage mit einem Satz dein Geschäft zu zerstören.“

„Du weißt genau, dass mehr dazugehört. Außerdem hast du geschultes Personal und Jean-Pierre ist ein wahrer Künstler in der Küche. Wovor hast du Angst? Du bist engagiert, du bügelst deinen Gästen sogar ihre Lieblingszeitung.“ Tobias lachte auf. Max hatte erst eine Woche in der Hotelleitung gearbeitet. Aus Angst, die Morgenzeitung könne Druckerschwärze auf dem Hemd des Tenors hinterlassen, hatte er ihm die Zeitung gebügelt.

„Ich stelle Gemeinsamkeiten zwischen dir und diesem M. D. fest“, setzte Tobias noch eins drauf.

„Gemeinsamkeiten?“ Allmählich ging ihm Tobias auf den Nerv.

„Ja, Gewissenhaftigkeit, Ehrlichkeit und eure Leidenschaft ist die Gastronomie. Heimatbezogen seid ihr außerdem.“

„Zu wem hältst du eigentlich?“

„Natürlich zu dir. Und sollte dieser M. D. auftauchen, was ich nicht glaube, brauchst du dir keine Sorgen zu machen. Das Lambert ist tipptopp.“

Bianca hatte die letzten Worte mitbekommen und fragte frei heraus: „Was macht euch eigentlich so sicher, dass M. D. ein Mann ist? Vielleicht ist ER ja eine SIE und M. D. steht für Maxima Domina?“

Bianca lachte über die fassungslosen Gesichter der Männer.

6.

Genussbotschaft

„Hey, Karin! Das ist eine Überraschung“, sprach Marie in ihr Handy.

„Geht es dir gut?“ Karin klang besorgt.

„Klar doch.“

„Wirklich?“

Marie sah ihre Freundin geradezu vor sich, wie ihr die roten Locken auf die Schulter tippten.

„Na hör mal, soeben hat mich Denise Hundtsberger angerufen. Sie wollte einen Fototermin für sich und HG.“ Karin schnalzte mit der Zunge. „Hab’ ich dir schon gesagt, was ich von seiner Assistentin halte?“

„Mehr als einmal.“

„Sie ist eine Dorfmatratze!“

„Das sagst du dauernd.“

„Dann ist es gut.“

Marie lächelte halbherzig, was egal war, denn Karin konnte ihre Mimik nicht sehen. Karin Rott war mit Leib und Seele Fotografin, andernfalls hätte Marie ihr empfohlen, als Detektivin zu arbeiten.

„Jedenfalls habe ich deinen HG angerufen und er behauptete, er brauche neue Porträts."

„Wäre es dir lieber gewesen, er wollte Landschaftsbilder?"

„Blödsinn! Du weißt genau, was ich meine. Auf meine Frage, warum denn seine Denise ebenfalls Fotos braucht, hatte er keine Antwort."

„Und jetzt willst du wissen, weshalb Hans-Georg in der Stadt ist und nicht bei mir in Fuschl?"

Karins Spekulationen gingen weiter. „Sag, Marie, hattet ihr Streit? Wegen seiner Tippse?"

„Du kennst uns. Wir streiten nicht. Das müsstest du wissen."

„Streiten ist wichtig in einer Beziehung!"

„Hans-Georg musste zurück in die Firma. Eine dringende Angelegenheit."

„Wegen Fotos?"

„Es geht um die Übernahme einer Kanzlei. Er ist doch erst seit Kurzem Büroleiter." Sie hielt inne. „Ich hätte es wissen müssen. Der Zeitpunkt für einen Urlaub war unpassend."

„Hör' ich schlecht? Wie lange wart ihr nicht mehr im Urlaub? Wer hat sich auf diese Auszeit gefreut?"

„Ja, ich! Jedenfalls musste er zurück. Daten prüfen und so weiter."

„Quatschkopf! Manchmal bewundere ich deinen Glauben an eure ach so freundschaftliche Beziehung, oder soll ich sagen, euer Nebeneinanderher-Leben."

Marie schluckte die Provokation hinunter.

„Habt ihr noch Sex?", bohrte sie weiter. „Ich meine nicht das Kuscheln oder das Übereinanderrollen, sondern richtig heißen Sex?“ Das letzte Wort klang wie ein Paukenschlag.

„Hey, weil du gerade Quatschkopf gesagt hast“, lenkte Marie ab, „gestern hatte ich eine seltsame Begegnung in ‚meinem‘ geliebten Speisesaal. Der Kerl schien nicht alle Tassen im Schrank zu haben. Ich sage dir, der Typ war echt sonderbar.“

Der Eifer in ihrer Stimme ließ Karin aufhorchen.

„Wie der mit mir umgesprungen ist, er hat geglaubt, ich wäre vom Personal. Es lag bestimmt an meinen alten Sachen.“

„Lass mich raten.“ Karin machte eine theatralische Pause. „Dieser Kerl, von dem du da gerade sprichst, in deinem Speisesaal, er ist eine echte Sahneschnitte, stimmt's?“

Darüber musste Marie nachdenken. Ihr war sein markantes Gesicht aufgefallen, die dunklen Haare, seine bernsteinbraunen Augen, aber so etwas gab's öfter. Dennoch, das war es nicht gewesen, was sie aus der Bahn geworfen hatte. Es war seine plumpe Ignoranz. Ja, genau! Allein die Tatsache, dass sie jetzt über ihn grübelte, machte sie wütend. Und schuld daran war ihre Freundin, weil sie ständig ihr Liebesleben zerpflückte, insbesondere ihr Sexleben.

„Für manch Unverbesserliche mag er gut aussehen. Und für jene, die zu allem ‚hihi‘ oder ‚Ja‘ sagen, weil sie keinen Hauptsatz herausbringen. Ich wette, dass für ihn keine Frau attraktiv und klug zugleich sein kann.“

„Was hat er gesagt?“, fragte Karin neugierig.

„Stell dir vor, ich stehe in dem Speisesaal und schwelge in Kindheitserinnerungen – übrigens gefällt mir die neue Polsterung der antiken Stühle – na ja egal, als dieser Mensch hereinplatzt und wie ein Bulle auf mich zustürmt.“

„Weiter?“

„Zuerst wollte ich ihm verzeihen. Immerhin befanden wir uns in dem Saal der Spätromantik, in der das Streben nach Harmonie Priorität hat, doch der zischt: ‚Da hat wohl jemand nur auf ein hübsches Gesicht geachtet, anstatt auf Qualifikation.‘“

„Oh! Ein Kompliment. Und, was hast du angestellt?“

Herrgott, warum glaubte immer jeder, sie hätte etwas verbrochen? „Ich hab’ nichts angestellt.“

„Na hör mal, da kommt doch nicht ein sexy Mannsbild und schreit dich an.“

„Er ist weder sexy noch ein Bild von einem Mann.“

„Ich weiß, Süße. Er ist ein Quatschkopf!“

„Ja genau, und du bist mir keine Hilfe. Jetzt weiß ich, warum du nur mich zur Freundin hast.“

Karin lachte, und einen Augenblick später gestand Marie: „Mir sind zwei teure Gläser hinuntergefallen.“

„Wie ungeschickt!“

„Das hat er auch gemeint“, murrte sie. „Weißt du, was er noch gesagt hat? Fehlt nur noch, dass dieser Kritiker auftaucht und Scherben findet.“

„Na klar! Woher soll er wissen, wer du tatsächlich bist?“

„Wahrscheinlich hat er Angst vor einer Kritik.“

„Das schreit nach Vergeltung."

„Karin, du bist ein Luder, aber ehrlich gesagt hab' ich auch schon daran gedacht."

„Marie Dorothea Lipp! Wenn der Mann wüsste, dass du der gefürchtete Restaurantkritiker M. D. bist, er hätte dir sonst was geküsst."

„Ich liebe meinen Geheimjob!"

7.

Der Duft von Schokowaffeln

Ob sie den Jungen von damals wieder treffen würde? Hier im Hotel? Man sieht sich immer zweimal im Leben, heißt es. Sie würde ihn gleich erkennen, mit seinen struppigen Haaren, wie ein Zigeunerjunge. Sie war zusammen mit ihrer Mutter Dorothea an den Fuschlsee gefahren. Onkel Freddy, Dorotheas älterer Bruder, begann im Hotel Lambert als Gärtner und Chauffeur. „Wenn du dich auf deine Arbeit freust, wie am Sonntag auf Mamas Gugelhupf, dann hast du deinen Traumjob gefunden", war Onkel Freddy überzeugt.

Die Heimreise in jenem Sommer war ihr schwer gefallen. Beim Abschied hatte Dorothea sich über die Tränen ihrer Tochter gewundert. Marie wartete im Wagen und Dorothea umarmte ein letztes Mal ihren Bruder Freddy, als ein Junge aus dem Hotel stürmte. Er lief direkt auf den Wagen zu. Marie schlug das Herz bis zum Hals. Der Junge mit den zerzausten Haaren, der sie immerzu nur durch eine Fensterscheibe beim Spielen beobachtet hatte, beugte sich zu ihr hinunter. Seine Stirn glänzte. Sein Atem roch köstlich nach Schokowaffeln. Aus heiterem Himmel tauchte eine purpurfarbene Rose vor ihrer Nase auf, deren Blüte noch geschlossen war. Ehe Marie sich bedanken konnte, küsste sie der Junge auf den Mund.

Am Nachhauseweg ärgerte sich Marie, dass sie bei der Berührung ihrer Lippen nicht besser auf ihr Gefühl geachtet hatte. Tausendmal hatte sie sich ihren ersten Kuss vorgestellt, in Zeitlupe. Alles, woran sie sich jetzt erinnern konnte, war das Kratzen seines noch nicht einmal sichtbaren Bartes.

Marie betrachtete die Landschaftsgemälde im Treppenhaus. Sie hielt vor einem Bild mit einer Reiterin und einem Reiter, ein junger Hund lief neben ihnen her. Die Hufe versanken im Sand. Die Frau im Damensattel, stolz, gefolgt von dem Herrn mit offensichtlich nur einem Ziel, ein Lächeln auf ihr Porzellangesicht zu zaubern. Da fiel ihr der Mann von gestern ein. Seine Art stand im völligen Kontrast zu diesem Gemälde. Zu jener Zeit hätte man ihn für einen Stallburschen gehalten. Nur das Züchtigen von Pferden hätte man ihm zugetraut. Niemals wäre er mit seiner Art anno dazumal in die Nähe einer Dame gelangt. Sie hoffte inständig, ihm während des Aufenthaltes nicht mehr über den Weg zu laufen.

Am Ende des Ganges trocknete sich ein Zimmermädchen die Hände in ihrer zitronenfarbenen Schürze ab. Das war es gewesen!, wurde Marie schlagartig klar, es hatte an der Farbe ihres Sommerkleides gelegen, dass der Mann sie für ein Zimmermädchen gehalten hatte.

„Guten Morgen! Können Sie mir sagen, wo ich Frederik Lafitte finde?"

„Freddy seien draußen. Er besorgen Blumen für Meeting."

„Ist das nicht zu anstrengend für Herrn Lafitte?"

„Nein, nein!", das Mädchen lächelte verhalten. Marie musste eingestehen, dass sie ihren Onkel seit Jahren nicht mehr gesehen hatte.

„Wissen Sie, worum es bei dem Meeting geht?" Es fiel ihr selbst nicht mehr auf, nur Karin mahnte sie des Öfteren: Deine Fragerei ist wohl eine Berufskrankheit.

„Nix wissen. Vielleicht wegen neue Pferderennbahn in Salzburg."

Marie konnte gerade noch das Namensschild lesen. „Danke, Jana!"

„Bitte nix verraten. Ich nix dirfen sagen. Herr Lambert meinen: Aufpassen! Er kann jederzeit kommen."

„Wer kann jederzeit kommen?"

„Der bese Kritiker."

Wie verrückt war das? Der alte Lambert hatte sein ganzes Personal gegen sie aufgehetzt.

8.

Früchtetraum

„Na, wenn das nicht meine kleine Nichte ist?“ Bei dem Gurgeln in seiner Stimme musste Marie unverzüglich lächeln. Onkel Freddy!

Frederik breitete seine Arme aus. „Menschenskind! Freue ich mich, dass du mich besuchst.“ Er guckte über den Rand seiner Brille.

„Wow, du bist richtig erwachsen geworden und bildhübsch noch dazu. Wie lange ...? Damals warst du ein Kind, oder?“ Er blickte auf seine Finger und begann zu zählen.

„Es sind acht Jahre vergangen, Freddy, und ich war kein Kind mehr, sondern zwanzig!“

Er raunte etwas in seinen Bart, das nach „Himmel, wie die Zeit vergeht“ klang, und tätschelte ihre Schulter. „Komm mit, ich muss dir etwas Wichtiges zeigen.“

„Was denn?“

„Lass dich überraschen. Bin gespannt, ob du dich erinnerst.“

Noch bevor sie den Hinterhof erreichten, ließ sie

seine Hand los. Freddy bemerkte nicht, wie seine Nichte die Vergangenheit einholte.

Marie hatte die verwaiste Schaukel entdeckt. Ein Mädchen sprang mit einem Satz auf die Schaukel. Seine nackten Füße baumelten vor und zurück. Das Mädchen schaukelte immer höher und deutete mit einem Zeh auf ein Fenster im zweiten Stock.

Als Marie die Schaukel berührte, zerplatzte das Bild des Mädchens. Sie schaute zu dem Fenster. Bildete sie sich das ein oder stand dort jemand? Der Vorhang schien ihr zuzuwinken. Ein Schatten entfernte sich. Prompt rutschte das Bild des Jungen vor ihre Augen, der ihr von dort zugesehen hatte.

„Freddy, kannst du dich an den Jungen erinnern, der nie zum Spielen rausgekommen ist?"

Er wusste, wen sie meinte. „Ach, der macht mir in letzter Zeit Sorgen."

„Wie meinst du das? Ist er hier?"

„Natürlich, was denkst du denn? Und jetzt komm her und sieh dir diese Pracht an."

Vor ihnen stand ein sparriger Baum, der sich mit einer Fülle von Pflaumen präsentierte.

„Wow! Das gibt's doch nicht."

„Du erinnerst dich also?"

„Na klar! Ich habe wie eine Verrückte ein Loch in die Erde gegraben ... Er ist wunderschön, Freddy."

„Ja, in der Tat und Sybille macht daraus den besten Pflaumenkuchen in ganz Fuschl." Stolz fuhr er fort: „Du findest ihn sogar auf unserer Dessertkarte unter dem Namen ‚Maries Pflaumentraum'."

Sie konnte nicht anders, sie musste ihren Onkel küssen, danach stöberte er zwischen den Ästen.

„Was suchst du?“

„Warte.“ Er streckte sich nach einer Pflaume, als er plötzlich zusammenfuhr: „Aua!“

„Was ist?“

„Nichts! Ist gleich vorbei.“ Er bewegte sich kaum, dennoch hörte sie das Knacken seiner Knochen.

„Komm, ich helfe dir.“ Sie bewegten sich stockend auf eine Holzbank zu.

Freddy wischte sich den Schweiß von der Stirn. „Danke, du bist ein Schatz!“

„Was war das gerade, Freddy?“

„Darf ich dir vorstellen, mein Rücken. Mein Rücken, das ist Marie Lipp, fürchterlich neugierig.“

„Lass den Blödsinn. Du hast Schmerzen.“

„Schmerzen sind etwas, mit dem man im Alter leben lernen muss.“

„Muss man nicht. Du solltest zum Arzt gehen.“

„Nenn mir einen, ich kenne sie alle. Da ist nichts mehr zu retten. Es ist das Alter.“

„Dann musst du in Frühpension gehen!“

Er riss seine Augen auf. „Papperlapapp, so schlimm ist es auch wieder nicht. Ich habe noch 374 Tage. Danach bekomme ich meine Abfertigung. Mit dem Geld mache ich eine große Reise. Davon abgesehen brauchen Lambert und sein Hotel jede helfende Hand.“

„Warum das?“

„Aus vielerlei Gründen. Einer heißt Sybille. Sie hat sich den Mittelfußknochen gebrochen, die Arme.“ Er kratzte sich an der Stirn. „Es hilft kein Jammern. Wir müssen jetzt zusammenhalten."

„Soll ich mich um einen Ersatz für Sybille umhören? Ich wüsste da jemanden." Sie kannte Sybille zwar nicht, aber wie ihr Onkel von ihr sprach, musste sie nett sein.

„Das ist lieb, doch unsere Personalchefin wird jemanden finden. Viel lieber möchte ich wissen, was du in den letzten Jahren gemacht hast. Arbeitest du in einer Bank?"

„Nein!"

„Spann mich nicht auf die Folter."

„Eines nachts träumte ich vom Hotel Lambert."

Freddy jubelte.

„An jenem Morgen habe ich die Zeitung geschnappt. Egal, Hauptsache ich bekäme einen Job in einem der besten Hotels. Mein Sprungbrett. Es war eine aufregende Zeit."

„Na, das hör sich einmal einer an. Meine Nichte tritt in meine Fußstapfen. Wieso bist du nicht zu mir gekommen, ich hätte ..."

„Das weiß ich. Aber ich wollte es alleine schaffen."

Er nickte.

„Ich begann eine Lehre im Hotel Sacher."

„Wow!"

„Ja, als Köchin. Danach war ich lange Zeit im Ausland. Als Frau ist es schwierig in der Branche. Oder ich war zu schwach. Was weiß ich. Mein Ziel und meine Furcht waren dasselbe: nicht versagen! Besser sein. Keine Ahnung, wem ich etwas beweisen wollte."

„Willst du hierbleiben? Ich besorge dir das beste Zimmer."

„Das schaffst du nicht."

„Oh, doch! Ich habe Beziehungen, musst du wissen", grinste er.

„Die werden dir nichts helfen, denn die Suite Nr. 113 ist belegt."

„Das ist blöd", entgegnete Freddy und ehe er fragen konnte, woher sie das wusste, sagte sie: „Mein Freund hat die Suite gebucht."

Freddy zog seine Augenbrauen nach oben. „Du überraschst mich immer wieder."

„Dann erzähle ich dir gleich mehr von mir."

„Schieß los!"

„Kaum nach Salzburg zurückgekehrt, bekam ich ein Angebot und seither schreibe ich für das *Salzburg Gourmet Magazin*."

„Kolumnen?"

„Und Kritiken", konterte sie stolz und steckte ihre Hände in die Jeans.

„Moment, du bist doch nicht eine von den ..."

„Tellerkommissaren?"

„Gratisessern!", entgegnete er.

„Speisetestern?"

„Restaurantcheckern!"

„Doch, genau so jemand bin ich. Vielleicht hast du von mir gehört. Man kennt mich unter dem Pseudonym M. D."

„Was? Du bist ...", rief er.

„Schhhh – wenn jemand dahinterkommt, kann

ich den Kritiker an den Nagel hängen." Freddy wurde bleich.

„Alles okay bei dir?" Marie rechnete mit einem erneuten Schmerzanfall.

„Ja."

„Bist du enttäuscht?"

„Keineswegs. Im Gegenteil!"

Marie konnte nicht wissen, welcher Film gerade in seinem Kopf ablief. Nämlich von einem Erschießungskomitee, das sein Chef herbeirufen würde, wenn er wüsste, wen er in der Suite Nr. 113 beherbergte.

9.

Schneckenspeise

„Seien wir ehrlich, ein Restauranttester isst ein, zwei Mal in einem Restaurant und fällt sein Urteil. Was ist, wenn der Patissier krank geworden ist, oder der Lehrling seinen ersten Liebeskummer hat?"

„Ist das im Lambert schon passiert?"

„Nein! Es ist nur so", Freddys Augenbrauen wanderten Richtung Haaransatz, „Lambert reagiert allergisch auf Restaurantkritiker. Es gab einen Vorfall im Gasthof seines Freundes. Ginge es nach ihm, würde er jedem Kritiker eine Verleumdungsklage anhängen."

„Wovor hat er Angst?"

„Angst? Nein, er verabscheut die Art und Weise, wie Restaurants in der Öffentlichkeit hingerichtet werden."

„Herrgott! Denkt er etwa, eine Kritik ist eine Vollstreckung?" Sie schüttelte den Kopf. „Das sehe ich anders."

„Ich weiß. Das ist in dem Interview gut rübergekommen. Du schreibst nur über Restaurants, wenn du Potenzial erkennst."

„Du hast mein Interview gelesen?“

„Nein! Es war das von M. D.“, korrigierte er und Marie zwickte ihn in die Seite.

„Woran arbeitest du gerade?“

„Im Augenblick schreibe ich über meine Arbeit im Ausland.“

„Schön! Sind auch Kritiken darunter?“

„Das kann passieren. Ich beginne in der Chefetage, schreibe über Personalführung und wie sie sich bis hin zur Küche und Service und am Ende bei den Gästen auswirkt.“

„Du sagst, du bist privat hier? Also Urlaub?“

Sie nickte. „Sag mal, Freddy, was wäre, wenn ich euch in den nächsten zwei Wochen helfe, bis ihr jemanden gefunden habt?“

„Auf keinen Fall! Du bist doch gar nicht alleine in Fuschl.“ Er bückte sich nach einem Korb, der mit Pflaumen gefüllt war.

„Halt! Freddy, was machst du?“

„Ich muss die Pflaumen hineintragen.“

„Das mache ich für dich. Komm, lass das!“

Freddy bewegte sich vorsichtig.

„Außerdem musste mein Freund zurück. Ein Notfall“, fügte sie an, um sich jegliche Fragerei zu ersparen. Vergebens! „Ist er Arzt?“

Sie ignorierte seine Frage. „Wir könnten nach der Arbeit zusammen essen, wie früher. Und ich könnte mich endlich für deine finanzielle Unterstützung meiner Ausbildung revanchieren.“

„Ich weiß nicht. Du als Aushilfe?“

„Ich mache alles. Ich ernte deine Pflaumen, ich ...“

„Sybille ist so eine Art Springer. Mädchen für alles. Sie hilft im Service, erledigt Bürokram. Manchmal arbeitet sie an der Rezeption, wenn Frau Biedermann nicht da ist. Was aber nie vorkommt“, fügte er trocken an.

Würde er ihr einen Korb geben, weil sein Chef Kritiker verabscheute? War es wegen M. D.?

„Ich rede mit der Personalchefin.“

10.

Pfiffige Gerichte

Jean-Pierre hantierte mit zwei Pfannen, als Marie und Freddy seine Küche betraten. Er pfiff seine Nationalhymne und sein Zwirbelbart tanzte dazu. Die Küchenhilfe Albert, ein Mann mit dunklen Haaren und blonden Strähnchen, stand Jean-Pierre gegenüber. Er unterstützte seinen Chef mit abwegigen Basstönen.

Als die Tür hinter Marie und Freddy zufiel, wirbelte Jean-Pierre herum, dabei vergoss er die Soße und sofort züngelte die Gasflamme danach.

„Mon dieu!", schrie Jean-Pierre auf und lenkte die Pfanne zur Seite.

„Ich möchte euch Marie Lipp vorstellen", verkündete Freddy. „Sie wird bei uns aushelfen, bis Sybille gesund ist."

„Bienvenue im Hôtel Lambert. Isch bin Jean-Pierre."

„Danke, Jean-Pierre! Ich darf Sie doch Jean-Pierre nennen?"

Er erwiderte, ohne aufzusehen: „Es ist mir eine Ehre."

„Und ich bin Albert!“ Mit ausgestrecktem Arm stürmte er auf Marie zu. „Bin ich froh, dass was ‚Junges’ nachkommt, bei all dem Gebrechen hier.“

Marie grinste. „Was duftet hier so herrlich?“, fragte sie.

„’alt!“, Jean-Pierre hechtete zu seinen Kochtöpfen. „Das ist ein Geheimnis. Nur, wenn Monsieur Lambert sagt ‚okay‘.“

Marie trat sofort zurück.

„Schade. Es duftet so herrlich nach ...“

Sie schloss ihre Augen.

„... dieses Aroma ... es riecht nach ... Rote Rüben ...“

Die Männer warfen sich Blicke zu.

„... vermutlich die Suppe ...“

Sie spürte einen Windzug. Bestimmt stand Jean-Pierre gerade vor ihr und kontrollierte ihre geschlossenen Lider.

„... selbst gebackenes Fladenbrot mit frischen Koriandersamen ...“

Genüsslich hielt sie inne.

„... als Nächstes ... ich vermute Ente à l’orange auf Gartengemüse und à l’albigeoise!“

Sie fuhr sich über die Lippen und sog die Würze des Bratensafts aus der Luft ein.

Hin und weg von dem Urteil prüfte Jean-Pierre jeden seiner Töpfe, ob sie alle verschlossen waren. Er starrte zu Freddy. Der aber grinste stolz. Sein nächster Verdacht galt Albert, der aber den Kopf schüttelte.

Marie öffnete die Augen wieder. Freddy ging zum

Personaltisch und griff nach der Menükarte. Er überflog den Text, dann nickte er.

Hierauf geschah etwas, das weder Albert noch Freddy erwartet hätten. Der Franzose überreichte Marie einen Löffel, dann hob er einen Deckel an und sofort entwich der Dampf. Er fächerte Marie eine Duftmischung aus süßen Orangen und Ingwer zu. Vorsichtig tauchte sie den Löffel ein. Maries Geschmacksknospen machten eine exotische Reise, während Jean-Pierre nervös seinen Bart zwirbelte.

„Diese Soße ist hervorragend." Jean-Pierres Brust schwoll an. Er grinste von Albert zu Freddy und zurück.

„Einen Spritzer Balsamico Bianco und sie ist perfekt."

Jean-Pierre machte einen Satz von ihr weg.

„Aber, das ist Geschmackssache", schob sie nach. Sie hätte besser die Klappe gehalten.

Albert rechnete mit dem sofortigen Rausschmiss der Neuen. Umso mehr überraschte es ihn, als Jean-Pierre der Soße einen Spritzer weißen Balsamico zufügte und kostete.

„Mon dieu, Marie, du bist eine Künstler!", quiekte Jean-Pierre und zwinkerte ihr zu.

„Das bedeutet nichts", beschwichtigte sie, „ich hab's einmal in einer Kochshow gesehen."

Ein Gruß aus der Küche

Salzburg Gourmet Magazin: Was stört Sie in einem Lokal am meisten?

M. D.: Unfreundliche Angestellte. Oder, und das finde ich am allerschlimmsten: Vorgesetzte, die sich selbst wichtiger nehmen als den Gast.

11.

Sahnehäubchen

Freddy rief durch die Küche: „Seid ihr bereit für die Verkostung und die Besprechung mit Lambert?“

„Oui, oui!“

„Aber freiliiisch“, äffte Albert nach.

„Dann sehe ich also jetzt deinen Chef?“, fragte Marie.

„Ja, und wie besprochen kein Wort über deine … ähm, Schreibarbeit“, flüsterte er und legte seinen Zeigefinger auf die Lippen.

„Und nichts darüber, dass ich deine Nichte bin.“

„Ist am besten, solange du unsere Aushilfe bist“, schmunzelte er.

„Adam Lambert ist doch ein guter Freund von dir. Richtig?“

„Du hast Recht, aber er erlitt einen Herzinfarkt. Vor Kurzem übernahm sein Sohn das Hotel. Gleich stelle ich dich ihm vor, obwohl du ihn schon von früher kennst.“

In diesem Moment öffnete sich die Tür und ein großer dunkelhaariger Mann trat ein.

Was will denn der Typ hier? Kommt der auch zu Lamberts Besprechung? Es war der Verrückte aus dem Speisesaal. Er sah sich nicht einmal um, sondern setzte sich sofort an den Personaltisch.

„Entschuldigung, es kam noch ein wichtiges Telefonat rein." Eine Frau in einem dunkelblauen Zweiteiler tänzelte herein. Irgendwie erinnerte Marie die Frau an ein bebrilltes Streifenhörnchen. Vermutlich lag es an ihren Pausbacken oder dem dunklen Haar, aus dem eine Silbersträhne wuchs.

Was für ein Traumpaar, dachte sie. Ein Streifenhörnchen und ein arroganter ...? Ach, keine Ahnung ... Liftboy. Was war nur aus dem Romantikhotel geworden?

Alle Anwesenden waren in Alarmbereitschaft. Selbst die Deckel saugten sich an ihren Töpfen fest. Das Streifenhörnchen überreichte dem Mann den Menüvorschlag. Soviel Marie aus der Entfernung erkennen konnte, bemerkte er ihr Lächeln nicht, oder ignorierte es.

Freddy tippte Marie an: „Komm, ich stelle dich ihm vor."

„Nein! Ich will nicht stören. Nachher."

Jean-Pierre ließ seinen Gast nicht aus den Augen, als warte er auf einen Startschuss. Wahrhaftig! Der Mann nickte, und der gesamte Raum trat in Bewegung. Auch die Kochdeckel schlugen an. Albert schenkte Wein ein. Jean-Pierre griff nach einer geschwungenen Schale und goss die Rote-Rüben-Suppe hinein.

„Jean-Pierre, du weißt, dass ich den erdigen Geschmack hasse, aber du schaffst es, mein Trauma von Roten Rüben zu überwinden“, erklärte der Mann.

Das war einfach, dachte Marie, man rundete mit Zucker oder Rübensaft ab.

Als Nächstes stellte Albert den Salatteller am Tisch ab, das Dressing schwappte über und die Marinade verteilte sich blitzartig. „Huch!“, rief Albert. Das Streifenhörnchen kreischte und der Mann riss reflexartig seine Beine auseinander.

Albert strafte ein totenstilles Urteil. „T'schuldigung!“, jammerte er.

Als Nächstes stopfte sich der Mann ein Salatblatt in den Mund. Es krachte wie Kartoffelchips. Anschließend schob er die Blätter zur Seite und probierte aus der Mitte. Marie durchzuckte eine Erkenntnis. Genau wie er verkostete auch sie den Salat. So schmeckte man am besten, ob das Dressing gut verteilt war.

Dann folgte der Hauptgang. „Monsieur, isch darf Ihnen eine französische Spezialität überreischen. Ente à l'orange auf frischem Gartengemüse und à l'albigeoise.“

Kein Dank. Kein Nicken. Kein Blick.

Jean-Pierre entfernte sich rücklings.

Befand sie sich in einem Gourmet-Kabarett?

Er probierte von der Ente. Danach kostete er das Gemüse. Schlussendlich trank er den Médoc. Alle warteten.

Marie beobachtete die veränderte Körperhaltung des Mannes. Als wäre das Streifenhörnchen sein

Spiegelbild, spitzte es ebenso seine Lippen. Allem Anschein nach schmeckte es beiden.

Das Streifenhörnchen musste Maries unterdrücktes Lachen gespürt haben. Es löste seinen Blick von seinem Gegenüber und studierte Marie, dabei drückte es seine Brille zurück. Unter anderen Umständen hätte Marie derartigen feindlichen Blicken standgehalten. Du bist nur eine Aushilfe, rief sie sich in Erinnerung.

„Die Suppe ist gut“, fuhr er fort, „aber das sagte ich bereits, dennoch empfehle ich Krennockerl und ein Sahnehäubchen dazu.“

Bei diesem Stichwort fiel Marie die Unterredung mit Karin wieder ein: „Er ist eine Sahneschnitte, stimmt's? Sieht er gut aus?“, hatte sie voller Neugier gefragt.

„Nur, solange er den Mund hält.“

„Erzähl mir mehr von ihm!“ Karin war noch nie von diskreter Art gewesen.

„Er hat schwarze Haare. Etwas zu lang für meinen Geschmack. Er ist groß. Vielleicht treibt er Sport. Dennoch erscheint er mir viel zu dünn.“

„Und seine Augen?“

„Braun, hellbraun! Passt nicht zu den dunklen Haaren.“

„Sein Mund? Die Lippen?“

„Viel zu wulstig.“

Nach dieser Schilderung konnte sich Karin nicht mehr zurückhalten: „Wie du ihn beschreibst! Sportlich, aber zu dünn. Braune Augen, passen nicht zum Haar. Mir scheint, dich hat's erwischt.“

„Du spinnst total! Er ist ein Ekel. Niemals würde ich ... Außerdem habe ich Hans-Georg."

„Der zuerst einen Romantikurlaub mit dir plant und zu seinem Chef rennt, sobald der Hänschen ruft, und das an deinem Geburtstag."

„Er hat Entscheidendes zu erledigen."

„Wach endlich auf. HG interessiert sich nur für sein Aussehen und seine Karriere."

„Stimmt doch gar nicht."

„Karrieregeil."

„Er übernimmt Verantwortung."

„Du brauchst einen Mann, der zu seinem Wort steht und dir den Kopf geraderückt, wenn du in die falsche Richtung schaust."

„Das tut er doch."

„Und lässt dich alleine in einem Romantikhotel?"

Marie wusste nicht, was sie noch dagegenhalten könnte.

„Wer ist eigentlich diese Sahneschnitte, die du auf deine garstige Art so höflich beschreibst?"

„Am Salat ist zu viel Knoblauch, aber deine Ente, mein Freund, oh là là! Einfach bravourös! Vorzügliche Soße. Hast du etwas Neues ausprobiert?"

Jean-Pierre strich über seinen Zwirbelbart. „Das ist mein Geheimnis." Der Mann folgte Jean-Pierres Blick. Sein Lächeln erstarb, als er Marie entdeckte.

„Warum tragen Sie keine Dienstkleidung?", war das Erste, das er wissen wollte, als er bei ihr und Freddy angelangt war.

Irritiert schaute sie an sich hinab.

„Marie Lipp! So ist Ihr Name?“

Wow! Das hat er sich gemerkt?

„Wenn ich mich richtig erinnere, trugen Sie gestern im Speisesaal ebenfalls keine Arbeitskleidung.“

„Ich ...“

„Frau Lipp wurde erst vorhin von der Personalchefin eingestellt und in alle Details eingewiesen“, mischte Freddy sich ein.

„Aha! Verstehe.“

Wird er sich jetzt für sein gestriges Verhalten entschuldigen?

„Falls es Ihnen die Personalchefin noch nicht gesagt hat, verzeihen Sie bitte ...“

Ja, das ist der Beginn seiner Entschuldigung.

„... aber im Hotel Lambert ist Arbeitskleidung Pflicht.“

Marie spürte, wie eine Falle über ihr zuklappte. Noch mehr schockierte sie, dass dieser Mensch eine Starre in ihr hervorrief.

„Jean-Pierre, bitte probier anstatt des Franzosen einen südafrikanischen Pinot noir. Er ist der letzte Schrei.“

Wie in Trance blickte Marie ihm hinterher. Das Streifenhörnchen grinste und stöckelte ihm nach.

Erleichtert sank Jean-Pierre auf den Platz nieder, auf dem der Wertungsrichter soeben noch gesessen hatte. Albert klemmte sein Geschirrtuch unter den Arm und klatschte Beifall: „Bravo Chef!“

Jean-Pierre bedankte sich mit einem Nicken, aber als Albert sich nicht beruhigte, entriss er ihm das Geschirrtuch und schrie: „Isch 'abe dir schon tausend Mal gesagt, weniger Knoblausch!"

„Was sollte das Theater eben?", fragte Marie und Albert heulte auf.

„Wieso lasst ihr euch von diesem Kerl schikanieren?"

Die anderen schauten irritiert.

„Auch, wenn er etwas zu sagen hat, niemand muss sich solche Launen gefallen lassen. Ihr seid für den Betrieb wichtig. Ohne euch hätte er ein Problem." Albert hob den Kopf, und Marie fragte sich, ob es Mascara oder Ringe unter seinen Augen waren.

„Wer gibt dem das Recht, so mit euch umzuspringen?"

Jean-Pierre fasste sich als Erster wieder: „Sein Vater gibt ihm das Rescht."

Sie suchte in Freddys Gesicht nach einer Antwort. Vergebens, denn der kämpfte gegen einen aufkommenden Lachkrampf. Sie blickte auf den Personaltisch, auf dem die benutzten Teller standen. Was hatte Freddy gesagt, bevor der Hohlkopf gekommen war? Adam Lambert hätte das Hotel seinem Sohn übergeben, und sie kenne ihn von früher.

„Das ist der Junge", half Freddy ihr auf die Sprünge.

„Ach du meine Güte", stammelte sie. „Er ist Maximilian Lambert?"

Der süße Junge von damals? Der sie beobachtet hatte, der sie geküsst hatte?

Ihr Onkel nickte. Bei dem sauren Gesicht, das Marie machte, konnte er sich nicht mehr zurückhalten und platzte fast vor Lachen.

„Ich dachte, er wäre der Liftboy."

Rund um sie wischten sich die Männer vor Lachen die Tränen fort.

„Käffchen, Süße?" Marie sah Albert dankbar an.

„Herzlich willkommen bei uns im Hotel Lambert."

12.

Harte Nuss

„Komm mit! Ich zeige dir unseren Gemeinschaftsraum und unsere Terrasse.“ Marie und Freddy durchquerten einen kleinen Raum, in dem sich eine Küchenzeile befand. Freddy öffnete die Terrassentür. „Klein, aber fürs Personal! Siehst du die beiden Büsche dort? Zwischen ihnen kannst du durchschlüpfen und schon befindest du dich in meinem Garten.“

„Klingt wie dein Fluchtweg.“ Er sah sie über seine Brille an. Ertappt!

Sie musterte die schmiedeeisernen Gartensessel.

„Ich weiß, sie sehen furchtbar aus, ich bin noch nicht dazugekommen, sie zu streichen.“ Er fusselte an dem weißen Lack. „Im Ernst, ich weiß nicht, was ich zuerst machen soll, so viel Arbeit steckt in dem Haus.“ Er nahm die Brille ab und massierte seine Nasenwurzel.

„Geht es dir gut? Hast du wieder Rückenschmerzen?“

„Nein, nein! Ausnahmsweise nicht mein Rücken.“

„Was denn?“

Ohne Brille waren seine Augen klein wie die eines Maulwurfes. „Ein paar Dinge laufen unrund im Hotel."

„Ist Maximilian Lambert der Grund? Als ich angekommen bin, hast du gesagt, dass er dir Sorgen bereitet. Wirtschaftet er das Hotel herunter?"

„Nein! So habe ich das nicht gemeint." Er suchte nach den richtigen Worten. „Sein Vater ... er wird das Hotel verkaufen, wenn Max die Umsatzzahlen nicht halten kann."

„Wie kommt er auf so etwas? Maximilian muss doch erst Erfahrungen sammeln." Hoppla! Nahm sie den Hohlkopf gerade in Schutz?

Freddy nickte. „Weißt du, ich liebe Max. Er ist wie mein Sohn. Aber wenn du ihn die letzten zwei Jahre gesehen hättest, würdest du ihm auch keine Hotelleitung zutrauen."

„Du denkst wie Adam?", fragte sie.

„Nein."

„Sondern? Was ist mit Maximilian Lambert?"

Was war vor zwei Jahren geschehen?

„Er hat sich zwar in den vergangenen Monaten angestrengt. Aber zu einer guten Personalführung fehlen ihm die Kenntnisse." Freddy hob die Arme und senkte sie wieder wie eine Marionette. „Oder besser, er hat kein Gespür dafür."

Das stimmte. Sie dachte an ihren ersten Zusammenstoß und seinen Auftritt in der Küche.

„Bis jetzt hat von seinen Leuten noch niemand gekündigt. Gott sei Dank! Du merkst ja selbst, wie Max sich verhält. Wer will so einen Schreihals zum Chef haben?“

„Keiner, wenn er einen anderen haben kann“, flüsterte sie.

„Das kannst du laut sagen. Seit er weiß, dass ein Kritiker unterwegs ist, läuft er täglich Amok.“ Freddy machte eine Pause. „Dabei bist du gar nicht so zum Fürchten!“

Marie zeigte ihr bezauberndes Lächeln.

„Das Haus ist in einem tollen Zustand, und die Lage unbezahlbar“, sie deutete in die Richtung des Sees.

„Adam bekäme jetzt noch eine Menge Geld dafür.“

„Er ist doch sein Sohn. Anstelle dieses blöden Ultimatums sollte er ihm besser unter die Arme greifen oder ihm jemanden zur Seite stellen.“

„Du hast Recht. Du kannst uns helfen.“ Freddy griff nach seiner Brille.

„Von mir würde er keine Ratschläge annehmen.“ Sie korrigierte: „Er würde von niemandem Ratschläge annehmen. Nicht einmal, wenn ich ein Restaurantkritiker wäre. Ups!“

„Vielleicht nicht direkt?“

„Wie meinst du das?“

„Genau, wie du eben gesagt hast. Er braucht jemanden an seiner Seite.“

„Du vergisst, dass ich nur seine Aushilfe bin.“

„Deshalb indirekt.“

„Wie soll das gehen?“

„Selbstverständlich darf Max nichts bemerken. Du weißt schon!“

„Nein, weiß ich nicht.“

„Ich spreche von der weiblichen Intuition und dem ganzen Zeugs.“

„Zeugs?“

„Wie ihr Frauen euren Willen durchsetzt und wir Männer glauben, es wäre unsere Idee.“

Marie blinzelte. „Reden wir hier noch über mich und Lambert?“

„Natürlich, über wen denn sonst?“

„Sybille und dich?“

„Ha!“ Freddy schrie auf. „Wie kommst du darauf?“

„Na hör mal! Wie deine Augen leuchten, wenn du über sie sprichst.“

Er erhob sich schneller, als Marie es ihm zugetraut hätte. „Siehst du, das ist es, was ich meine. Frauen können uns Wörter in den Mund legen, ohne dass wir es bemerken.“

„Es stimmt also! Das mit dir und Sybille!“

Freddy antwortete: „Ich sag's doch: weibliche Intuition.“

„Also gut“, entgegnete sie, „ich versuche mein Bestes. Aber ich kann dir nichts versprechen. Max Lambert ist eine harte Nuss, fürchte ich.“

„Ich weiß! Wie sein Vater. Gott stehe uns bei!“

13.

Gute-Laune-Tee

Es stillte Max' Verlangen nach Autorität, dass sie die Arbeitskleidung trug, wie er es bestimmt hatte. Bei näherer Betrachtung allerdings übermannten ihn erste Zweifel: Der oberste Knopf ihrer Bluse war geöffnet, die feinen Nähte der Jacke verliefen knapp über ihrer Brust und der schmale Rock betonte ihre weiblichen Formen. Anette Biedermann, seine Rezeptionistin, sah er jeden Tag in dem blauen Zweiteiler, nie hatte er sich Gedanken gemacht. Maries Anblick jedoch zupfte an seinem Jagdinstinkt.

Zweimal hatte er Marie getadelt. Das erste Mal im Speisesaal und ein weiteres Mal in der Küche, als sie hinter Freddy stand. Vermutlich aus Angst er würde sie wieder zurechtweisen, was er noch dazu getan hatte. Sie war zur falschen Zeit in seiner Nähe gewesen. Wahrscheinlich hielt sie ihn für frauenfeindlich oder den größten Hohlkopf von West bis Osteuropa.

Marie studierte die Liste der geladenen Politiker und Gemeindemitglieder. Sie hatte in den Medien darüber gehört, dass die Salzburger Trabrennbahn erneut aufleben sollte. Der Termin war in Gefahr. Die Parteien stritten wegen der Mehrkosten der Finanzierung. Nun sah es allerdings so aus, als käme das Projekt doch zustande. Zumindest gab es dieses Treffen heute Abend hier im Hotel. Gut gemacht, Maximilian Lambert, würdigte sie ihn.

Die beiden Journalisten bereiteten ihr Kopfzerbrechen. Was, wenn die Reporter sie einmal im Verlagshaus gesehen hatten? Sie sah im Geiste schon die Schlagzeile: „Restaurantkritikerin verdient Geld als Aushilfe." Die Überschrift verpuffte, als Max Lambert plötzlich am Empfangstresen auftauchte.

Nur zwei Wochen! In dieser Zeit musste sie es schaffen, ihm nicht permanent über den Weg zu laufen.

„Einen schönen guten Morgen, Frau Lipp!"

Was war das? Hatte er einen Gute-Laune-Tee getrunken?

Er trug einen eleganten Anzug mit rosa Hemd. Im Grunde fand Marie Pastellfarben bei Männern zu feminin. Doch an ihm störte sie das Rosa nicht. Ein passender Kontrast zu seinem Dreitagebart.

Lambert ließ die Hand über die marmorierte Theke gleiten und steckte einen Kugelschreiber in seine Halterung zurück.

„Ah! Sie bearbeiten die Sitzordnung für heute Abend?", fragte er.

„Ich schreibe nur die Namen auf diese Kärtchen."

„Hmh. Sie haben eine schöne Handschrift."

Sie bedankte sich und warf einen flüchtigen Blick auf die Stickerei an seinem Hemdkragen, dem Logo der Familie.

„Wo ist Frau Biedermann?"

Er will also wissen, wo das Streifenhörnchen ist.

„Sie erhielt ... einen Anruf." Sein Frischeduft hüllte sie ein. „Sie holt die Blumenarrangements."

„Ja, stimmt!" Er steckte seine Hände in die Anzugtaschen. „Normalerweise macht Sybille die Blumendekoration. Im Moment müssen wir auch diese Arbeit auslagern." Er beugte sich vor und studierte die Gästenamen am Bildschirm. Marie suchte nach Ähnlichkeiten zwischen ihm und dem Jungen, den sie nie vergessen konnte. Onkel Freddy hatte ihrer Mutter einmal erzählt, dass der Junge erstmals wieder sein Zimmer verlassen hatte, nachdem Marie in Fuschl gewesen war. Anfangs mit fadenscheinigen Ausreden wie er bekäme Asthma, wenn er nicht an die frische Luft ginge. Aber seine Freigänge, wie Freddy sie liebevoll genannt hatte, dehnten sich aus und Max hatte stundenlang auf der Schaukel gespielt.

„Wer ist Hans-Georg Balke?", fragte Max und Marie stürzte mit einer Bauchlandung in die Gegenwart.

„Wer ist der Gast, der auf 113 eingetragen ist? Ich hab' ihn noch nie gesehen!" Wie ein Gespenst schwebte plötzlich HG's Kopf durch die Luft und blickte sie ebenso fragend an.

„Ein Wanderer", würgte sie hervor. „Gegerbtes Gesicht und weiße Haare. Eine Art Luis Trenker. Er ging zeitig aus dem Haus."

Bestimmt kam es ihm komisch vor, dass ein Mann, der den ganzen Tag unterwegs war, eine Suite bezahlte.

„Seltsam, ein Bergsteiger in einer Suite?"

Na, bitte! Die ersten Zweifel.

„Ist das nicht Valentins Job?", fügte er hinzu.

„HG? Äh, Herr Balke?", stieß sie hervor und fühlte sich wie eine Anfängerin.

„Nein, die Blumenarrangements in Salzburg holen?"

„Ja, aber Valentin hat ... er kommt ein wenig später."

„Er hat verschlafen, stimmt's?" Max hob eine Braue. Ihre Wangen glühten. Sie hätte ihm nicht zugetraut, dass er die Schwächen seiner Mitarbeiter kannte. Ein dummer Einstieg, Marie. Halte dich aus allem Internen raus!

„Finden Sie sich gut zurecht?"

„Ja. Frederik hat mich herumgeführt. Er ist sehr nett."

„Mein Vater und Freddy sind Freunde. Er ist bei uns, seit ich denken kann."

„Ich weiß ... ähm, das hat er mir erzählt, meine ich."

Sei auf der Hut, Marie!

„Sie arbeiten erst kurz in der Hotelleitung?", lenkte sie das Gespräch in seine Richtung.

„Ja, das ist richtig. Seit Jahresbeginn. Mein Vater hat sich nach dem Tod meiner Mutter jahrelang überarbeitet. Er erlitt einen Herzinfarkt."

„Das tut mir leid, entschuldigen Sie meine Fragerei." Wie schaffte er es, dass sie sich bei ihm entschuldigte, nicht aber umgekehrt?

„Das braucht Ihnen nicht leid zu tun. Es geht ihm gut. Er schippert soeben auf die Vereinigten Staaten zu."

Sie wich seinem Blick aus und stierte auf den Sitzplan. Bitte geh jetzt! Geh jetzt, ich rede sowieso nicht mehr mit dir! „Wollen Sie die Sitzordnung sehen?", hörte sie sich auf einmal fragen.

Als sie ihm den Plan überreichte, glitten seine Finger über ihre Hand. Niemand hätte bemerkt, wie die Berührung eine Glut in ihm aufwirbelte. Er spürte, dass die Frau ihn jetzt gerade ansah, ihn musterte. Er konnte sich nicht auf den Plan konzentrieren. Wozu auch, er wusste, was darauf stand. Wer mit wem an einem Tisch saß. Er hatte die Sitzordnung schließlich festgelegt, was nicht einfach gewesen war, wegen der Ungereimtheiten zwischen den Parteien. Vielmehr interessierte ihn Marie Lipp. Fand sie Männer in Anzügen versnobt? Was hielt sie von der Stickerei, die sie vorhin akribisch geprüft hatte? War sie eine Person, der man trauen konnte?

„Was ist denn das?", kritisierte er plötzlich und drängte sich zwischen sie und den Schreibtisch. „Wer hat den Plan geändert? Sie können unmöglich Dr. Riener von den Sozialisten und Dr. Heinemann von den Schwarzen an einen Tisch setzen!"

Marie rutschte zur Seite. Wütend strich er auf dem Papier herum.

„Wissen Sie nicht, weshalb dieses Treffen heute stattfindet? Lesen Sie keine Zeitungen?“

Oh! Hier war er wieder sein großer Bruder, der Unterton.

„Ich lese Zeitungen. Daher weiß ich, dass die beiden zusammen Golf spielen.“ Ha! Jetzt staunst du, was? Sie klopfte sich beinahe auf die Schulter.

Er zwang einen Pfiff über seine Lippen: „Dieses Golfspiel war für einen guten Zweck. Ein Pflichttermin! Danach haben sie sich nicht mehr gesehen.“

„Dann ... könnten sie sich ja heute wieder anfreunden.“

Leg dich nicht mit deinem Chef an, Marie.

„Sie haben ja keine Ahnung, wovon Sie sprechen!“

„Anette Biedermann gefiel der Vorschlag“, fügte sie hinzu, in der Hoffnung er würde einlenken.

„Ja, genau, wenn man an Märchen glaubt ... Aber dies ist kein Wunschschloss, und ich bin nicht der Märchenprinz.“

Hört, hört! Wie wahr.

„Die sollen sich woanders ihre Köpfe einschlagen, nicht unter meinem Dach. Keine Schlagzeilen über das Hotel Lambert. Dafür sorge ich.“

„Entschuldigen Sie bitte, ich denke ...“

„Bei allem Respekt, was Sie denken, ist nicht relevant. Was ich sage, allerdings schon. Und ich sage, die Herren Riener und Heinemann sitzen nicht an einem Tisch. Nicht in meinem Hotel!“

Auch wenn dieser Hohlkopf dreimal Maximilian Lambert hieß, er durfte nicht so mit ihr umspringen.

Ihm würde sie in ihrem Buch ein eigenes Kapitel mit der Überschrift „Unfähige Hoteliers“ widmen.

Während dieser Auseinandersetzung stand Anette hinter der Eingangstür. Erst als Max außer Hörweite war, betrat sie die Lobby.

„Was war das jetzt?“ Bei jedem ihrer Schritte rieb ihre Strumpfhose aneinander. „Du Arme! Mach dir nichts daraus.“

„Was ist los mit ihm? Er hat die Änderung gesehen und ist ausgerastet.“

„So ist der Boss. Du wirst dich daran gewöhnen. Für mich klang deine Verkupplungsidee super.“

„Da bin ich mir nicht mehr sicher.“

„Es ist bestimmt, weil dieser Kritiker unterwegs ist. Ich rede nachher mit Herrn Lambert.“

„Danke, Anette, das brauchst du nicht.“

„Wie du meinst.“ Sie schob ihre Brille bis an die Nasenwurzel. „Sag, kennen wir uns von irgendwoher?“

„Nicht, dass ich wüsste.“

„Du kommst mir bekannt vor.“

Verdammt! Konnte das sein? „Ich glaube, dein Handy klingelt.“

Anette lief in ihr Büro. Sie schaute noch einmal über ihre Schulter, ehe sie die Bürotür zuzog.

„Hallo, fremder Mann!“

„Woher die gute Laune?“, meldete sich eine Stimme, die nach Luft rang.

„Was machst du? Klingt, als verscharrst du jemanden im Keller.“

„Für wen hältst du mich? Jack the Ripper? Ich bin am Laufband!"

„Ach so!"

„Und, was machst du?"

„Ich habe gerade zugehört, wie Lambert mit der Neuen geredet hat. Er war nicht nett zu ihr."

„Wie denn?"

„Ziemlich grob."

„So wie du es normalerweise magst?"

„Idiot! Er hat sie angeschrien, weil er ihre Idee nicht gut fand."

„Welche Idee?"

„Die Idee, dass ... Moment mal! Alles kann ich dir nicht erzählen."

„Du weißt doch, bei mir sind deine Geheimnisse in guten Händen."

„Ach, was soll's. Sie hat eine Sitzordnung geändert. Der Hintergedanke war nicht schlecht!" Anette kicherte dazwischen. „Allerdings nur dann, wenn man einen Mord plant."

„Und du hast das unterstützt?"

„Na ja, ich habe nichts dagegen gesagt."

„Deshalb bist du so gut drauf?"

„Klar!"

„Du musst dir etwas Besseres einfallen lassen, wenn du diese Marie loswerden willst. Mir hingegen gefällt die Vorstellung, dass du nicht mehr die einzige Braut im Lambert bist. Vielleicht hast du ja jetzt mehr Zeit für unsere ‚Treffen'?"

14.

Nullachtfünfzehn-Café

Die Frau im quietschrosa Outfit war der Mittelpunkt des Land-Cafés. Bettina Fink saß an einem Bistrotisch und nagte den Lack von ihren Fingernägeln.

„Hi, Bettina!", begrüßte sie ihre Kollegin vom *Salzburg Gourmet Magazin.*

Bettina fiel Marie um den Hals. „Endlich."

„Was ist los? Du warst am Telefon so seltsam."

„Ich brauche deine Hilfe." Sie ließ sich wieder in den Sessel plumpsen, hielt Marie jedoch weiter mit ihrem Blick fest. Ein schlaksiger Kellner mit Ponysträhne über dem rechten Auge trat an den Tisch. Er kaute Kaugummi und zog einen Stift hervor.

„Ähm, für mich ein stilles Mineralwasser. Aber bitte ohne Eis, dafür mit einer Scheibe Zitrone", gab Bettina in Auftrag. Marie bestellte einen Cappuccino.

Der Mann kritzelte, als würde er die Bestellung aufzeichnen.

„Der hat wohl seinen letzten Joint nicht verdaut", lästerte Bettina.

„Worum geht es und wozu brauchst du meine

Hilfe?", fragte Marie und schlug ihre Beine übereinander.

„Gerhard ist krank geworden, er fällt für einige Zeit aus. Herr Kolbnacker hat deswegen die schlechteste Laune ever und zu all dem Übel hat meine Ronny eine Blasenentzündung."

Ronny war Bettinas Mops. Der Hund lag zwar immer ruhig im Redaktionsbüro, hielt seine Blähungen aber nicht unter Kontrolle und jetzt nicht einmal mehr seine Blase.

„Gerhard ist krank? Was hat er denn?"

„Ach, keine Ahnung. Burn-out oder so etwas."

„Was?", fragte Marie lauter als beabsichtigt.

„Das ist jetzt nicht so wichtig! Viel schlimmer ist, dass Herr Kolbnacker meint, ich solle Gerhards Hotel-Kolumne so lange übernehmen."

„Das ist ja super. Deine Chance, um weiterzukommen."

„Aber jetzt, wo sie da ist, krieg' ich eine Riesenangst. Gerhard ist ein fantastischer Kolumnist, und ich komme geradewegs aus der Journalistenakademie."

„Du schaffst das, da bin ich mir ganz sicher."

„Kannst du nicht zurückkommen? Das Büro neben mir ist so verdammt leer." Sie mutierte zu einer Dreijährigen.

„Du weißt genau, dass das nicht geht. Außerdem hat Kolbnacker mich ‚quasi' beurlaubt. Ich bin ihm zu teuer."

„Das war, bevor Gerhard ausgefallen ist."

„Trotzdem. Ich verbringe hier meinen Urlaub", bekräftigte sie.

„Ich habe mir gedacht, dass du das sagen wirst. Du verdienst deine Ferien. Darum habe ich mir etwas einfallen lassen."

Sie schnappte gerade nach Luft, als der Kellner den Cappuccino vor Bettina und das Mineralwasser vor Marie abstellte. Bettina verdrehte die Augen.

„Was hast du dir überlegt?", fuhr Marie fort und tauschte die Getränke.

„Du bist ja in diesem traumhaften Romantikhotel, richtig?"

Ein mulmiges Gefühl stieg in Marie auf.

„Das heißt, du wohnst und isst im Hotel und kriegst auch sonst so einiges mit?"

Sie nickte.

„Genauer gesagt, du schläfst dort, genießt den hauseigenen Seezugang, nimmst eine Massage ..."

Wenn du wüsstest, was ich noch alles mache, dachte Marie. Vom Kehren des Speisesaales bis hin zum Feindbild Nummer eins, dem Hotelchef. „Komm auf den Punkt, Bettina!"

„Würdest du für mich die Hotel-Kolumne schreiben?"

„Was soll ich?"

„Ich kann das nicht."

„Ich schreibe übers Essen", erinnerte sie Bettina.

„Gib es zu, dass es dich reizt."

„Überhaupt nicht."

„Du bekommst die gesamte Entschädigung. Ich

will keinen Cent." Ab jetzt war klar: Bettina schob wirklich Panik. Geld spielte für sie nämlich die zweitwichtigste Rolle, nach ihrer Ronny.

Marie beugte sich über den Tisch. „Du vergisst, dass ich Urlaub mache und dass es Gerhards Kolumne ist. Er hasst mich seit ... *damals*. Der würde mich aufspießen, wenn ich nur eine Zeile anstelle von ihm schreibe."

„Und du vergisst, dass ich dich *damals* vor ihm gerettet habe."

„Sprich leiser!"

„Ich sage nur ‚Weihnachtsfeier'."

Oh Gott! War das ekelig gewesen. Gerhard war sternhagelvoll. Er erzählte Marie, dass seine Frau ihn in puncto Sex so dermaßen kurzhielt, dass er gezwungen war auszuweichen. Danach war er im Begriff, Marie zu küssen. Bettina aber hatte nach ihr geschnappt und sie auf die Tanzfläche geschliffen. Es war im richtigen Moment gewesen, nämlich jener, bevor Gerhard sein Abendessen hochgekommen war.

Bettina ließ die bildhafte Erinnerung in Marie nachwirken. An ihrer Mimik las sie ab, bei welchem Teil der Weihnachtsfeier sie angelangt war.

„Außerdem, wer weiß, ob Gerhard in den Verlag zurückkommt." Sie legte ihre Hand auf Maries Arm. „Biiitte, Mariiie! Ich brauche deine Hilfe. Das würde ich dir nie vergessen."

Was war Bettina doch für ein Luder. Jetzt wusste sie, warum sie immer bekam, was sie wollte.

Marie wich den Kulleraugen aus. Sie rührte kräftig in ihrem Cappuccino. Die Hotelkritik war es nicht, die ihr Sorgen bereitete, die traute sie sich zu. Trotzdem, sie war befangen, ja fast verwandt mit dem Hotel. Obendrein arbeitete sie für die Lamberts. Dennoch sah sie eine Möglichkeit.

„Ich mach's!", entgegnete sie und ihre Kollegin stieß ein *Juhu!* aus. „Unter einer Bedingung. Ich schreibe den Artikel nicht als M. D."

„Als wen denn sonst?"

„Du veröffentlichst ihn unter deinem Namen."

Bettina nickte.

„Ich möchte nichts damit zu tun haben."

Sie nickte heftiger.

„Und, es wird ein kleiner Artikel."

Damit konnte Bettina gut leben. Dabei fiel ihr etwas ein: „Ich kann dich besuchen kommen. Ja, das ist eine prima Idee. Wir nehmen das Hotel gemeinsam unter die Lupe."

Marie verschluckte sich an ihrem Kaffee. Bettina Fink konnte sie bei den Lamberts gar nicht gebrauchen.

„Ich dachte, du hättest so viel zu tun, dass du keine Zeit für die Hotelbewertung hast?"

„Deinen Kaffee zahle ich", zwitscherte sie schnell und rief dem Kellner. Als dieser das trinkgeldlose Bargeld in seine Tasche zählte, wartete Bettina auf seine Reaktion. Und da war sie ... ein scharfer Spearmint-Blick. Sie erklärte ihm auf Augenhöhe: „Hören Sie mir jetzt genau zu. Wenn Sie Trinkgeld bekommen wollen, sollten Sie erstens die Gäste begrüßen, wenn möglich mit einem Lächeln, zweitens sich merken, wer was bestellt hat und drittens ..."

Marie zupfte an Bettinas Jacke.

„Nein, lass mich, Marie, der Mann lernt gerade fürs Leben." Sie wandte sich wieder seinem offenen Mund zu.

„Und drittens sollten Sie sich Ihren Kaugummi in Ihren Pony packen und wegwerfen."

15.

Süßes aus der Besenkammer

Valentin, ein blasser junger Mann in Uniform und mit Pagenhut, lief über die Kieselsteine. Er geleitete ein Gästepaar mit einem Schirm durch den Regen, bis ins Innere des Hotels, wo es von Anette empfangen wurde.

Als Max die ersten Autos hörte, rückte er ein letztes Mal seine Krawatte zurecht. Der Streit mit Marie Lipp saß ihm noch in den Knochen. Ihre Erklärung, warum sie die Rieners und Heinemanns zusammensetzen wollte, schien ihm im Nachhinein sogar plausibel. War Anette wirklich damit einverstanden gewesen? Bisher befolgte sie immer akkurat seine Anweisungen.

Er schritt den Korridor entlang, als er zufällig jemanden in der Wäschekammer entdeckte.

„Frau Riener, geht es Ihnen nicht gut?"

Er eilte zu ihr und reichte Hannelore Riener beide Hände.

„Ach, Sie sind ein lieber Kerl, Max. Doch, doch, mir geht es gut, danke. Wäre Ihre Mitarbeiterin nicht so aufmerksam, hätte ich mich ganz schön blamiert. Noch dazu, wo die Heinemanns heute da sind."

Am liebsten wäre er davongerannt. „Wie darf ich das verstehen?"

„Das ist eine lange Geschichte und beginnt schon am Morgen im Supermarkt. Verdammte Bankomatkassa! Aber damit möchte ich Sie nicht langweilen. Jedenfalls stehe ich heute Abend vor meinem Kleiderschrank und schlüpfe in mein Paillettenkleid. Natürlich habe ich bemerkt, dass es ein wenig zu eng geworden ist. Verdammte Schokodonuts!"

„Ich verstehe nicht. Sie sehen selbst in dem Bademantel aus wie Sophie Schütt."

Zu seiner Erleichterung lachte Frau Riener. Max griff sich einen Hocker und setzte sich ihr gegenüber.

„Es ist zu komisch. Als ich vorhin meinen Umhang an der Garderobe abgegeben habe, machte es plötzlich ratsch." Sie deutete an ihre Kniekehle. „Eine Angestellte war so freundlich und ... Wie hieß sie gleich?"

„Jana?"

Sie schüttelte den Kopf und ihre Ohrringe klimperten. „Ach, mir fällt's schon wieder ein. Sie erkannte meine prekäre Lage und reagierte sofort. Nun sitze ich hier in Unterwäsche und in einem ihrer Bademäntel." Erneut lachte sie auf.

„Und wo ist Ihr Kleid jetzt?"

„Sie näht es rasch zusammen."

„Kann ich Ihnen einen Tee bringen."

„Nicht nötig, Max. Gehen Sie zu den anderen. Ich komme nach."

„Kommt nicht in Frage. Ich eröffne das Meeting erst, wenn alle vollzählig sind."

Frau Riener schmachtete ihn an, plötzlich zischte sie: „So eine dumme Kuh!"

Max stockte. Er wagte nicht zu fragen, was Marie Lipp diesmal angestellt hatte. Seit sie hier war, geschah ein Desaster nach dem anderen. „Na, Alice Meister meine ich."

Er hätte seine Chance nutzen und zu den Gästen gehen sollen.

„Die weiß gar nicht, welchen liebenswerten Mann sie aufgegeben hat. Garantiert bereut sie es jede Stunde."

Er rieb sich den Nacken.

„Wissen Sie schon das Neueste von Ihrer Ex?"

„Nein!" Er wusste auch nicht, ob er es hören wollte.

„Sie hat ein blaues Auge."

Max musste grinsen. Er konnte sie nur zu gut sehen, wie sie trotz des Regenwetters mit ihrer Prada-Sonnenbrille herumlief. „Wie ist das geschehen?"

„Sie ist in eine Schlägerei geraten."

„Was?"

„Sie haben richtig gehört. Alice wollte die Auseinandersetzung zweier Kerle schlichten. Den nächsten Schlag bekam jedoch sie ab." Frau Riener lachte aus vollem Halse und japste weiter: „Dummerweise ging es bei der Buhlerei um sie selbst."

Jetzt war auch Max nicht mehr aufzuhalten und ihr Gelächter hallte auf den Gang hinaus.

„Marie!", rief sie plötzlich.

„Was?“ Er konnte ihren Gedankensprüngen nicht folgen. „Die Frau, die mich vorhin gerettet hat. Marie heißt sie.“

Als er den Namen hörte, trommelte sein Herz gegen die Brust.

„Ach, Frau Lipp! Ehrlich?“ Er glättete sein Haar hinter die Ohren.

„Aber nun gehen Sie zu Ihren Gästen. Mir wird schon nichts passieren!“

„Okay“, gab er klein bei und zwinkerte ihr zu.

„Nicht, dass die Leute noch über uns tuscheln. Aufstrebender Hotelier mit alter Schachtel in Besenkammer ertappt. Das gäbe Schlagzeilen.“

Die Besucher nahmen ihre Plätze ein. Melissa, eine junge Mitarbeiterin vom Service, überreichte den Gästen ihre Getränke. Bei jeder Möglichkeit blickte sie durch die gläserne Schwingtür in die Lobby, ob sie den Pagen entdeckte. Gleichzeitig behielt sie auch Lambert im Auge, der eine Liaison unter dem Personal nicht duldete.

Max stellte sich hinters Rednerpult und hieß die Leute willkommen. Er blickte zum Tisch, an dem der Bürgermeister saß, und bedankte sich, dass sie sein Hotel für das Meeting ausgewählt hatten.

„Eine besondere Ehre ist es für mich, hier und heute unsere Landeshauptfrau begrüßen zu dürfen.“ Max lächelte der Dame zu, als Marie Frau Riener an ihren Platz begleitete. Er würde wetten, dass Frau Riener ihren Alleinauftritt gerade auskostete. Gleichzeitig beobachtete er Marie, wie sie in den Hintergrund trat und alles überblickte.

Die anwesenden Damen genossen die Gesellschaft ihres Gastgebers und hingen an dessen Lippen. Sogar Marie geriet in den Bann seiner Erzählungen von Flüchtlingen, die hier bei seiner Großmutter einst Schutz gefunden hatten. Marie hatte Hochmut und Blasiertheit erwartet. Warum um Himmels willen verspürte sie Bewunderung? Unwillkürlich bekam sie das Getuschel zweier Frauen mit. „Wie er wohl nackt aussieht?“

„Oder in knappen Jeans.“

„Ihn würde ich nie von meiner Bettkante stoßen.“

Automatisch stellte Marie sich ihn mit nacktem Oberkörper und in Jeans vor, und wie er barfuß am Seeufer entlangschlenderte. Plötzlich drang ein abscheuliches Quietschen aus den Lautsprechern. Alle hielten sich die Ohren zu. Max trat rasch zurück und die Rückkoppelung verstummte.

„Entschuldigung“, grinste er, „ich wollte vermeiden, dass Sie mir mit Ihren Gedanken abhandenkommen.“

Mit einer Hand knöpfte er sein Sakko auf. Er räusperte sich leise und bat einen Gast zu sich: „Herr Doktor Heinemann, ich darf Sie bitten, ans Rednerpult zu …“, plötzlich zögerte er. Die Anwesenden folgten seinem verstörten Blick, auch Marie. Doktor Heinemann stand auf. Sein weißes Haar stach hervor. Der Mann in dem marineblauen Anzug erhob sich von jenem Tisch, zu dem sie Frau Riener hinbegleitet hatte.

Riener und Heinemann saßen an einem Tisch zusammen.

Was, wenn das die Eröffnung der Trabrennbahn behinderte? Die Medien würden es als Provokation von Max ansehen. Im Geist packte sie schon ihre Koffer. Auf den Rausschmiss von Lambert konnte sie getrost verzichten. Nur gut, dass sie und Freddy ihre Verwandtschaft geheim gehalten hatten.

Sie trat zurück und stieß an die gläserne Tür. Es war zu spät. Max stellte sich neben sie. Schulter an Schulter.

„Was sollte das, Frau Lipp?", zischte er auf sie hinab, während Heinemann seine Rede begann. „Wollen Sie mich etwa ver...?"

‚Verarschen!', vollendete sie in Gedanken.

„Ich habe damit nichts zu tun."

„Das können Sie mir nicht erzählen."

„Ich schwöre es Ihnen!"

„Ich habe selbst gesehen, wie Sie die Karten geschrieben haben. Außerdem haben Sie die Schilder auf den Tischen platziert." Sein Kiefer versteinerte.

„Aber ich habe die Namensschilder nicht so hingestellt."

„Wie oft soll ich Ihnen noch sagen, dass Sie meine Anordnungen befolgen sollen?"

Nachdem Max den Satz beendet hatte, bemerkte er, dass ihn zwei Damen vom Nebentisch taxierten.

Na, was haltet ihr nun von dem hübschen Lambert?, dachte Marie. Dann kämpfte sie weiter: „Das muss jemand anders gewesen sein."

„Wollen Sie unterstellen, dass einer *meiner* Mitarbeiter die Sitzordnung boykottiert hat?“

Für ihn gehörte sie also nicht zum Team. Wem würde er wohl mehr glauben? Ihr oder seinen Mitarbeitern?

Mit den Worten: „Halten Sie sich zu meiner Verfügung! Wir reden morgen weiter“, beendete er das Gespräch abrupt.

16.

Feierabend

„Wenn ihr mich braucht, holt mich aus meinem Appartement“, knurrte Max Valentin und Melissa an, die reflexartig auseinanderfuhren. In Wahrheit meinte er: Holt mich, um Himmels willen ja nicht!

Im Gegensatz zu den großzügigen Gästezimmern bestand sein Appartement aus zwei lang gezogenen Räumen, die mit einer frei schwebenden Treppe verbunden waren. Die Zimmer waren früher Abstellräume, bis Max die Idee geboren hatte, sie zusammenzulegen und sie einrichtete.

Anstelle einer Küche besaß er einen amerikanischen Kühlschrank und ein Weinregal. Die restliche Fläche vereinnahmte eine Ledercouch. Daran vorbei gelangte man auf eine Terrasse mit Loungesesseln. Darauf ließ er sich nieder. Er spülte seinen Ärger mit dem braunen Inhalt einer Flasche hinunter. Anstatt einen Betäubungszustand zu erlangen, wuchsen seine gemischten Empfindungen für Marie mit jedem Schluck mehr. Es kam ihm vor, als kenne er sie aus einem anderen Leben.

Während er den Nachtschwärmern im Garten zuhorchte, dachte er an ihr anmutiges Gesicht: Als sie vor ihm gekniet, und der Ansatz ihrer Brüste ein Ziehen in ihm ausgelöst hatte. Er hatte nicht gewagt, länger hinzusehen.

Wann war er das letzte Mal einem solchen Wunsch erlegen gewesen? Wieder nahm er einen Schluck. Er musste dieses Verlangen, gekoppelt mit seiner Wut, loswerden, sonst würde er daran ersticken. Noch einmal setzte er die Flasche an. Frieden schließen, verzeihen, ha, wie oft hatte er die Wörter schon gehört. Das letzte Mal aus dem Mund von Alice. Er lehnte sich zurück und glitt in einen unruhigen Traum, der ihn zurückversetzte an jenen Abend, an dem er aus Frankreich zurückgekommen war.

Alice zwirbelte eine lange Haarsträhne. Das tat sie immer, wenn sie aufgeregt war. Nichts ahnend setzte sich Max zu ihr.

„Es tut mir so leid, Maxi!"

Seine Wiedersehensfreude geriet ins Wanken.

„Ich wollte das nicht. Ich bereue es. Das musst du mir glauben. Ich wünschte, ich könnte ..."

„Was bereust du?"

„Es tut mir so leid."

„Sag mir endlich, was los ist, verdammt!" Seine Stimme klang härter als beabsichtigt.

Sie schluchzte: „Ich habe mit einem anderen ..."

Die Worte durchbohrten ihn wie ein Dolch. Es gab nur einen Menschen, der seine Abwesenheit ausnutzen würde, und dieser Jemand war schon immer scharf auf Alice gewesen. Dennoch, er musste es aus ihrem Mund hören.

„Wer?"

Die schwarze Wimperntusche vermischte sich mit ihren Tränen.

„Kai."

„Wie bitte?", fauchte er, obwohl er sie verstanden hatte.

„Kai Makowetz."

„Du hast mit Kai geschlafen?"

„Es war ein unglücklicher Zufall, dass er plötzlich bei mir war, Maxi. Er wollte dich treffen."

„Er war bei dir zu Hause?" Zu spät, um diese Frage zurückzuziehen. Kai und er trafen sich schon lange nicht mehr. Wenn überhaupt, begegneten sie sich zufällig. Dass Kai ihn sprechen wollte, war ein Vorwand gewesen. Geplant. Er hatte auf seine Chance gewartet.

„Nein, ich meine, ja, er war bei mir. Ich fühlte mich so schrecklich, ich hatte seit Tagen nichts von dir gehört, nach unserem Streit am Telefon."

„Ich musste zwei Wochen durcharbeiten. Mein Gott, Alice! Kai?" Er schüttelte den Kopf.

„Es hat mir nichts bedeutet. Es ist nur einmal passiert. Seither habe ich ihn nicht mehr getroffen. Du verstehst es doch oder, Maxi?"

Mit einem Mal empfand er die Abkürzung geschmacklos. Die Vorstellung, von ihr und Kai nackt und ineinander verschlungen, hatte sich in seinem Kopf manifestiert.

Nach dieser unruhigen Nacht bewegte sich Max wie im Nebel. Die Luft in seinem Büro roch abgestanden. Während er die Tablette beobachtete, die im Wasserglas tanzte, wünschte er, er hätte die Flasche gestern nicht mehr geleert. Er zog an der Schnur des Rollladens, der sofort nach oben schnellte und in Max' Kopf ein Hämmern auslöste.

An einem normalen Tag würde er beim Anblick des schimmernden Sees innehalten, heute kehrte er ihm den Rücken. Er starrte in den Raum und kämpfte gegen die Unordnung in seinen Gedanken: Marie Lipp im Speisesaal ... die Katastrophe mit den Namensschildern ... das zerrissene Kleid von Frau Riener ... Maries intensive blauen Augen ...

Die Tablettenreste klebten auf seinem Gaumen. Ob heute der richtige Tag dafür war? Gab es dafür überhaupt einen Tag? Immer wieder ging er das bevorstehende Gespräch mit Marie durch. Sie und er konnten einfach nicht miteinander. Ganz zu schweigen von der Auflehnung seines Magens, wenn er an sie dachte. Wie sollte er in diesem Chaos seiner Arbeit ordentlich nachgehen? Er durfte keine Fehler machen. Sein Leben musste wieder in geordnete Bahnen kommen! Und das Wichtigste war der Erfolg des Hotels. Sein Erfolg! Entschlossen griff er nach dem Telefonhörer. In fünf Minuten wäre diese Ära vorbei.

„Einen schönen guten Morgen, Herr Lambert!", flötete Anette. War es ihre Heiterkeit oder der übermächtige Kater, der ihm übel aufstieß?

„Guten Morgen, Anette", riss er sich zusammen.

„Können Sie mir sagen, wo ich Frau Lipp finde?“

„Sie ist in der Küche“, erwiderte sie enttäuscht, dass er nichts von ihr wollte. „Ich habe von dem Malheur der Namenskärtchen gehört.“

Max sah im Geiste ihr krauses Haar hüpfen.

„Herr Lambert, es tut mir so leid. Wie kann Marie Ihnen so etwas antun?“ Er rieb sich die Stirn.

„Sie ist heute zu spät gekommen und jetzt trinkt sie Kaffee in der Küche“, ergänzte sie.

Verdammter Whiskey!

„Wie soll sich das auf das Arbeitsklima auswirken?“

Er versuchte, ihren Redefluss zu stoppen: „Anette, hören Sie!“

Es half nicht.

„Gestern unterhielt sie sich eine Ewigkeit mit Hannelore Riener. Was wird die Frau Doktor gedacht haben?“

Gleich würde er rübermarschieren und ihr etwas in den Mund stopfen. „Anette, ich muss Ihnen etwas sagen!“

„Sie kam mir von Anfang an seltsam vor. Ich habe sie auch schon einmal gesehen. Ich komme nur nicht darauf, wo. Jedenfalls wirft sie kein gutes Licht auf unser Hotel.“

‚Unser Hotel?‘ Er hörte wohl schlecht. „Anette!“

„Sie sollten Marie Lipp kündigen!“

„Das habe ich vor!“

Endlich schwieg sie. Max verdrehte die Augen, doch diese Bewegung aktivierte einen Bautrupp in seinem Kopf.

Die Worte der Kündigung zuckten durch die Leitung, welche er für sich behalten wollte. Noch dazu gegenüber Anette, ausgerechnet! Aber was machte es aus? Marie Lipp würde noch heute das Haus verlassen.

17.

Halbgefroren

Freddy betrat mit einem ausgedehnten Gähnen die Küche und griff nach der Kaffeekanne. „Bin ich froh, dass du bei uns bist."

„Geht es dir schlechter?"

„Ich war beim Arzt", brummte er. „Ich soll einen Stock nehmen, bis die Entzündung abgeklungen ist."

„Gut."

„Der kann mich mal! Als Nächstes einen Rollator?", rief er in die Tiefe des Kühlschranks.

Marie sagte nichts, sondern nahm ihm die Kaffeekanne ab.

„Danke, dass du mir hilfst."

„Du übertreibst, Anette hätte gestern auch den Schlussdienst machen können."

Freddy schüttelte den Kopf. „Sie verweigert den Spätdienst mit der Begründung, sie brauche ihren regelmäßigen Schlaf."

„Klingt, als glaubtest du ihr nicht."

„Ich glaube, sie hat einen Liebhaber, will aber nicht, dass Max es erfährt."

„Wieso sind sie kein Paar? Die Schöne und das Biest. Die passen perfekt zusammen."

„Was? Überhaupt nicht. Max ist einer der ehrlichsten Menschen, die ich kenne. Hingegen sie ... Ach lassen wir das. Ich danke dir trotzdem, dass du gestern Abend für mich fertiggemacht hast."

„Du solltest zu einem Spezialisten gehen. Die Schmerztabletten ruinieren deinen Magen."

„Oder der Kaffee." Er nippte an seiner Tasse. „Wollen wir auf die Terrasse hinausgehen?"

„Nein, lieber nicht." Auf ihrer Stirn wuchsen kleine Falten.

„Ist etwas mit dir?"

„Hast du es gestern bemerkt? Bei seiner Rede meine ich."

„Was genau?"

„Lamberts Gestotter."

„Ach das. Bemerkt habe ich es schon, aber wieder vergessen. Was war denn?"

Anette wollte sich auf den Weg zu Marie in die Küche machen, als das Hoteltelefon läutete.

„Romantikhotel Lambert, Anette Biedermann am Apparat, was kann ich für Sie tun?"

„Doktor Riener hier, verbinden Sie mich schnell mit Herrn Lambert!"

„Selbstverständlich, Herr Doktor." Sie wählte seine Durchwahl.

„Ja?", brummte Max.

„Doktor Riener ist in der Leitung."

„Stellen Sie durch."

„Und Marie Lipp?"

„Das kann warten."

Es war die Ruhe vor dem Sturm gewesen, dachte Max. Jetzt platzte die Bombe. Niemand würde sich für seine Interpretation interessieren, nämlich, dass er eine störrische Aushilfe beschäftigte, welche die Namensschilder vertauscht hatte. Quasi ein Attentat auf die Politiker.

„Lambert!", meldete er sich und seine eigene Stimme war ihm fremd.

„Hallo Herr Lambert, hier spricht Doktor Riener. Störe ich Sie?"

„Nein, Sie stören mich nicht, im Gegenteil. Ich wollte mich heute ohnehin bei Ihnen melden." Er bemühte sich um einen verbindlichen Ton.

„Da bin ich Ihnen zuvorgekommen", stellte Riener triumphierend fest, „das soll mir Recht sein."

„Hören Sie, es tut mir leid, was gestern ..."

„Nichts muss Ihnen leid tun. Hannelore und ich wollen uns noch bei Ihnen und Marie Lipp bedanken. Es war ein toller Abend."

Spielt der Mann mit seiner Beute, ehe er sie kalt macht? Wird das ein politisches Komplott? Und wieso bedankt er sich bei Marie Lipp?

„Es war raffiniert, mich und Herrn Heinemann an den gleichen Tisch zu setzen. Ein kluger Schachzug, mein Freund."

Hatte er etwas verpasst?

In Gedanken fand er sich wieder auf dem Podium.

Jeder im Saal musste erkannt haben, weshalb es ihm die Sprache verschlagen hatte.

„Wir amüsierten uns herrlich ... Ach was, ehrlich gesagt, haben meine Frau und ich schon lange nicht mehr so viel Spaß gehabt. Und Gerhard, also Herr Heinemann, kann Geschichten erzählen, wunderbar."

Max musste etwas trinken, ansonsten würde jeder Ton in seiner Kehle zerbröseln.

„Und nun halten Sie sich fest, Herr Lambert, was ich Ihnen jetzt sage!"

Alles, was er ihm jetzt vorschlug, würde er annehmen, wenn nur die Schande des gestrigen Abends nicht publik würde. Max presste den Hörer an sein Ohr.

„Betreffend der Finanzierung der Mehrkosten, die für das Wiederaufleben der Trabrennbahn entstanden sind, sind Gerhard und ich uns einig geworden." Riener gluckste wie ein Kleinkind. „Ja, Herr Lambert, daran sind Sie und Ihre reizende Mitarbeiterin, Frau Lipp, nicht unschuldig. Meine Frau und ich wollen sie beide zum Trabrennen einladen."

Max sank in seinem Sessel zurück. Wenn es stimmte, dann würde jeder erfahren, dass die Politiker unter seinem Dach Frieden geschlossen haben. Oh Gott! Hatte er Anette wirklich gesagt, dass er Marie Lipp kündigen würde?

18.

Kaffee-Komposition

„Ja!", entgegnete Max, als es klopfte. „Bitte nehmen Sie Platz", forderte er Marie auf und sofort machte sich wieder der Kater unter seiner Schädeldecke bemerkbar. Für ihn und das Hotel wäre es das Beste, sie loszuwerden. Er hätte Marie gekündigt und nicht eine Erklärung dafür gebraucht. In weniger als einer Stunde wäre sie fort gewesen. Für immer. Aber jetzt?

„Wollen Sie Kaffee?", fragte er im Geschäftston und goss eine Tasse ein, ohne ihre Antwort abzuwarten.

„Zucker?"

„Zwei Stück, bitte."

Sein Herzschlag beschleunigte sich, als sich ihre Blicke trafen. Er kämpfte den Drang nieder, ihr die Meinung zu sagen, dass er sie am liebsten loswerden möchte. „Ihr Handeln hätte verdammt noch mal schiefgehen können", vernahm er Adams Stimme über den großen Teich. Die Familie und das Hotel wären ... Ach was, die Medien hätten den Namen

Lambert in der Luft zerrissen, bis man ihn nicht mehr hätte entziffern können.

Das einzig Gute an Max' Kater war, dass er ihm half, ruhig zu bleiben.

„Milch?"

Marie schüttelte den Kopf. Er rutschte auf die Sesselkante vor, stützte sich mit den Ellbogen auf und presste seine Fingerspitzen aneinander.

„Ich habe Ihnen gestern gesagt, die Politiker nicht an einen Tisch zu setzen. Und ich denke, ich habe Ihnen den Grund dafür klargemacht." Sein Kopfschmerz drang bis in die Haarspitzen vor. „Wieso haben Sie meine Anordnung nicht befolgt, Frau Lipp?"

„Es tut mir leid."

In seinen Ohren klang dieser Satz wie eine ungeübte Textstelle.

„Glauben Sie, das wäre mit einer billigen Entschuldigung abgetan?" Seine Augen wurden schwarz.

Marie nestelte an ihrem Medaillon. „Ich verstehe das nicht. Als die Paare nach Hause gingen, hatte ich das Gefühl, sie hätten sich vertragen."

„Gefühle!? Ihre Gefühle hätten mich und das Hotel in enorme Schwierigkeiten bringen können. So ein Verhalten ist nicht tragbar."

„Herr Lambert, seit ich Ihr Hotel betreten habe, kritisieren Sie mich. Im Speisesaal, in der Küche, an der Rezeption. Soll ich mich heute schon dafür entschuldigen, was Ihnen morgen an mir nicht passt?", entgegnete sie.

Ihr Anblick drückte ihn in seinen Sessel zurück.

Soeben hielt sie ihm sein Spiegelbild vor Augen und was er sah, war ein verkaterter Idiot.

„Es tut mir leid, was passiert ist. Wenn ich könnte, würde ich alles rückgängig machen", redete sie zu Ende.

Die Situation erstarrte in Schweigen. Es war an der Zeit, etwas zu sagen, doch seine Zunge klebte am Gaumen fest. In Wahrheit bewunderte er Menschen, die ihm Paroli boten. Alle befolgten stets seine Anweisungen, außer diese Aushilfe.

„Ich werde mich sofort bei Herrn Riener und Herrn Heinemann entschuldigen."

„Erzählen Sie mir bitte, was Sie gestern mit Frau Riener gesprochen haben?" Seine Stimme klang immer noch kühn, doch seine Missbilligung war verschwunden.

„Wir sprachen über ihr Abendkleid, das Golfspiel und über die Peinlichkeit im Supermarkt, wegen ihrer defekten Bankomatkarte."

„Was haben Sie über den Golfsport gesprochen?"

„Ich habe mit ihr nur kurz über ihren Mann und Golf gesprochen. Mehr nicht. Außerdem hat meistens Frau Riener geredet."

Das konnte er sich gut vorstellen.

„Dabei habe ich erwähnt, dass Doktor Riener und Doktor Heinemann einst beim selben Trainer namens Ramos die Platzreife gemacht haben. Das weiß ich, weil der Brasilianer ein Bekannter meiner Mutter ist. Als ich später an ihrem Tisch vorbeiging, hörte ich, wie die Männer über ihr Handicap sprachen."

Sie hatte einen gemeinsamen Nenner der beiden gefunden und ihnen diesen Ball zugespielt. Einen Golfball sozusagen. So einfach war es gewesen? Darauf wäre er selbst nie gekommen.

19.

Ungestörter Genuss

Alle würden erfahren, dass sich die Streithähne in seinem Hotel versöhnt haben? Er hielt das Telefonat mit Herrn Riener immer noch für einen Traum. „Meine Frau und ich wollen Sie beide zum Rennen einladen", war Riener fortgefahren. „Ich lasse Ihnen die Karten zukommen. Im VIP-Bereich versteht sich. Nur das Feinste für den Heldenmut!" Max fasste es nicht. Er hätte beinahe einen Luftsprung gemacht. „Meine Hannelore besteht natürlich darauf, dass Sie mit Frau Lipp kommen." Wäre er gesprungen, läge er jetzt am Boden. Der Tonfall ließ keine Einwände zu.

„Wussten Sie, dass Frau Lipp Hannelores Kleid und dadurch meinen Abend gerettet hat? Lore war den Tränen nahe gewesen. Es brach mir das Herz. Ich hätte den Abend alleine verbringen müssen", erzählte er. Max sagte nichts. Er hätte ohnehin kein Wort rausgebracht.

„Jetzt muss ich aber Schluss machen. Wir treffen uns mit den Heinemanns zum Golfen. Übrigens in der Nähe von Ihrem Hotel, mit Blick auf den Fuschlsee. Ein wahrer Traum bei diesem herrlichen Wetter. Auf Wiederhören, und grüßen Sie Frau Lipp."

Marie nippte an ihrem Kaffee. Max ging um seinen Schreibtisch und näherte sich ihr. „Sie haben nicht nur meine Anweisung missachtet, Sie haben mein Hotel in Gefahr gebracht." Seine Stimme brach. Sie spürte seine Zuneigung zu dem Romantikhotel.

„Wenn es zu einem Streit gekommen wäre? Neben den Journalisten! Das wäre eine Katastrophe geworden und ich weiß, was so ein Schreiberling mit einem einzigen Artikel anrichten kann."

Marie dachte an ihre eigenen Kritiken. Sie fröstelte.

„Sie lagen richtig mit Ihrer Annahme. Riener und Heinemann haben sich gestern vertragen und sind sich einig geworden."

War das gerade ein Anflug von Nettigkeit?

„Das Rennen findet am Wochenende statt. Sie und ich sind eingeladen."

Machte er sich über sie lustig? „Nehmen Sie Anette mit zu dem Rennen."

„Das werde ich nicht", wiegelte er ab. „Was für eine absurde Idee!"

„Es ist besser, wenn Sie Frau Biedermann zu dem Event mitnehmen. Glauben Sie mir!"

Sie hielt ihren Kopf gesenkt, sonst hätte sie bemerkt, wie Max sie studierte. „Jetzt verstehe ich! Ja, jetzt wird mir einiges klar! Warum bin ich nicht eher darauf gekommen? Frau Biedermann hat die Karten getauscht."

Ihr Blick schnellte zu ihm. „Sie wussten es?“

„Nein“, er schüttelte den Kopf. „Erst jetzt bin ich mir sicher … und Sie wussten es, und damit der Abend nicht eskaliert, haben Sie die Politiker auf ihren gemeinsamen Sport angesprochen. Warum haben Sie mir nichts gesagt?“

„Das habe ich, aber Sie haben mir nicht geglaubt.“

Marie gewann den Eindruck, dass ihn sein Misstrauen beschämte. Sie stand auf. „Ich schwärze niemanden an, Herr Lambert. Wenn jemand ein Problem mit mir hat, dann regle ich das persönlich.“

Er reichte ihr die Hand, und sie fühlte seine Finger um ihr Handgelenk. Alles an diesem Mann sorgte für Verwirrung.

„Ich hole Sie also am Samstag im Personalhaus ab und wir fahren zum Pferderennen?“

„Ich werde da sein.“

„Welche Zimmernummer haben Sie?“

„Ähm!?“

20.

Freilaufendes Huhn

Marie blickte durch das Geäst. Unter ihr lag eine halbmondförmige Bucht. Das Altholz brach unter ihren Turnschuhen. Um hinunterzugelangen, müsste sie den Abhang runterrutschen. Bei ihrem Geschick würde sie sich verletzen. Sie dachte an den gebrochenen Fuß von Sybille. Aber die Vorstellung, sofort in den See einzutauchen, machte sie wagemutig. Niemand würde bemerken, wenn sie schwimmen ginge. Nackt schwimmen ginge. Als sie ihren nächsten Schritt setzte, entdeckte sie ein Paar in der Bucht.

Der Mann legte gerade ein Bein über das seiner Partnerin. Blitzartig kam ihr der Gedanke, dass das Max sein könnte. Er hatte dunkles Haar. Schlank war er ebenfalls. Gehörte der sexy Body dort unten wirklich ihrem Chef? Er trug eine Tätowierung auf seinem rechten Schulterblatt. War es eine Schlange oder ein Schriftzug?

Sein nasses Haar schimmerte in der Sonne. Sie sah, wie er ihren Busen berührte. Seine Hand glitt an ihrer Seite entlang und kreiste um das mit Scham bedeckte Fleckchen. Die Frau kicherte und stieß seine Hand beiseite. Jedenfalls war sie nicht die blonde Modelmaßfrau, mit der Lambert sich vor dem Hotel gestritten hatte.

Marie machte einen Schritt nach vorne, als ein Ast unter ihr knackte. Er stürzte in die Bucht hinunter. Marie landete auf ihrem Hintern und ihr Aufschrei ließ das Paar hochfahren. Die Frau zog die Beine an. Der Mann schien sich um seine Nacktheit nicht zu kümmern. Marie wich zurück. Oh Gott! Sie hielt sich die Hand vors Gesicht.

„Ich habe nichts gesehen!“

„Das ist Privatgrund!“, rief er.

Marie drehte sich um. Am liebsten wollte sie unter den Blättern davonkriechen.

Anettes Herzschlag setzte aus, als sie Max' Silhouette im Augenwinkel bemerkte. Ehe sie sich ihm zuwandte, strich sie ihren Rock glatt und rückte die Brille zurecht. Max stellte fest, dass sich ihre Brillenauswahl zu einer Marotte auswuchs.

„Ah, guten Morgen, Herr Lambert!“ Max zog die Tür zu.

„Was wollte Herr Riener? Haben sich die Politiker endgültig zerstritten?“, fragte sie und stand auf.

„Setzen Sie sich!“, sagte er knapp und Anette hielt inne. Sie klemmte eine Strähne ihres Haares hinter ihr Ohr, die sofort wieder hervorsprang.

„Ich habe mit Frau Lipp gesprochen.“

Anette fixierte ihren Boss und berichtete: „Und ich

habe mich im Internet schon nach neuen Aushilfen umgesehen."

„Wie war das mit den Namenskärtchen?"

Sie schnappte nach Luft. „Keine Ahnung." Offenbar suchte sie einen Hinweis in Max' Gesicht.

„Wie ich in dem Gespräch mit Frau Lipp erfahren habe, hat sie die Namensschilder richtig hingestellt. Es muss jemand anderer die Schilder vertauscht haben. Können Sie sich vorstellen, wer?" Er beugte sich über den Schreibtisch.

„Es war ihre Idee gewesen", platzte sie heraus.

„Aber Sie tragen die Verantwortung. Ich muss mich auf Sie verlassen können, Frau Biedermann!"

„Ja, aber Frau Lipp ..."

„Sie ist nur eine Aushilfe!", sagte er scharf, als müsste diese Erklärung ausreichen. „Es liegt in Ihrem Verantwortungsbereich. Der Ruf des Hotels ...", er stockte.

„Es wird nicht wieder vorkommen", entschuldigte sie sich und fragte im selben Atemzug: „Haben Sie Frau Lipp gekündigt?"

„Nein! Sie bleibt. Sie werden künftig die Konsequenzen tragen müssen, wenn so etwas noch einmal passiert."

21.

Stark im Kommen

„Hallo! Wie geht's?", raunte eine Stimme ins Telefon.

„Wie soll es mir schon gehen, in einem Haus voller Narren?", fauchte Anette und gab der Bürotür, durch die Max Lambert eben gegangen war, einen Stoß.

„Ich verstehe, du musst dich abreagieren. Am besten an mir."

„Jemand muss sie aus dem Weg räumen. Das wäre alles, was mich im Moment befriedigen würde."

„So blutrünstig? Warte ... ich glaube, es macht mich ..."

„Die Lipp macht mich wahnsinnig."

„Ich habe mich erkundigt."

„Und?"

„Den Namen gibt es unzählige Male."

„Verdammt!"

„Ute, Anne ..."

„Wenn ich nur wüsste, wo ich sie schon einmal gesehen habe ..."

„Sie ist ja nicht mehr lange da."

„Wirklich?"

„Das hast du gesagt."

„Irrtum."

„Lass uns über unser nächstes Treffen …"

„Diese Frau zieht alle Register, um ihn zu angeln." Anette legte die Brille ab und fuhr mit dem Finger ihre Augenbrauen nach.

„Na und? Er ist ein Idiot. Ich weiß nicht, was du an ihm findest. Außerdem hat diese Lipp gegen dich keine Chance"

„Hast du sie etwa gesehen?"

„Nein."

Anette grinste seicht. Sie setzte ihre Brille wieder auf und lehnte sich zurück.

„Du erinnerst dich doch noch an unsere Abmachung?"

„Ja, aber bis Max so weit ist. Ich bin sicher, er kann mir nicht das Wasser reichen."

„Du bist so überheblich."

„Dieselbe Zeit, derselbe Ort?"

Marie dehnte ihre Waden. Trotz des Waldbodens brannte jeder der zwölf Kilometer in ihren Beinen. Plötzlich hörte sie das Knirschen von Kieselsteinen und ein blauer Wagen kam auf sie zu. Die Fenster waren heruntergelassen und eine Ballade mischte sich mit den Klängen der Natur. Fast hätte Frederik seine Nichte am Straßenrand übersehen.

„Hey Freddy!" Ein Rosenstrauß lag am Beifahrersitz und John Paul Young besang die Liebe.

„Was hast du gesagt?", schrie er, bevor er die

Musik abstellte. „Sorry, meine Liebe, ich war gerade ein wenig abwesend."

„Aha!"

„Ich wusste nicht, dass du joggst."

„Und ich wusste nicht, dass du ein Date hast!" Sie deutete auf die Blumen. „Sind die für Sybille?"

Sein Grinsen wurde breiter. Nun war Marie klar, dass selbst ihr Onkel Geheimnisse hatte. Freddy kontrollierte sein Haar im Rückspiegel. „Wie lautet die Redewendung? Ein Gentleman genießt und schweigt!" Woraufhin er aufs Gaspedal trat und John Paul weitersang. „Love is in the air ..."

Marie wich zur Seite und setzte sich auf eine Parkbank, die unter einem Kastanienbaum stand. Sie grub ihr Handy aus der Jackentasche und drückte Hans-Georgs Handynummer.

„Denise Hundtsberger."

„Guten Tag, hier spricht Marie Lipp. Kann ich bitte Herrn Balke sprechen?"

„Hans-Georg, äh, ich meine, Herr Balke hat vor fünf Minuten das Büro verlassen."

Seit wann duzten sich die beiden? „Wann kommt er?"

„Nachmittag." Die knappe Antwort deutete darauf hin, dass sie ihr Anruf störte.

„Sagen Sie Herrn Balke bitte, dass ich angerufen habe."

„Ich werde es ausrichten. Wiederhören."

Sie hätte sich eher in die Zunge gebissen, als nachzufragen, warum Denise Hundtsberger an HG's

Handy ging. Die Frau war nicht zur Assistentin geboren. Sie wollte auf der Karriereleiter nach oben und da Hans-Georg sich darauf befand, brauchte sie sich nur an seine Fersen zu heften.

22.

Der Service schnurrt

Marie überprüfte ihr frisches Make-up und betrachtete sich von allen Seiten. Dieses Outfit hatte sie gar nicht einpacken wollen. Jetzt war sie froh um den Jeansrock und die freche Carmenbluse. Sie strich über den breit gesmokten Bund. Die schulterfreie Bluse war perfekt für den heißen Tag an der Pferderennbahn. Auf welchen Typ Frau Max Lambert stand? Auf den Natürlichen oder auf jemand Auffälligen wie ihre Freundin Karin? Rauchige Stimme, rotes Haar?

Warum um Himmels willen dachte sie über Max' Frauengeschmack nach? Sie warf ihren Rougepinsel in das Etui zurück. Kaum auszuhalten, wie der Sekundenzeiger langsam vorwärtsschlich.

Als sie das Fenster schloss, entdeckte sie Max, der sich mit Valentin unterhielt. Währenddessen schmiegte sich Kater Romeo wie eine Endlosschleife um Max' Beine. Sein Fell glänzte. Endlich kniete er sich zu dem liebeshungrigen Kater. Die Art, wie Max über seinen Rücken streichelte, gefiel Marie. Romeo war das erste Wesen, bei dem dieser Mann eine menschenähnliche Regung zeigte.

Max trug Bluejeans und ein Leinenhemd. Die Ärmel hochgekrempelt. Die Bedeutung seines Tattoos würde sie durch den Stoff hindurch nicht erkennen können. So leger hatte sie ihn noch nie gesehen. Immer trug er Anzüge. Teure Anzüge, die eine Distanz zwischen Chef und Angestellten schufen.

Mit einem Mal war es Marie, als hätte sie jemand gerüttelt. Auslöser dafür war Max' Blick auf seine Uhr. Sie schlüpfte in die Lederstiefel und stopfte noch Geld in die Tasche. Dann hetzte sie die Treppe hinunter. Sie musste vor Max in ihrem Personalzimmer ankommen.

In der Lobby angekommen, sah Freddy auf und folgte seiner Nichte mit fragendem Blick. Sie jagte an ihm vorbei zu den Kästchen mit den Ersatzschlüsseln. „Verflixt!“ Welche Nummer hatte sie Max genannt? Ach ja, elf! „Komm schon, wo bist du!“ Sie kramte in den Zweitschlüsseln, bis sie ihn endlich in Händen hielt.

„Kann ich dir helfen?“, brummte Freddy, der plötzlich neben ihr stand.

Bildete sie sich das ein oder befand sich über Freddys Kopf eine Sprechblase: „Stressig, so ein Doppelleben.“

Denise Hundtsberger ließ sich in ihren Bürostuhl fallen, schlüpfte aus ihren High Heels und legte ihre Beine auf den Schreibtisch. Der Job als Kaffeeträgerin war ihr schon lange zuwider. Ohne ihren Einsatz wäre er nicht auf dem Sprung in die Geschäftsleitung. Mit harten Fersenschritten eilte Hans-Georg auf sie zu. Er war so in seine Unterschriftenmappe vertieft, dass er nicht mitbekam, wie sie ihre Beine vom Tisch nahm und ihr Lächeln aufsetzte. Er legte die Mappe auf ihrem Schreibtisch ab, als diese kippte und auf den Boden knallte.

„Huch! Wie ist das passiert?“, stieß Denise aus. „Lassen Sie nur, Herr Balke. Ich mache das für Sie!“

„Ja, ja, machen Sie das.“

Denise bückte sich und ihr Rock glitt nach oben. Sie legte die Schriftstücke zurück und als sie das nächste Mal aufsah, war Hans-Georg verschwunden.

Er ließ seine Bürotür offen, was ein Zeichen dafür war, dass er entweder noch etwas von ihr brauchte oder bald das Büro verlassen würde.

„Hat jemand angerufen?“

Denise raffte die Schultern und ging auf sein Büro zu. Dabei machte sie sich nicht die Mühe, ihren Rock wieder über ihre Knie zu ziehen. „Nein.“

Sein Blick glitt über ihre Beine. „Ich muss jetzt zum Essen mit Herrn Vorderegger. Verdammt, ich muss in zehn Minuten im *Exquisit4you* sein. Wir besprechen heute die Vorgehensweise für die Verhandlung in Wien.“

„Ich kann fahren, dann können Sie sich noch Ihre schicke Krawatte binden“, schnurrte sie.

„Nicht nötig.“

„Das mache ich gerne. Ich kann auch mitkommen

und mitschreiben, dann müssen Sie nachher nicht noch alles in das Diktafon sprechen."

Er musterte Denise, als hätte sie erstmals etwas Kluges gesagt.

Hinter dem Personalhaus angekommen, musste Marie verschnaufen. Albert zog gerade die Tischtücher von der Wäscheleine.

„Du hast ein heißes Date, haben die Spatzen vom Dach gepfiffen?" Albert schien gleich zu platzen. „Unser Chefchen mag keine Beziehungen zwischen seinem Personal."

Die Einladung war also zum Thema der Woche ernannt worden.

„Ich würde auch keine Rücksicht darauf nehmen, wenn er nur ein bisschen weniger hetero wäre."

„Falls dieser Spatz zufällig Anette heißt, kannst du ihm ausrichten, es ist kein Date, sondern eine ... Verpflichtung."

„Ja genau, und ich nehme aus purer Leidenschaft die Wäsche hier ab." Er fuhr sich durch seinen gesträhnten Schopf. „Ich würde meine Jungfräulichkeit opfern, könnte ich heute neben dem süßen Lambert sitzen!"

Das konnte sie nicht glauben. Albert eine Jungfrau?

„Nein, natürlich nicht. Späßchen!" Er begann zu lachen.

„Du bist ein ...!"

„Du hättest dein Gesicht sehen sollen." Er wischte

sich die Tränen aus den Augen. „Ciao, Süße, und viel Spaß! Du beneidenswertes Ding.“

Ganz exakt schnitt Anette den Zeitungsbericht aus und legte die Schere neben sich. Der Journalist betitelte das Romantikhotel als Friedenshotel, weil sich die Rieners und die Heinemanns im Hotel versöhnt hatten. So sehr Anette sich über diese Tatsache ärgerte, so zufrieden war sie über Max Lamberts Foto. Er lachte in die Kamera, als gefiele ihm der neue Titel. Eine Frau stand an seiner Seite. Eine PR-Frau in einem schicken Hosenanzug. Keine Arbeitskleidung. Kein Ring am Finger. Bei Max untergehakt. Anettes Eifersucht machte sich breit. Sie und Max kannten sich viele Jahre, seit Adam fort war, arbeiteten sie enger zusammen. Er grüßte sie, wenn er durch die Lobby ging und bestellte Blumen für die Rezeption. Keine aus Freddys Garten, nein, aus dem teuren Laden. Und es waren ihre Lieblingsblumen. Lila Orchideen. Aber, heute ... heute hatte ihre Beziehung einen Tiefpunkt erlebt. Schuld daran war Marie Lipp.

Ehe Anette die Brille abnahm, betrachtete sie noch einmal Max' Foto. Er stand breitbeinig auf den Stufen. Eine Hand in der Hosentasche. Er lächelte in ihre Richtung. Seine Haut, sein Haar, er war so sexy. Sie umspielte mit der Zungenspitze ihren Finger. Sein Lächeln wurde breiter. Es gefiel ihm, wie sie ihn anmachte und sich Stück für Stück vor ihm entblößte.

Anette klebte Lamberts Bild zu den anderen. Sie machte die Dusche an und wartete nicht, bis das Wasser angenehm warm war. Der kühle Strahl prasselte auf ihren Rücken nieder. Der Anruf vorhin war ihr nicht ungelegen gekommen. Als spürte er, dass sie die Ablenkung dringend brauchte. Bei ihm konnte sie sich abreagieren, unkompliziert und so oft sie wollte. Was sie in den Tagen dazwischen machten, ging den anderen nichts an. Trotzdem profitierten sie voneinander. Manchmal tauschten sie Informationen aus und manchmal, wie heute, würde es ein Schäferstündchen in der Mittagspause.

Während Marie noch überlegte, in welchem Gang die Elf sein könnte, fuhr Max' Mercedes vor. Die Zeit rannte, und Marie rannte ebenfalls. Zwei, vier, sechs ... auf dieser Seite nichts. Verdammt! Warum lag sie mit ihrer Vermutung nicht ein Mal richtig? Selbst beim Roulette wählte sie immer die falsche Farbe. Fünfzig Prozent war doch nicht wenig, oder? Sie lief zum Mittelgang. Vorsichtig schaute sie um den Mauervorsprung. Max stieg aus dem Auto. Ihr Herz trommelte. Oh Gott! Dreh dich um, betete sie und tatsächlich schaute er noch einmal über seine Schulter zum Wagen. Das war ihre Chance. Sie lief auf die andere Seite. Sieben, neun, ... was, wenn es gar kein Zimmer mit der Nummer elf gäbe? Wie war sie auf die Elf gekommen? Ihr Magen drehte sich. Ihr wurde schlecht. Das fehlte ihr noch: kein Zimmer, dafür Erbrochenes.

23.

Auf den Punkt gegart

Hier war sie endlich, die Elf. Gerade rechtzeitig, denn soeben öffnete Max die Haustür. Jetzt musste sie nur noch so tun, als würde sie ihr Zimmer absperren, und schon säße sie im Wagen ihres Chefs, auf dem Weg nach Salzburg.

Sie hielt die Türklinke bereits fest, als in dem Zimmer hinter ihr ein Schlüsselbund schepperte. „Lass uns hier bleiben. Ich möchte dich vernaschen", hörte Marie. „Das geht jetzt aber nicht!" Die Turtelnden waren unverkennbar Melissa und Valentin.

Ehe Marie von den beiden entdeckt werden konnte, war sie schon im Zimmer verschwunden. Lieber Gott! Mach bitte, dass niemand hier drinnen ist. „Tut mir leid ... das ist ein Notfall ... eine Zwangslage." Aber es war niemand im Zimmer, außer ein Tiger auf einer König-der-Löwen-Decke. Puh! Was für ein Glück, sie war in einem Kinderzimmer gelandet!

Was machten aber Büstenhalter und Leoparden-Unterwäsche in einem Kinderzimmer? – Kein Kind, ein Dompteur musste hier wohnen. Schließlich blieb ihr Blick auf einem Ficus hängen, der sie durstig ansah.

„Oh! Hallo, Herr Lambert“, hörte sie Melissa rufen.

„Genießen Sie Ihren freien Tag!“

Max!!!

„Ich muss auf meine Nichten aufpassen. Weiß nicht, ob das ein Genuss wird.“

Wo war Valentin? Bestimmt versteckte er sich, wie sie!

„Na dann wünsche ich Ihnen einen friedvollen Tag mit den Mädchen.“

Marie hielt die Luft an.

„Ach, Melissa, wissen Sie, wo Frau Lipps Zimmer ist?“

Woher sollte Melissa das wissen, sie wusste es ja nicht einmal selbst.

„Ehrlich gesagt“, stotterte sie, „weiß ich das nicht.“

„Macht nichts. Ich glaube elf.“

„Auf elf wohnt aber Anette!“

Oh, Gott! Das hier war Anettes Zimmer?

Es klopfte.

Sie sah ihren Tag auf der Rennbahn den Bach runtergehen. Melissa und Max würden gleich eintreten und anstelle von Anette würden sie die Aushilfe beim Einbruch ertappen.

Was, wenn sie aus dem Fenster kletterte?

Erneutes Klopfen. Marie stellte einen Fuß vor die Tür. Es klopfte noch einmal. Diesmal kräftiger.

„Ist da jemand?“, erklang es aus dem Bad.

Anette?!

Jetzt war es nicht nur Übelkeit, sondern auch Schwindel, der sie überkam. Dazu Herzrasen. Die ersten Anzeichen eines Herzinfarktes? Denk nach, Marie, denk nach! Es fiel ihr nichts ein. Hinter ihr Anette, vor ihr Max Lambert. Sollte sie sich auf den Rücken werfen und tot stellen?

Das Zimmer drehte sich. Bald würde sie zusammenklappen. Hier in Anettes Zimmer, über ihrer Leoparden-Unterwäsche. Sie musste hier raus.

Marie nahm die Klinke in die Hand, als ...

„Es tut mir leid, Herr Lambert!", sagte Melissa. „Ich muss jetzt dringend los. Meine Schwester wartet."

Es bestand doch noch eine Chance, hier rauszukommen. Melissas Schritte entfernten sich, Anettes Schritte näherten sich.

Lambert pochte unüberhörbar.

„Wer ist denn da!", stöhnte Anette. „Komme ja schon!"

Marie drückte die Türklinke und stockte. Was sie entdeckte, brannte sich für immer und ewig in ihren Kopf.

Nur fort von hier. Marie öffnete Anettes Zimmertür und das Nächste, das sie spürte, war eine Faust in ihrem Gesicht. Sie verdrängte den Schmerz und rannte hinaus, gefolgt von Max. Peinlicher konnte der Tag nicht beginnen, hämmerte es in ihrem Kopf, als hätte sie eine Faust getroffen. Halt! Das war keine Einbildung. Max hatte sie geschlagen. Ihre Knie zitterten.

„Es tut mir leid! Ich wollte Sie nicht treffen." Er

stützte sie und mit der anderen Hand öffnete er die Beifahrertür. Marie glitt in den Sitz. Er beugte sich zu ihr und wollte ihre Schramme begutachten.

„Es ist nichts passiert", wich sie ihm aus. „Schickes Auto haben Sie! Ein Mercedes?"

Ohne Rücksicht auf seine Finger schmiss sie die Autotür zu. Ihre Wange schmerzte. Durch ihren verschwommenen Blick sah sie, wie er um den Wagen eilte.

„Als ich anklopfte, sind Sie quasi in meine Hand gelaufen. Plötzlich standen Sie im Türrahmen."

So verrückt das klang, es stimmte, und das machte Marie noch wütender. Am meisten auf sich selbst.

„Es tut mir schrecklich leid. Es war keine Absicht." In seinem Tonfall schwang ein Bedauern mit. Doch als sie sich zu ihm drehte, blickte sie in eine verhaltene Miene. Sein Kiefer spannte. Würde er sie gleich auslachen?

Sie wusste nicht, ob sie sich über ihn oder über ihr saublödes Gesicht ärgern sollte, das sie gemacht haben musste. Marie legte ihre Hand auf die pulsierende Wange und wäre am liebsten gestorben.

„Ja, ist schon gut! Sie können nichts dafür." Sie zwang sich dazu, die Sache zu verharmlosen, was Max zu Scherzen anstachelte: „Dass Sie den Vorfall ja nicht vor das Arbeitsgericht bringen!"

Sie hob ihre Brauen, und Max entdeckte ein gefährliches Blitzen in ihren Augen. „Verdammt! Ich wusste, dass Sie daran gedacht haben."

Obwohl Marie es bis zuletzt ablehnte, hielt Max vor dem Hotel, um etwas zum Kühlen zu besorgen. Kurz darauf kehrte er zurück und plötzlich lief ein Film vor ihrem inneren Auge ab: Der aufgewühlte Junge rannte aus dem Hotel. Unvermittelt war sie wieder die kleine Marie, die bis über beide Ohren in einen braunäugigen Jungen verliebt war. Ihr Puls beschleunigte sich, als er auf den Wagen zulief und sie dabei anblickte. Marie erinnerte sich genau an sein zartes Gesicht. Er öffnete die Autotür und beugte sich zu ihr. Er war der Junge, der ihr ihren ersten Kuss gegeben hatte. Anstelle einer vielsagenden Rose hielt er heute einen Eisbeutel in seinen Händen.

Einen Moment vergaß sie das Hämmern in ihrem Wangenknochen. Er schob seine Finger unter ihr Kinn und begutachtete die gefärbte Haut. Marie roch einen orientalischen Duft an seinen Händen. Ihr wurde heiß.

Erstmals entdeckte sie eine winzige Narbe an seinem Kinn. Sie machte ihn menschlich, ja sogar angreifbar. Eine Schlägerei? Der Gedanke, dass er eine Faust in sein Gesicht bekommen hatte, erfüllte sie mit leichter Befriedigung und besänftigte den Schmerz in der Wange.

Max war währenddessen damit beschäftigt, den Beutel in ein Geschirrtuch zu wickeln und drückte ihn an ihre Wange. Sie fuhr zurück. Mehr vor Kälte als vor Schmerz.

„So, das muss reichen!“, sagte er ernüchternd.

Das Nächste, das Marie realisierte, war der Druck

in den Sitz, als Maximilian Lambert aufs Gas stieg. Sie umklammerte den Eisbeutel.

„Danke."

24.

Vegetarisch delikat

Die Fahrt nach Salzburg hatte sie sich anders vorgestellt. Anstelle eines Eisbeutels wollte sie Max näher kennenlernen. Wie verhielt er sich ihr gegenüber, außerhalb des Hotels? Außerdem musste sie ihn wegen des Wäscheservices fragen. Ihr waren die überteuerten Rechnungen aufgefallen. Zumal sie wusste, dass ein Mietservice seine Arbeit billiger verrichtete. Blieb nur noch die Frage, wie sie ihm ihr Wissen unterbreiten sollte. Mit weiblichem Geschick!, würde ihr Freddy raten und ihr auf die Schulter klopfen.

Sie schloss die Augen und genoss die Monotonie seines gleichmäßigen Fahrstils. Warum war Max' Bild mit Lippenstiftküssen übersät? Warum hingen seine Bilder in Anettes Zimmer? Hatte er etwas mit der Biedermann? Nein! Oder doch?

Sie öffnete ein Auge. Der unrasierte, verwegene Look stand ihm gut. Heute war er ein Mann mit der Lust auf ein Abenteuer in seinen Augen. Sein Bartansatz verlief bis zu seinem Kehlkopf. Sein Hemd flatterte und erlaubte Marie ab und an einen Blick auf seine glatte Haut. Gott sei Dank konzentrierte er sich auf die Straße, dachte sie, als er sich unvermutet zu ihr drehte. Rasch schloss sie das Auge wieder.

Nachdem sie eine halbe Stunde gefahren waren, glaubte Max offenbar, dass der peinliche Vorfall vergessen war. „Darf ich Sie etwas fragen?“, begann er und rutschte tiefer in den Sitz.

Sie fing seinen Blick auf. „Natürlich, fragen Sie.“

Er taxierte sie durch seine dunklen Wimpern und schmunzelte, sodass verführerische Fältchen um seine Mundwinkel zum Vorschein kamen.

„Wie kommt es, dass Sie als Aushilfe im Lambert arbeiten?“

„Das ist einfach zu beantworten, ich schreibe ein Buch.“

„Wirklich? Das ist interessant!“ Sein Blick glitt über ihr Gesicht.

„Ja, es ist aufregend ...“, sagte sie. „... mein Erstling.“

„Wie kommen Sie dazu? Das ist nicht etwas, das einem über Nacht einfällt, oder?“

„Schreiben war schon immer eine Leidenschaft von mir. Als Kind füllte ich viele Tagebücher. Meist folgte meinen Erlebnissen eine fiktive Fortsetzung, und eines Tages kam ein Kollege ... ähm, ein Freund, der bei einem Verlag arbeitet, auf mich zu und empfahl mir, ein Buch zu schreiben.“

„Und was schreiben Sie?“ Sein Blick pendelte zwischen ihr und der Fahrbahn hin und her.

„Es handelt vom Essen.“

„Ein Kochbuch also?“

„Ja, so etwas in der Art.“

„Haben Sie ein Spezialgebiet?“

„Gesunde Ernährung!“

„Wir im Lambert halten uns an die traditionsreiche Küche.“

„Das finde ich toll. Aber wussten Sie, dass zehn Prozent der Bevölkerung Vegetarier sind?“

„Nein, dass es so viele sind, wusste ich nicht.“

„Genau, und Tradition lässt sich mit gesunder Ernährung gut weiterentwickeln. Nach meinen Recherchen gibt es noch immer zu wenig vegetarisches Essen auf den Speisekarten.“

„Aha.“

„Salzburg ist reich an aromatischem Gemüse, durch den häufigen Südföhn. Bei jungen Erwachsenen ist Bio wichtiger denn je.“ Sollte sie noch weiterreden?

Er blickte Marie von der Seite an, dann setzte er das ursprüngliche Thema fort: „Jetzt verstehe ich immer noch nicht, weshalb Sie neben dem Schreiben arbeiten. Sie werden doch viel recherchieren müssen?“

„Zuerst wollte ich nicht arbeiten. Leider reichte das Geld nicht.“ Verdammt! Man sagt seinem Boss nicht, dass man nur des Geldes wegen bei ihm arbeitet.

„Erhalten Sie keine Vorauszahlung?“

„Nein. Die Bezahlung erfolgt, wenn das Buch veröffentlicht wird. Ehrlich gesagt, ... wollte ich es so.“

Marie rieb sich den Nacken.

„Ich hoffe, ich bin Ihnen mit meinen Fragen nicht zu nahe getreten?“

„Kein bisschen, ich unterhalte mich gerne.“

„Ich sage Jean-Pierre, er soll Ihnen alle Fragen beantworten. Er hat viel Erfahrung, ist aber manchmal ein wenig eigen. Das haben Sie bestimmt schon bemerkt.“ Wieder lachte er. „Leider kann ich Sie nicht in der Küche einstellen. Dort haben wir im Moment genug Personal, einschließlich unserer Lehrlinge.“

„Ach! Darum geht es mir nicht.“

„Eine hübsche kleine Tätowierung haben Sie da.“ Er nickte in die Richtung ihrer Beine. „Was ist es?“ Marie folgte seinem Blick. Es war ihr, als spürte sie seine Berührung auf ihrem Schenkel.

„Oh!“ Sie zupfte an ihrem Jeansrock, doch er reichte nicht bis über ihr Knie. „Das ist keine Tätowierung, es ist ein Hautmal. Man sagt auch Storchenbiss.“

„Ach so!“

„Sie haben auch ein Tattoo? Was ist es?“

„Ich? Ich habe kein Tattoo.“

Was? Ehrlich?

Na super, Marie! Das hast du toll hinbekommen. Gleich wird er dich fragen: Wie kommen Sie darauf?

„Wie kommen Sie darauf?“

Sie wurde knallrot. „Keine Ahnung! Muss wohl an dem Schlag in mein Gesicht liegen, dass ich wirres Zeug rede“, rettete sie sich aus dem Fettnäpfchen und dachte an den nackten Mann in der Bucht.

Max rieb sich am Kinn. Herrje! Sie hätte nicht

wieder von dem Faustschlag anfangen sollen. Aber immerhin besser, als ihm von dem nackten Mann und von ihr, der Voyeurin, in der Bucht zu erzählen.

„Gibt es auf der Rennbahn etwas zu essen?“

Er lockerte seinen Griff am Lenkrad. Wahrscheinlich war er ihr für den Themenwechsel dankbar. „Ich fürchte, es gibt dort nichts, was es nicht gibt.“ Wieder lächelte er, und sie erkannte den Jungen, der sich zu ihr ins Auto gebückt hatte. Schlagartig überkam sie eine Lust auf Schokowaffeln.

„Auch Schokowaffeln?“, fragte sie mit der Ernsthaftigkeit eines Kindes.

„Wenn nicht, fahren wir auf der Stelle nach Hause.“ Sein Blick lag kurz auf ihrem, ehe beide auflachten. Sie konnte es nicht glauben, dass sie diesen Mann schon einmal geküsst hatte. Nein, falsch! Er war noch kein Mann gewesen. Aber der Kuss fühlte sich damals verdammt gut an. Die Temperatur im Wagen schien rapid anzusteigen und ehe sie ihn darum bitten konnte, fragte er: „Soll ich das Verdeck aufklappen?“

25.

Idealtypische Konsistenz

Marie genoss die Sonnenstrahlen. Ihr Haar hatte sie zu einem Pferdeschwanz gebunden und eine Kappe aufgesetzt, nachdem Max das Verdeck geöffnet hatte.

Als er die Zufahrtsschranke passierte, dröhnte die Stimme des Bahnsprechers weit über die Rennbahn. Er verkündete soeben die Startaufstellung. Seine Stakkatosprache vermittelte dem Publikum, es würde den Start verpassen, wenn es sich nicht sofort auf die Tribüne begäbe. Bislang war Marie nicht bewusst gewesen, welch ein luxuriöses Highlight dieses Rennen werden würde.

Eine Allee führte zum Eingang. An beiden Seiten parkten Range Rovers, BMWs und Volvos. Ein alter rosafarbener Mazda blitzte Marie ins Auge. Dieses Vehikel gehörte bestimmt einer jungen Frau, die beim Catering arbeitete, um ein paar Euros zu verdienen. Es erinnerte sie an jene Sommermonate, als sie selbst nachts in der Küche arbeitete und tagsüber am See schlief.

Max lenkte seinen Mercedes vor den Eingang. Ein wichtig aussehender Mann in schwarzem Anzug stand vor dem steinernen Bogen. Obwohl sich die Sonne auf seinem rasierten Schädel spiegelte, schien er nicht zu schwitzen.

„Hey, Max! Alter Sportsfreund!"

„Hi, Dragan! Geht's dir gut?", rief Max und schwang sich aus dem Wagen.

„Nicht so gut wie dir", grinste Dragan und schlug ihm auf die Schulter, dabei schürzte er die Lippen, und als Max seinem Blick folgte, begriff er die Anspielung. Marie klappte soeben die Sonnenblende hinunter und blickte in den kleinen Spiegel. Sie nahm ihre Kappe ab und strich ihr Haar glatt. Es glänzte wie Herbstlaub, kam es Max in den Sinn. Marie zupfte an ihrer Carmenbluse. Ihr Dekolleté war ein Blickfang. Sie hatte einen unglaublich erotischen Hals mit einer kleinen tiefen Wölbung. Er löste seinen Blick von ihr und sah zu Dragan. Dieser hechtete um den Wagen und streckte Marie seinen Arm entgegen. „Ich bin Dragan, ein Freund von Max."

Marie dankte ihm mit einem Lächeln.

„Sollten Sie etwas benötigen, egal was, sagen Sie es mir", flirtete er und legte eine Hand auf seine Brust.

„Danke, ich bin Marie", entgegnete sie und blickte sich um, als hätte sie sein Angebot nicht gehört.

In der Ferne sah Marie das erste Rennpferd. Es wirkte majestätisch. Sie hätte am liebsten nach Max gerufen, um ihm ihre Entdeckung zu zeigen, bemerkte jedoch, wie die beiden Männer tuschelten.

„Wer ist die Süße? Ist sie deine neue Freundin?"

Max hätte große Lust, Dragan in genau dem Glauben zu lassen, doch Marie Lipp war ... sinnlich ... aufgeweckt ... und in erster Linie seine Angestellte!

„Woher hast du sie?"

„Sie ist doch kein Gegenstand."

„Wenn du mir nichts erzählst, dann frage ich sie selber." Dragan war im Begriff Marie zu folgen.

„Bleib hier! Sie ist nicht meine Freundin."

„Was ist sie dann?"

„Eine Mitarbeiterin, nur eine Aushilfe." Niemand, der dich interessieren sollte, hätte er am liebsten angehängt.

„Könnte ich auch bei dir ‚aushelfen'?"

Max verpasste ihm einen Hieb, damit er seinen Blick endlich von Maries Hintern löste.

„Immer noch blind wie ein Maulwurf und stur wie ein Esel, was Max?" Dragan lachte rau. „Na dann lass deinen Autoschlüssel rüberwachsen."

Er war nicht sicher, ob er ihm den Schlüssel überlassen sollte.

„Du hast doch nichts dagegen, wenn ich eine Runde mit deinem Merc fliege?" Dragan pochte auf die Motorhaube.

Max wusste, worauf er anspielte. Vor Jahren gab es eine Zeit, da fuhr ihre Clique regelmäßig zum freien Fahren auf den Salzburg-Ring. Es war ihr letzter Turn gewesen, als Dragan mit seinem zusammengeschraubten BMW abhob. Der alte Wagen überschlug sich und drehte sich in der Luft, bis er am Dach zum

Liegen kam. Es sah schlimm aus. Schlimmer als es war, denn Dragan stieg nur mit ein paar Schrammen aus dem Wrack und schrie: „Alter! Ich bin geflogen!" Seither hieß er: Dragan – der Flieger.

„Untersteh dich! Wehe, auf dem Lack ist nur ein Fingerabdruck von dir." Max warf ihm die Schlüssel zu. Zu heftig, denn Dragan verzerrte sein Gesicht.

„Mach's gut!"

„Mach's besser!", konterte Dragan. „Und wenn ich dir ‚aushelfen' soll, dann ..." Er vollendete den Satz nicht. Die beiden Männer wussten auch so, was gemeint war.

Der grobe Kiesel unter ihren Cowboystiefeln erschwerte Marie das Vorwärtskommen.

Max holte sie mit wenigen Schritten ein. „Hier entlang!"

Zwei Blondinen mit pinkfarbenen Kappen standen am VIP-Eingang und nahmen Max ins Visier.

„Hi Maxi!", riefen die Frauen synchron.

Na toll! Sieht so aus, als kenne er jede hier. Zu ihrer Überraschung speiste Max das Empfangsduo indes mit einem knappen ‚Hallo!' ab.

„Wo treibst du dich in letzter Zeit herum? Wir haben dich seit deiner Rückkehr aus Frankreich nicht mehr gesehen", sagte eine und warf Marie verächtliche Blicke zu.

„Hab' zu tun", entgegnete er und nahm zwei Karten aus seinem Portemonnaie.

„Mit wem denn?", bohrte sie weiter und die andere kicherte. Marie beschlich der Verdacht, dass ihr Boss die Schwärmerei mehr genoss als er zugeben wollte. Er hielt der einen die Karten hin, während die andere sich an seinem Handgelenk zu schaffen machte und das VIP-Band fixierte.

Zu Maries Erstaunen legte er seine Hand auf ihren Rücken und wartete, bis auch sie ihr VIP-Band bekam. Er berührte sie nur leicht, trotzdem bemerkte sie die Wärme, die von ihm ausging. Wenn er sie noch länger musterte, dann würde er in ihr wie in einem offenen Buch lesen. Ein Buch über erotische Gedanken. Anstelle dessen fragte sie ihn: „In zwei Tagen ist die Charityveranstaltung für krebskranke Kinder. Das große Event. Sind Sie schon aufgeregt?“ Als er antworten wollte, rief plötzlich eines der Mädchen: „Alice ist auch auf der Rennbahn!“ Abrupt bohrten sich seine Fingerkuppen in Maries Rücken.

„Alice, sie hat schon nach dir gefragt.“

„Ciao“, zischte er. Geistesabwesend sah er Marie an. „Was haben Sie eben gesagt?“

Marie kam sich auf einmal dumm vor. Was hat sie sich nur eingebildet? Er war kein Bekannter, er war ihr Boss. Und selbst der besaß ein Privatleben. Ein Leben, von dem sie nichts wusste, und das sie auch nichts anging.

„Ich fragte Sie nach der Charityveranstaltung, die Sie als Maskenball in Ihrem Hotel veranstalten.“

Sie hatte geglaubt, er hätte seine Anspannung auf dem Weg in die Stadt abschütteln können, doch dem war nicht so, sie hatte ihn mit rasendem Tempo eingeholt. Dies fühlte sie, in jedem seiner Finger.

26.

Dauerbrenner

Er wollte sie nicht sehen. Schon gar nicht heute. Die zwei Jahre seit ihrer Trennung waren eine heilsame Zeit gewesen. Sybilles Begründung für seine üble Laune würde lauten: „Das sind Verlustängste, Max. Du hast auf einen Schlag zwei Menschen verloren. Alice und Kai, deinen besten Freund. Das Furchtbare ist, dass es dieselben Gefühle hervorruft wie beim Verlust deiner Mutter. Das macht dir Angst."

Als seine Mutter starb, war er zwölf Jahre alt gewesen. Danach wollte er unbedingt Politiker werden. Ein Gesetz erschaffen, das hieß: „Eltern dürfen erst sterben, wenn ihre Kinder groß sind." Nicht selten nahm er dieses Vorhaben in seine Träume mit. Als Sybille ihn aber in die Arme nahm und ihm erklärte, dass Menschen sterben, wann ihre Zeit gekommen war, nahm er von dem Gedanken Abstand. Zu seinem dreizehnten Geburtstag gebar er einen neuen Plan: Er würde das Hotel verkaufen und ein Mittel gegen Krebs entwickeln.

Max war sich sicher, seine Mutter würde zurückkommen und ihm verzeihen, dass er nicht bei ihr gewesen war, als sie starb.

Gott sei Dank trug Marie flache Stiefel und keine Pumps mit Absätzen, sonst wäre Max ihr längst entwischt. Die Menschenmenge wurde dichter und der Platzsprecher immer dominanter.

Als wäre ihm seine Aushilfe gerade wieder eingefallen, wirbelte er herum. „Hören Sie, ich muss etwas erledigen. Kann ich Sie alleine lassen?"

Sie fühlte sich wie ein Papierschnipsel an seinem Absatz, den er dringend loswerden musste.

„Es dauert nicht lange. Ich treffe Sie bei den Rieners. Die sitzen dort in der Lounge." Max deutete zu den Festzelten, die wie Miniaturpaläste aussahen.

„Ja, ja ... kein Problem. Machen Sie nur. Sie sind nicht hier, um auf mich aufzupassen." ‚Suchen Sie diese Alice? Sie scheinen es ja kaum mehr auszuhalten. Bestellen Sie ihr einen verdammten Gruß von mir.'

Marie schlenderte zwischen appartementgroßen Pferdetransportern hindurch. Die warme Luft roch nach Heu und Stroh. Die Besucher waren gut gelaunt und unterhielten sich. Marie schüttelte den Kopf, als sie an Max' Abgang dachte. Nur ihr Chef brachte es fertig, an einem solch herrlichen Tag wie ein Griesgram herumzulaufen.

Höchstens zwanzig Minuten waren vergangen, als er ihr wieder über den Weg lief. Mit beiden Beinen fest verwurzelt stand er hinter einer Reihe Pferdeanhänger, seine Hände in die Hüften gestemmt. Marie folgte seinem energischen Blick. Sie bemerkte, dass er nicht alleine war. Jemand trat an ihn heran.

Die Frau kenne ich. Ja!, schoss es Marie durch den Kopf. Als sie sie das erste Mal gesehen hatte, trug sie ein indigoblaues Kostüm, ihr Haar hing in Wellen über ihren Rücken. ‚Alice hat schon nach dir gefragt', fiel es ihr wieder ein. Wegen ihr hatte er also vorhin seine schlechte Laune ausgepackt? Es war die Modelmaßfrau, mit der er vor dem Hotel geredet hatte.

Ich muss näher ran.

Lass es lieber, Marie!

Doch der Vorgang zog sie an wie ein Magnet.

Die Frau gab alles, was ihre Reize boten. Bestimmt wurden selbst gestandene Männer unter ihrem Augenaufschlag zu Wachsfiguren. Sie warf den Kopf in den Nacken und blinzelte Max an. Dieser Blick trug die Hoffnung einer Kriegerin in sich, die ihren Besitz zurückerobern wollte.

Nein, da steht er drüber, prophezeite Marie mit einem unsicheren Lächeln. Dieser Eisberg lässt sich nicht so einfach einschmelzen. Auf diese Nummer wirst du nicht reinfallen. Oder? Marie vergaß beinahe zu atmen. Lass dich doch von ihr nicht einlullen!, hätte sie am liebsten gebrüllt.

Es schienen Minuten zu vergehen. Alice wiegte sich hin und her, strich über seine Schultern. Ein Lächeln ließ ihre Zähne blitzen. Die Frau rechnete mit dem Sieg. Oder lag er schon in den Tiefen ihrer Handtasche?

Gleich hast du dein Ziel erreicht, du Schlange! Marie überraschten ihre Gedanken. Sie rief sich zur Ordnung: Mir doch egal, mit wem er herummacht!

Aber er wird es nicht zulassen.

Er kennt das Spielchen.

Er durchschaut es.

Marie drückte die Daumen, als ginge es um Sieg oder Niederlage. Alice' Gesicht näherte sich dem seinen.

Sollte sie schreien? Vielleicht wiehern? Die Szene unterbrechen, wie bei Dreharbeiten, wenn der Regisseur ‚Cut!' brüllt?

„Hallo! Frau Lipp! Hier bin ich!", trällerte jemand und riss Marie aus ihrer Beobachterrolle. Sie wirbelte herum und erstarrte vor Scham, als sie die Person erkannte.

27.

Lauwarme Pferdeäpfel

Alice trug die Lederjacke, die er ihr in der teuren Boutique in Nizza gekauft hatte. Er brauchte die Jacke nicht anzufassen, er wusste auch so, wie weich sich das Leder anfühlte.

„Bitte, Maxi! Zwei Jahre sind vergangen. Ich empfinde immer noch wie damals für dich. Das ist doch kein Zufall."

„Wie damals? Damals hast du etwas für Kai empfunden", sein Gesicht verzerrte sich.

„Das stimmt nicht, das weißt du. Du weißt, dass wir zueinander gehören."

„Woher willst du das so genau wissen?"

„Wir hatten Zeit zum Nachdenken und du bist auch noch Single, oder?"

„Glaubst du, ich hätte auf dich gewartet?"

„Ich glaube, wir sollten es noch einmal versuchen."

„Wie stellst du dir das vor, Alice? Wenn ich wieder weg bin, wirfst du dich dem Nächstbesten an den Hals."

„Das ist nicht wahr. Ich habe aus meinen Fehlern ..."

„Fehlern? Zhh! Wie viele waren es denn?“ Er schüttelte den Kopf.

„Nein, ich meine aus meinem Fehler gelernt. Vertraue mir! Es war doch vorher alles gut mit uns.“

Er stand wie angewurzelt vor Alice. Seine Hände in der Hose vergraben, starrte er sie an. Langsam legte sie ihre Hände auf seine Brust. Max ließ die Berührung zu. Er richtete seinen Blick nach oben. Seine Augenlider schlossen sich. Sein Brustkorb drückte gegen Alice. Sie hielt es für eine Aufforderung und legte ihre Arme um seinen Nacken. „Ich vermisse dich so sehr, Maxi!“ Langsam presste sie ihren Körper an seinen. „Gib dir einen Ruck. Wir sind für einander bestimmt. Das fühle ich.“ Vorsichtig wickelte sie eine seiner Haarlocken um ihren Zeigefinger. „Wirf es nicht weg, Maxi.“

Marie entdeckte Frau Riener in einem pink-gelben Kleid und einem seidenen Kopftuch auf sie zuwanken. Mit ausgebreiteten Armen, die sie in Balance hielten, trat sie über einen Haufen Pferdeäpfel. Sie rümpfte die Nase und hielt sich schnell ein Taschentuch vors Gesicht.

„Halt, Frau Riener, bleiben Sie stehen! Ich komme zu Ihnen.“

„Was ist los? Hab’ ich Sie erschreckt?“

„Nein, nein ... Ich wollte nur ...“

„Die Toiletten sind dort hinten, Liebes.“

„Ja-ha!“

„Was ist passiert? Sie sehen aus, als hätten Sie

Apachen gesehen“, witzelte Frau Riener. „Was mich nicht wundern täte, bei den vielen Pferden hier.“

Frau Riener deutete zu der Stelle, wo Max und Alice soeben noch gestanden hatten. Hatte sie ihre Spionage mitbekommen? Marie lief knallrot an. Wenn sich jetzt der Boden vor ihr auftäte, sie würde hineinspringen.

In den grünen Augen von Frau Riener entdeckte Marie eine Vertrautheit. Vermutlich gab es kein Thema, zu dem die Lady nicht auch etwas zu sagen hatte.

„Es ist schön, dass wir uns heute treffen. Willst du nicht Hannelore zu mir sagen? Du kannst mich auch Lore nennen.“

Sie nickte: „Sehr gerne. Ich bin Marie.“

Marie machte den ersten Schritt in Richtung Tribüne, wo sich bereits viele Gäste versammelten. Kurz blickte sie noch einmal über ihre Schulter, doch es waren weder ihr Chef noch Alice zu sehen.

„Wie ich hörte, hatten du und dein Mann einen angenehmen Abend im Hotel?“

„Ja, auf jeden Fall. Zuerst die nette Willkommensrede von Maximilian Lambert … ach übrigens, ein hinreißend attraktiver Mann. Nur leider etwas zu verklemmt. Für mich wäre er nichts, oder, was meinst du?“ Marie wusste nicht, ob die Frage ernst gemeint war. Hannelore las in ihrem Gesicht. „Ja, du hast Recht. Ein paar Jahre zu jung ist er auch für mich. Ich geb's ja zu.“

Marie schmunzelte. „Dein Mann ist auch nicht zu verachten“, gab sie ungeniert zurück.

„Ja, schon", gab Lore zu. Schließlich fuhr sie mit ihrer Erzählung über den Abend fort: „Nachdem Maximilian das Mikrofon übergeben hatte, wurde es eine Weile ziemlich langweilig. Politisch eben."

„Ich finde es beeindruckend, dass dein Mann und Herr Heinemann sich einig wurden und dieses Rennen auf die Beine gestellt haben", Marie wies ausladend in Richtung Trabrennbahn.

„Nachdem die Übernahme der Mehrkosten, welche die Gäule mit ihren dampfenden Haufen betrafen, geklärt war, genossen wir den Abend. Beides haben wir dir zu verdanken."

„Die dampfenden Haufen?", kicherte Marie.

„Nein! Dass du die Heinemanns und uns zusammengebracht hast. Das grenzt an ein Wunder. Das ist dein Verdienst."

„Ich habe nur meinen Job gemacht", sagte sie und erinnerte sich an den Streit mit Max, wegen der Sitzordnung.

„Spiel das nicht herab, du wusstest genau, was zu tun war."

„Für Max, ich meine, Herrn Lambert, war der Abend nicht ganz so gelungen wie für dich."

„Ach so?", Lores Interesse war geweckt. „Warum denn nicht?"

„Nicht dass du das falsch verstehst. Kurz gesagt, ich habe die Auseinandersetzungen in den Nachrichten verfolgt, wie alle anderen auch, und da ich von eurem Hobby, dem Golfen, wusste, dachte ich …"

„… du streust das Thema Golfen über die Teller und ab geht's. Völlig richtig gemacht."

„Das ist nicht die ganze Geschichte. Maximilian Lambert hatte einen Sitzplan geschrieben. Nach seinem Plan sollet ihr nicht mit den Heinemanns an einem Tisch sitzen."

„Er wollte kein Risiko eingehen", erklärte Hannelore verständnisvoll.

„Ja. Ich habe die Namensschilder nach seinem Wunsch platziert. Doch Anette hat die Kärtchen getauscht."

„Absichtlich?"

Sie zuckte mit den Schultern.

„Klar", schloss Lore, „Frau Biedermann ist in Maximilian verknallt. Das sieht jeder, außer der Mann aus Stein. Und du bist eine Gefahrenquelle für sie. Ihre Rivalin."

„Quatsch. Lambert ist nicht mein Typ."

„Aber du bist vielleicht sein Typ."

Marie blieb abrupt stehen, während Lore weiterging.

Nein, definitiv nicht! Er zeigte kein Interesse. Weder im Speisesaal oder bei der Verkostung noch an der Rezeption. Er hatte sie sogar geschlagen. Na gut, das war keine Absicht und ihr Fehler gewesen. Von alledem abgesehen, konnte sie sich ihn gar nicht leidenschaftlich vorstellen. Meist war er mürrisch. Aber seine Sorge wegen des Fausthiebs? Er bestand sogar auf dem Eisbeutel. Von da an unterhielten sie sich richtig gut. Einmal sah er sie auch zärtlich an.

„Und? Was hat Lambert dann mit euch Mädchen gemacht? Hat er euch geschlagen, weil ihr seine Sitzordnung boykottiert habt?“

Von Schlägen war sie nicht weit weg, dachte Marie und ihre Wange pochte wieder.

„Hat er seine Gerte ausgepackt, weil ihr seine Anweisungen nicht befolgt habt?“ Hannelore deutete in die Richtung eines Jockeys, der seinem Pferd soeben die Gerte gab.

„Ich habe Anette nicht verraten.“

„Warum nicht? Sie hätte die Gerte verdient.“ Lore kicherte. „Er hätte dich kündigen können.“

„Ich vermute, dass er das vorhatte.“

„Ehrlich? Das kann er nicht machen! Was ist dann passiert?“ Lore hing an ihren Lippen.

„Es kam die Einladung deines Mannes.“

„Und er konnte dich nicht kündigen, weil ich auf deinem Erscheinen bestanden habe“, schlussfolgerte sie und schüttelte den Kopf. „Das ist typisch Max!“

Hannelore sah in Maries Gesicht und musste sich ein Grinsen verkneifen, was ihr nur mäßig gelang. „Entschuldige, dass ich lachen muss. Es ist nicht wegen dir. Du machst deinen Job gut. Glaub mir, ich weiß, wovon ich spreche. Max ist ein bravouröser Gastgeber. Nur manchmal braucht er etwas länger, bis er kapiert, was gut für ihn ist. Ihr beide seid ein gutes Gespann.“

„Womit wir beim Thema wären“, Marie deutete auf einen schwarzen zierlichen Hengst, der einen Sulky mit Fahrer hinter sich herzog.

„Woher kennst du Max Lambert so gut?“

„Ich kenne ihn nicht so gut, wie es den Anschein hat. Aber ich kenne seinen Vater und das ist ein sturer Esel. Den Spruch mit dem Apfel, der nicht weit vom Stamm fällt, kennst du ja.“

28.

Ein Becher Heiße Liebe

„Also gut, wenn Maximilian Lambert nicht dein Typ ist, dann stelle ich dir ein paar Jockeys vor. Vielleicht ist ja ein interessanter Mann für dich dabei?“

Marie amüsierte Lores suchender Blick. Warum sollte sie ihr die Illusion nehmen und ihr von HG erzählen? Sie wollte weder Hannelore noch sich selbst den Spaß verderben.

Die Jockeys waren durch die Bank kleiner als sie und schlanker, viel schlanker. Das würde ihr noch fehlen. Ein Mann, der weniger Kilo auf die Waage brachte als sie. ‚Ein Kerl unter 80 Kilo ist nix', wiederholte sie die Worte ihrer Freundin Karin.

„Wo ist Maximilian eigentlich?“, fragte Lore.

„Er sucht nach ... irgendjemandem.“

„Doch nicht nach dieser Alice Meister?“

„Groß, schlank, lange Haare?“, fragte Marie.

„Schmollmund und Schminke bis unter die Lider“, vervollständigte Lore.

Marie verkniff sich einen Kommentar.

„Ja, das ist sie“, erwiderte Hannelore und nickte.

„Sie klebt an ihm wie eine Fliege im Schmalztopf. Allerdings erst, seit er Schluss gemacht hat."

„Sie ist nicht seine Freundin?", erkundigte sie sich bemüht, beiläufig zu klingen.

Hannelore schüttelte den Kopf. „Sie ist eine Schlange mit Giftzähnen. Ich hoffe, er ist über sie hinweg", betete Lore.

Gemeinsam musterten sie jeden Jockey und vergaben eigene Zensuren. Einer besaß ein süßes Lächeln, der andere einen knackigen Hintern, und einer hatte abstehende Ohren.

Nach vielem Gelächter und Kritik gingen sie zu dem Pavillon beim Absattelplatz. In dessen Schatten stand ein Gespann. Das Pferd hielt völlig still. Marie tippte Hannelore an und machte sie auf das Tier aufmerksam. Es schien, als sei das Pferd unbeaufsichtigt, doch dann erhob sich ein Mann in einem grellfarbenen Trikot neben dem Sulky. Er lenkte das Gespann vor und zurück. So als wollte er, dass sich sein Pferd völlig auf ihn konzentrierte.

„Manuel", kreischte Lore, sodass ein Schwarm Spatzen davonflog, „ich wünsche dir alles Gute. Meine Daumen hast du alle!"

Wie peinlich! Gleich würde sie der Jockey vom Areal verweisen lassen. Marie wäre am liebsten davongerannt.

„Das ist Marie Lipp!", blieb Lore standhaft, und der Jockey bewegte sein Gespann in ihre Richtung.

„Nein, nein, ich möchte Sie bei Ihrem Training nicht stören", winkte Marie ab.

„Schon okay", antwortete er. „Wir sind an Hannelore gewohnt, stimmt's, Speedy?"

„Klar! Ihr seid meine Babys", bestätigte Lore.

Marie konnte dem Geplänkel nicht folgen.

„Sie ist meine Top-Sponsorin und meine Tante." Manuel nahm die Zügel und reichte Marie seine Hand.

„Umgekehrt wäre es mir lieber, dann würde ich dich öfters zu Gesicht bekommen." Ihr Ton klang vorwurfsvoll.

„Wollen Sie ihn streicheln?", fragte er.

„Ist das nicht schlecht, so unmittelbar vor dem Rennen?"

„Es bringt bestimmt Glück!", beruhigte er sie mit einem Lächeln.

Sie hielt dem Pferd die Hand hin. Speedy schnaubte leise, dann saugte er ihren Geruch ein. Seine Nüstern weiteten sich, und sie fühlte die heiße Luft, die aus seinen Nasenlöchern strömte. Er zog seinen Kopf hoch und blickte interessiert auf sie herab. Dabei drehte er seine spitzen Ohren.

„Er mag Sie!", sagte Manuel, und Marie lachte. Sie gab einen Kuss auf ihre Fingerspitzen und drückte ihn auf Speedys Nasenrücken.

„Ich wünsche Ihnen viel Glück für das Rennen."

„Jetzt kann nichts mehr schiefgehen!", zwinkerte er ihr zu und setzte sein Pferd mit dem Sulky in Bewegung.

Lore schaute Marie an und schnippte zweimal mit den Fingern vor ihrem Gesicht.

„Er ist wunderschön. Hast du die süße Blässe gesehen?"

„Bei Manuel oder bei Speedy?"

Marie löste ihren Blick vom Gespann. Sie konnte sich nur zu gut vorstellen, welche Fantasien im Augenblick durch Lores Kopf geisterten und sie war einverstanden mit dem, was sie vorzuhaben schien. Neue Bekanntschaften waren genau die Ablenkung, die sie jetzt brauchte. Keine Grübeleien über ihren arbeitswütigen Freund oder einen mürrischen Hotelchef. Sie wollte Action und Spaß.

„Komm, wir gönnen uns ein Glas Champagner, oder besser einen Becher Heiße Liebe. Oder noch besser, beides." Lore hakte sich bei Marie unter und gemeinsam marschierten sie auf das Festzelt zu.

„Lie... Tra...freunde!", dröhnte es aus den Lautsprechern.

„... Startpositionen ... Startnummer sechzehn ..."

Marie konnte sich aus den Sprachfetzen, die der Wind zu ihnen trug, keinen Reim machen.

„Noch sieben Minuten!", flüsterte Lore. Irgendetwas schien nicht zu stimmen, dann rief sie: „Oh mein Gott, jetzt haben wir vor lauter Quatschen die Heats verpasst."

„Heats?" Marie hastete ihrer neuen Freundin hinterher, die in Pumps laufen konnte wie eine Ausdauersportlerin.

29.

Schupfnudeln (Bubespitzle)

Unter Einsatz ihrer Ellbogen bahnte sich Lore einen Weg zur Tribüne. Vereinzelt befanden sich freie Stehplätze auf den Rängen, doch Hannelore gab sich erst zufrieden, als sie ihnen einen Platz an der Brüstung verschafft hatte. Direkt vor dem Zieleinlauf.

„Entschuldigen Sie! Meine Freundin ist zum ersten Mal beim Pferderennen, das verstehen Sie doch“, betonte sie, als wäre dies Grund genug, damit alle zur Seite hüpften. Sie quetschte sich zwischen zwei Herren hindurch, die sofort auseinanderfuhren.

„Also, was sind nun Heats?“

„Die Jockeys müssen sich vor jedem Trabfahren wiegen lassen. Sie dürfen nicht unter einem bestimmten Mindestgewicht sein. Das hat etwas mit dem Niveau des Reiters zu tun“, winkte sie ab. „Ist aber jetzt nicht wichtig.“

Marie hörte aufmerksam zu.

„Nach dem Auswiegen zeigt ein rotes Signal den Beginn der Wettannahmen an. Den wir verpasst haben. Alle Gegner können sich auf der Piste aufwärmen und sogenannte ‚Heats' absolvieren. Gemeint ist die Aufwärmphase. Die Zuschauer können dadurch einschätzen, welche Pferde gut in Form sind."

Nun ärgerte sich auch Marie, dass sie die Heats verpasst hatten.

„Das wird ein Top-Renntag, du wirst sehen", rief Hannelore, und schon begann die Parade. Spätestens jetzt waren alle Blicke auf die Bahn gerichtet. Die Gespanne präsentierten sich, indem sie hintereinander am Publikum vorbeifuhren. Die Besucher taten kund, welches Tier ihnen die siegeshungrigsten Augen zu haben schien.

Die Pferde tänzelten. Nervös schüttelten sie ihre Mähnen, während die Jockeys in ihren Sulkys eher relaxed aussahen. Geschickt formierten sie ihre Pferde hinter dem Startauto.

„Was du hier siehst, das nennt man einen Autostart. Gleich fährt der Wagen dort an und die Gespanne folgen ihm", erklärte Hannelore und blickte gebannt auf die Bahn.

„Ich dachte immer, solche Rennen beginnen mit einem Startschuss?"

„Das gibt es auch."

Beide waren so vertieft in das Geschehen, dass sie nicht bemerkten, wie sich ein Mann mit Cowboyhut anpirschte.

„Siehst du, jetzt haben alle ihre Positionen eingenommen. Als Einsteiger startet mein Neffe an der Innenseite. Manuel hat die Nummer neun, wie er es sich gewünscht hat", jubelte sie. „Und dort hinten stehen die Gespanne in zweiter Reihe. Das finde ich immer besonders aufregend."

„Ist das nicht unfair?", fragte Marie. „Die sind benachteiligt."

„Das ist nicht ganz richtig. Bei diesem Rennen zum Beispiel laufen die besten Traber, also die mit den höchsten Gewinnsummen, mit eben diesem Handicap."

„Okay, das ist gerecht. Sonst hätte Manuel ja weniger Chancen auf einen Sieg."

„Passen Sie auf", ertönte eine fremde, tiefe Stimme, „es geht gleich los."

Erschrocken wirbelten die Frauen herum und entdeckten den Störenfried, der sein verschmitztes Lächeln im Schatten eines Cowboyhutes versteckte.

„Meine Güte! Das gibt es doch nicht!" Lores Stimme überschlug sich. „Es war beim Rennen in Hamburg. Dort haben wir uns gesehen, stimmt's?"

„Das stimmt, meine Liebe, und wie damals sind Sie heute die Reizendste aller Damen!" Bei jedem Wort vibrierte sein Spitzbärtchen.

Während Hannelore vor Entzückung ihre Augen verdrehte, glitt sein Blick über Marie, ehe er sich wieder Lore zuwandte.

„Sie trugen ein smaragdgrünes Kleid und einen Wollponcho. Es war ein kalter Ostermontag. Doch das Rennen war absolute Klasse."

Lore kreuzte die Hände über ihrer Brust und kicherte. „Wenn ich meinen Mann fragen würde, ob ich ein rotes oder ein grünes Kleid getragen habe, würde er ahnungslos den Kopf schütteln."

Die beiden lachten, doch Marie fand Lores Bemerkung nicht annähernd so lustig. Sie mochte Herrn Riener und dieser Fremde schmeichelte Hannelore im übertriebenen Maße.

„Darf ich Ihnen eine liebe Freundin von mir vorstellen?", warf Lore ein. „Das ist Marie Lipp."

Sie reichte dem Mann ihre Hand. Seine Anziehungskraft schien ihm bewusst zu sein. Sie bemerkte seine geschwungenen Wimpern, um die ihn Frauen gewiss beneideten. Er zog seinen Hut abermals und hauchte einen Kuss auf ihren Handrücken, wobei sie sein Bärtchen kitzelte. Unterdessen ließen seine eisblauen Augen nicht von ihrem Gesicht ab, als wollte er es sich für immer einprägen. Die Geste besaß einen erotischen Touch, zumal der Mann geheimnisvoll grinste.

Marie bemerkte, dass sie errötete.

„Mein Name ist Kai Makowetz."

30.

Eigenwillige Eleganz

Kai hielt ihre Hand länger fest als notwendig. Als sie sie ihm entzog, elektrisierten sich ihre Fingerspitzen. Kurz warf er ihr einen kritischen Blick zu, als hätte sie ihm mutwillig einen Schlag versetzt.

„Es freut mich, Sie kennenzulernen, Herr Makowetz!"

Ihr Instinkt mahnte sie. Durch das rotblonde Haar und die geschwungenen Wimpern wirkte er unbedarft. Sie schätzte ihn als jemanden ein, der gerne mit dem Feuer spielte. Eine Kombination von Sunnyboy und Draufgänger oder anders gesagt, eine Mischung aus Brad Pitt und Owen Wilson. Es lag auf der Hand, dass er sich nur zu Lore gesellt hatte, um Marie kennenzulernen.

„Frau Lipp und Maximilian Lambert sind heute unsere Gäste", erklärte Lore.

Kais Blick schnellte zu Marie. Er kniff die Augen zusammen. „Wirklich?"

Kannten sich Makowetz und Max?

„Wo ist Lambert? Er wird doch seine Begleitung nicht alleine lassen?"

„Er sucht nach alten Bekannten." Sie war von ihrer Aussage entzückt.

„Entschuldige mich, Marie", Hannelore tippte sie an, „ich habe gerade eine Freundin gesehen. Die alte Quatschpfeife muss ich sprechen, ehe sie entwischt. Mein Mann hat mich beauftragt, mich umzuhören, um so viel wie möglich von künftigen Wählern zu erfahren. Wir sehen uns nachher."

„Aber, der Start?", rief Marie ihr nach, doch die Menschenmenge verschlang sie bereits.

„Woher kennen Sie Maximilian?" Offenbar ließ Makowetz die Konstellation Lambert und Lipp keine Ruhe. Im selben Moment toste eine Welle des Aufruhrs durch das Publikum. Die Pferde tänzelten. Das Startauto breitete seine Flügel aus. Wenn man diesen Wagen mit den komischen Gitterflügeln noch nie zuvor gesehen hatte, konnte man glauben, es handle sich um ein Spielzeug von James Bond.

„Nennen Sie mich Marie", bot sie Kai an.

„Sehr gerne! Dann sag bitte Kai zu mir."

Sie nickte. Jetzt würde die Fragerei nach Max für eine Weile unterbrochen sein.

Wieder ging ein Raunen durch die Menge. Man hätte es dem Fahrzeug nicht zugetraut, doch es beschleunigte in Windeseile. Die Rennpferde, durchwegs Schwarze und Braune, taten es gleich und hielten sich knapp hinter den Flügeln. Die Konkurrenten, die mit dem Handicap hinter ihren Gegnern gestartet waren, versuchten, den Abstand zur Gruppe aufzuholen. Das Auto legte noch einen Zahn zu und ließ die Gespanne hinter sich. Die Rennpferde, mittlerweile in enormem Trab, erweckten den Anschein, als würden sie mit Leichtigkeit über die Sandbahn fliegen. Die Fahrer saßen breitbeinig in den Sulkys und trieben ihre Pferde an. Die Tiere zogen. Hals und Rücken bildeten eine Linie. Die Schnelleren lösten sich allmählich von ihren Konkurrenten, während die Hintersten ihr Handicap immer mehr aufholten. Das Auto fuhr seine Flügel ein und verließ die Bahn.

Die Gespanne liefen den ersten Bogen an und hinterließen eine Staubwolke. Die geballte Kraft der Pferde versetzte Marie in Aufregung.

Erstmals donnerte die Gruppe an ihnen vorüber. Nie hätte Marie gedacht, dass sie ein Pferderennen in einen solchen Zustand versetzen könnte. Als die Pferde vorbeirasten, vibrierte die Erde. Die Menge tobte. Jeder winkte – mit Händen, Hüten oder Wettscheinen.

Während sie von dem Spektakel gefesselt war, ließ Kai sie kaum aus den Augen. „Was ist?“, fragte sie ihn, und Kai lachte.

„Du bist wohl zum ersten Mal auf einer Trabrennbahn?“

In diesem Augenblick entschied sie: Ein attraktiver Mann, der sein Interesse an ihr offenkundig zeigte, konnte ihr nur guttun, ehe sie wieder in Max' Wagen steigen musste. Wen kannte sie denn sonst auf diesem Event? Max? Den konnte sie vergessen! Der klebte an dieser Alice. Davon abgesehen war sie für ihn ohnehin nur ein lästiges Anhängsel.

Eine leichte Brise ließ die Menschen aufatmen. Wie ein Mädchen vor einem Gehege wilder Tiere hielt Marie die Brüstung umklammert.

„Möchtest du, dass ich dir etwas über den Pferderennsport erzähle?“

„Ja, gerne. Welches ist zum Beispiel das Beste unter diesen Pferden?“

„Aus meiner Sicht das mit der Nummer neun.“

Er rückte näher und lehnte sich an ihre Schulter. „Er heißt Speedy-Gonzales und ist im Moment an fünfter Stelle.“ Kai deutete auf das dunkelbraune Pferd mit schwarzer Mähne und schwarzem Schweif.

Als Kai seinen ausgestreckten Arm zurückzog, machte er keinerlei Anstalten sich von ihrer Schulter zu lösen. Aus der Ferne betrachtet müsste man meinen, sie wären ein Paar, und gerade, als sie sich zurückziehen wollte, ging er auf Abstand.

„Der Fahrer“, er unterbrach sich, „also, du musst wissen, in dieser Sportart wird der Fahrer ‚Jockey‘ genannt“, fügte er hinzu und wollte fortfahren, als sie lauthals zu lachen begann. Sein Mund blieb offen und sein verdutzter Blick ließ sie noch mehr lachen.

„Ich vermute, irgendein komischer Vogel nistet auf meinem Hut, oder weshalb lachst du?“

Trotz seines Scherzes bemerkte Marie, dass er verunsichert war.

„Na ja, dass man den Fahrer ‚Jockey' nennt, das kriege ich gerade noch auf die Reihe." Als Zeichen der Wiedergutmachung legte sie eine Hand auf seinen Unterarm.

Er mimte den Beleidigten, fuhr dennoch fort. „Also, der Name des Jockeys", sprach er gedehnt, wobei er sie noch einmal kritisch ansah, „im grellen Trikot, heißt ..."

„... Manuel Galinski", sagten Marie und Kai wie aus einem Mund. Kai verschränkte die Arme vor der Brust.

„Du nimmst mich auf den Arm", polterte er. „Du weißt ganz genau Bescheid. Vermutlich besser als ich. Du bist eine Reporterin. Du recherchierst, stimmt's? Arbeitest du für eine Pferdezeitung? Gott, wie peinlich! Und ich falle darauf rein."

„Nein, das stimmt gar nicht", gab sie amüsiert zurück. „Ich habe Manuel vorhin an den Stallungen kennengelernt. Hannelore hat ihn mir vorgestellt."

Als Kai Anstalten machte wegzugehen und nie wieder ein Wort mit ihr zu wechseln, hielt sie ihn am Arm fest. Er gab sich keine Mühe zu verbergen, dass ihm das gefiel.

„Ich kenne mich im Pferdesport wirklich nicht aus. Bitte sprich weiter! Ich unterbreche dich sicher nicht mehr", versuchte sie neuerlich, wobei sie auf ihre Unterlippe biss, um ernst auszusehen.

„Also gut", schmollte er. „Ich gebe dir eine letzte Chance. Danach musst du mir von dir erzählen. Ich möchte alles über dich erfahren. Wo du arbeitest und so weiter.“ Als Zeichen dafür, dass es ihm ernst war, hielt er ihr seinen Zeigefinger vors Gesicht.

„Okay, versprochen“, gab sie sich geschlagen und hakte ihren Finger in seinen ein.

31.

Speedy-Gonzales

„Es wird gemunkelt, dass Galinski und Speedy-Gonzales heute ihr erstes großes Rennen machen.“ Kais Augen pendelten zwischen ihr und der Sandbahn.

„Da wird sich Speedy aber anstrengen müssen. Sieht nicht aus, als ob er die Führung übernehmen wird.“

„Das könnte Taktik sein. Der Jockey kennt die Stärken seines Pferdes.“ Kai klang wie ein Sportreporter.

„Seine Stärke liegt wohl eher auf Rang fünf“, feixte sie, doch Kai ließ sich nicht beirren.

„Es ist so, zuerst hält er sein Pferd zurück. Er will es anfangs schonen. Dann, und zwar genau im richtigen Augenblick, attackiert er.“

„Gut!“

„Jeder kluge Salzburger hat heute auf die beiden gewettet“, als Beweis deutete er auf einen Wettschein in seiner Brusttasche. Seine Augen weiteten sich, als sie ihren Kopf schüttelte.

„Ich gehöre wohl zu den dummen Bürgern. Vermutlich auch zu den altmodischen, die ihre Ersparnisse im Strumpf aufbewahren."

Kai wich zurück und betrachtete ihre Beine. Dabei stieß er einen Pfiff aus. Marie verstand nicht, was er meinte, und sah an sich hinab. Schließlich lachte sie. „Doch nicht in solchen Strümpfen", sie schüttelte ihren Kopf und eine Haarsträhne verfing sich in ihrem Mundwinkel. „Ich meine zu Hause in meiner Sockenschublade." Sie legte die Strähne hinters Ohr und blickte auf die Rennbahn.

„Pass auf, jetzt wird es spannend!"

Speedys Rivale Angelor löste sich vom Feld und lag um drei Längen vor ihm. Es schien, als käme Speedy nicht annähernd an ihn heran.

Marie hoffte auf einen Sieg von Manuel und Speedy-Gonzales, doch nun sah es so aus, als ob das Pferd namens Angelor gewinnen würde. Plötzlich schien es, dass Speedy schneller wurde, als hätte Manuel einen Knopf gedrückt. Ein Raunen ging durch das Publikum.

„Du hattest Recht", rief Marie und zeigte auf Galinski. „Manuel greift an."

Marie wippte in ihren Stiefeln. Die Sonne glühte und sie spürte ein Ziehen auf den Schultern. Ihre Sonnencreme lag unnütz zuhause.

Moment, rief gerade jemand ihren Namen?

Blödsinn!, mahnte sie sich und der Rhythmus der Hufe versetzte sie in Trance.

‚Mensch, gib endlich Gas!', hallte eine Stimme wie

in Zeitlupe. ‚Angelor!' Das Gesicht einer Mittfünfzigerin neben Marie verzerrte sich.

‚Komm schon ...!', las sie von Kais Lippen ab.

Erneut versuchte sie, sich zu konzentrieren, als sich Max' Bild vor ihre Augen schob. Sein blütenreines Hemd steckte in seinen Jeans. Der Gürtel mit der auffallenden Schnalle um seine Taille. Wo war er überhaupt? War er mit der Modelmaßfrau auf der Tribüne? Oder unterhielt er sich mit einer anderen? Über Auswahl verfügte er offensichtlich genug.

Obwohl sie zwischen Kai und der Mittfünfzigerin eingekeilt war, drehte sich alles. Als säße sie auf einem Karussell, von dem ihr bekannte Gesichter entgegenlachten. Einmal Kai, dann Galinski und zuletzt Maximilian Lambert.

Die Stimme des Platzsprechers schallte über das Gelände: „Wer geht als Erster durchs Ziel? Angelor oder Newcomer Speedy-Gonzales?"

Speedy bekam Schwierigkeiten. Ging ihm die Kraft aus?

„Das Trio geht in den letzten Bogen", rief der Sprecher in das Mikrofon.

Kai schrie: „Speedy!"

Es war, als hinge ein Schleier vor Maries Augen. Heiß lief es ihr über den Rücken. Was war das, das sie so intensiv spürte? Stimmte es, dass man die Nähe anderer fühlen konnte? Dies wäre zumindest eine Erklärung, weshalb Max ihr ständig in den Sinn kam.

Rasch, aber sorgfältig überblickte sie die Leute um sich herum. Kein Max!

„Speedy!“, brüllte Kai, als hätte er sein Hab und Gut gesetzt.

Die Gespanne waren nun am Beginn der Zielgerade.

„Angelor hat die Führung verloren, Speedy-Gonzales liegt vorne, Angelor attackiert, Speedy-Gonzales geht als Erster auf die letzten 500 Meter. Angelor kommt noch einmal heran, er übernimmt die Führung ...“

Marie erweiterte ihren Suchradius. Kein Gesicht war ihr bekannt. Niemand rief nach ihr. Ihr Blick wanderte weiter auf die höheren Ränge.

„Marie, das gibt's doch nicht, unglaublich!“, entfuhr es Kai. Die Menschen feuerten die Pferde an.

„Jetzt kommt das Finish!“, schrie Kai und stieß sie mit dem Ellbogen an. Ein letztes Mal wollte Marie auf die Tribüne schauen.

„Speedy-Gonzales versucht erneut, die Führung zu übernehmen ...“

Sie suchte in den oberen Rängen. Und dann ... ganz oben, in der letzten Reihe ... stand er. Warum war er ihr zuvor nicht aufgefallen?

„... die beiden Führenden haben sich endgültig abgesetzt, doch Angelor lässt sich nicht abhängen ...“

Er blickte zu ihr herunter. Seine Arme auf die Brüstung gestemmt. Die Intensität seines Blickes drohte sie umzustoßen.

„... Speedy-Gonzales ist im Vorteil, er ist an der Spitze ..."

Ihr Herz pochte. Dass er sie in der Menge gefunden hatte, machte sie auf seltsame Weise glücklich.

„Angelor ..."

Das Toben, die Rufe verschwammen ringsum. Sein Gesicht erschien ihr auf einmal ganz nah, und die Welt ringsum trat zurück. Seine braunen Augen hielten sie fest. Komm her! Sie spürte seinen Atem. Was machst du mit mir, Marie? Seine Worte lösten sich wie ein zarter Kuss. Seine Lippen kamen näher, und Marie schloss die Augen. Gleich würde sie ..., als ein markerschütterndes Quietschen über das Areal pfiff.

32.

Vergessen geglaubte Spezialität

Angelor und Speedy-Gonzales hatten den Zielpfosten erreicht. Der Platzsprecher überschlug sich mit unsicheren Erklärungen zum Ausgang des Rennens.

„Mein Gott", schrie Kai. „Ich konnte nicht sehen, wer vorne lag. Hast du es gesehen?" Erschrocken schaute Marie auf das Auslaufen der Rennpferde. Hatte sie das Ende versäumt? Wegen Max?

Die schweißnassen Pferde trabten ihre Runde zu Ende, während Schaum von ihren Mäulern in der Sandbahn versickerte. Keiner der Fahrer hob seine Hand. Das Publikum wurde still. Alle blickten sich um. Eine Wolke aus Staub schwebte über der Rennbahn. Die Gesichter des Publikums waren vor Anspannung verzerrt. Alle warteten auf eine Information.

Nur einen schien das alles nicht zu interessieren. Maximilian Lambert. Er stand am obersten Rang und starrte mit angehaltenem Atem auf Marie Lipp. Würde er sich je an ihr sattsehen? Er glaubte bisher, diese Sehnsucht sei ein für alle Mal in ihm ausgelöscht worden. Adam, sein Vater, war nach dem Tod seiner Mutter keine Beziehung mehr eingegangen. Mir fehlt nichts, hatte er einmal gesagt, das Hotel ist mir genug, aber das Lachen deiner Mutter ... das fehlt mir unendlich.

Bis zu dem Tag, als Marie Lipp im Speisesaal vor ihm gekniet war und die Scherben aufgehoben hatte, hielt er es wie sein Vater. Arbeit im Hotel gab es rund um die Uhr.

Warum war es ihm nicht möglich, netter zu Marie zu sein? Er wünschte, er könnte an ihrer Seite stehen, das Rennen mit ihr gemeinsam verfolgen oder mit ihr die Ställe der Stuten und deren Fohlen besuchen. Doch er war ein Gefangener, über dem eine Wolke hing. Ein Fluch, gegen den er nicht angehen konnte und dafür hasste er sich.

Aus den Lautsprechern dröhnte das gellende Geräusch einer Rückkoppelung. Ein Pferd stieg hoch und hetzte die Bahn entlang, ein weiteres ließ sich davon anstecken. Die Jockeys hatten Mühe, ihre Gespanne unter Kontrolle zu bringen. Die Menschen stöhnten erleichtert, als das Quietschen endlich nachließ. Der Platzsprecher murmelte eine Entschuldigung und sagte:

„Liebe Traberfreunde. Aufgrund des mit freiem Auge nicht ersichtlichen Finishs erwarte ich in wenigen Augenblicken das Ergebnis des Zielfilmes ...“ Der Sprecher fuhr fort: „Wie das Rennen selbst ist auch die Ermittlung des Siegers spannend. Die Pferde haben den Zielpfosten gleichzeitig passiert und sind dadurch schwierig zu klassieren. In solchen Fällen wird das Zielfoto benötigt, um die Reihenfolge festzustellen." Ein Raunen ging durch die Menschenmenge. „Soeben erhalte ich vom Zielrichter das Klassement. Die Reihung des Zieleinlaufes wurde bestätigt. Ich gratuliere dem Sieger des heutigen Rennens: ‚Manuel Galinski mit Speedy-Gonzales'!"

Manuel sprang in seinem Sulky auf. Er ballte eine Hand und stieß sie mehrfach in die Luft. Speedy wippte mit dem Kopf, als freute er sich auch. Es waren aber die Fotografen, die ihn störten.

Kai rief: „Klasse! Das müssen wir feiern. Darf ich dir etwas zu trinken bringen?"

„Sehr gerne", antwortete Marie.

„Champagner?"

Sie nickte.

„Komme gleich."

Sowie er ihr den Rücken zuwandte, sah Marie zur Tribüne. Sie suchte die oberste Reihe ab, konnte Max jedoch nicht mehr ausfindig machen. Hatte sie sich die Stelle richtig gemerkt, oder war es doch Einbildung gewesen?

Während sie die Ränge absuchte, fragte sie sich, ob Max die ganze Zeit alleine gewesen und zugesehen hatte, wie sie mit einem Fremden redete? Ein schlechtes Gewissen beschlich sie. Spinnst du!, ermahnte sie sich. Er hat dich alleine gelassen, wegen dieser Alice, nicht umgekehrt. Ja, Max war der Langweiler, nicht du!

Dort stand er! Eine korpulente Frau hatte ihn ins Abseits gedrängt. Er hielt sich wieder an der Brüstung fest und fixierte Marie erneut. Es war ein absonderlicher Blick. Oder täuschte die Entfernung?

Ruckartig setzte er sich in Bewegung und verließ den Zuschauerrang. Mit hastigen Schritten steuerte er die Treppe an, die zu ihr führte. Selbstbewusst nahm er eine Stufe nach der anderen. Er ließ Marie nicht aus den Augen. Sie hielt die Luft an, als er stehen blieb. Sofort spürte sie Enttäuschung. Kehrte er um? Nein ... er entnahm einem Kellner zwei gefüllte Gläser. Dann nickte er ihr zu. Er meinte tatsächlich sie! Am liebsten hätte sie ihm zugewunken. Er lächelte einladend. In ihrem Kopf kreisten abstruse Fragen. Was sollte sie mit ihm reden? Wie roch ihr Atem? Wo ist diese Alice und was machte sie nun mit Kai Makowetz?

Verdammt! Was machte sie wirklich mit Kai?

Max kam näher und als er nur noch wenige Schritte entfernt war, trat Kai hinter der Treppe hervor und schnitt ihm den Weg ab. In Feierlaune überreichte Kai ihr das Champagnerglas und legte einen Arm um sie.

33.

Im Glas serviert

„Trinken wir auf Speedy“, schlug Kai vor und schien Maries Verwirrung nicht zu bemerken. Ihre Gläser klirrten, und als sie zum Trinken ansetzte, hielt Marie nochmals nach Max Ausschau. Er stand hinter Kai. Aber nicht nur er!

Was macht die schon wieder hier? Marie wurde wütend, als sich das Zahnpastalächeln der Modelmaßfrau in Max' Augen zu spiegeln schien. Hatte sie sich seine Blicke vorhin nur eingebildet? Was hast du dir nur dabei gedacht, Marie Lipp? Wieso sollte sich Maximilian Lambert plötzlich in einen Menschen verwandeln? Idiotin!, schimpfte sie sich und befürchtete, Kai hätte etwas davon bemerkt.

„Lust auf einen Spaziergang?“

„Das ist eine gute Idee.“ Nur weg von hier. Fort aus Max' Blickfeld. Schon wieder.

Das Publikum zerstreute sich in alle Himmelsrichtungen. Einige schlenderten der Jazzmusik im großen Festzelt entgegen, während all jene, die gewettet hatten, geduldig an den Auszahlungskassen warteten.

Kai und Marie blieben abseits der Massen im Schatten eines Laubbaumes stehen. Sie lehnte sich gegen den Stamm und schickte ihre Gedanken an Max fort.

„Max und ich sind zusammen aufgewachsen."

Hatte sie ihn gefragt, oder warum erzählte Kai plötzlich von ihrem Chef? Sie trank einen großen Schluck. Max musste ein absoluter Held sein, da jeder über ihn sprach. Aber für sie war er einfach nur arrogant und unsensibel.

„Seit er das Lambert übernommen hat, sehen wir uns kaum noch. Er hat sich verändert."

Was? Er war nicht immer so ein Idiot gewesen?

Maries Schweigen forderte Kai auf, weiterzureden. „Seit er das Hotel hat, vergräbt er sich. Er arbeitet wie ein Irrer." Ihm entkam ein heiseres Lachen.

„Was ist?"

„Max hat eine Paranoia. Seit er gehört hat, dass ein Restaurantkritiker unterwegs ist, macht er alle verrückt."

„Warum?"

„Der Kritiker hat neulich einen Artikel verfasst. Da soll Max total ausgerastet sein."

„Ach so?!"

„Er schult seine Mitarbeiter, damit sie ein Auge für anonyme Kritiker bekommen. Zum Beispiel sollen sie darauf achten, wenn jemand alleine zum Essen kommt, mit einer Zeitung in der Hand. Er meint, das ist das Erkennungsmerkmal schlechthin für einen Kritiker. Meines Erachtens veraltet."

Marie fragte sich, ob sie schon einmal aufgeflogen war, da sie oft mit einem Buch in der Hand zum Testen ging.

„Anscheinend bezieht er Informationen aus einer vertraulichen Quelle, die ihm Autonummern von den Testessern verrät."

Gut, dass sie mit Hans-Georgs Wagen hergekommen waren. „Gibt es denn eine Ursache für seine Angst?"

„Ja, eine üble Geschichte. Ein Freund von uns." Kai strich mehrmals über seinen Nasenrücken. „Seit einem Gerichtsstreit ist er obdachlos."

„Ein Gerichtsstreit wegen einer Kritik?"

„Max ist dieser Meinung. Er glaubt, dass die Kritik schuld an seinem Schicksal war."

„Was denkst du?"

„Na ja, es ist vieles vorausgegangen. Keine Familie, die ihm Halt gab. Er wollte alles alleine machen. Sechzehn Stunden am Tag arbeiten und am Monatsende kaum ein nennenswerter Ertrag. Von Investitionen konnte er da nur träumen. Am Ende fehlten die Gäste. Wenn man da nicht zum Trinker wird? Ich bin der Meinung, die Kritik des Schreiberlings war nur das I-Tüpfelchen."

Viele Spitzenköche hingen an der Flasche. Manche nehmen Drogen, um den Dauerstress auszuhalten, andere geben auf. Selbst sie erlebte schon mit, dass Geschäftsleute in die Spirale des Ruins geraten waren. Hohe Mieten, teure Brigaden und zum Schluss blieb nur noch der Konkurs.

„Max denkt wirklich, dass der Kritiker Schuld hatte?“

„Wenn dich Max so interessiert, wecke ich dein Interesse, dass ich auch im Hotel meiner Eltern ziemlich eingespannt bin“, schmollte Kai.

„Entschuldige! Ich wollte nicht unhöflich sein. Erzähl, welches Hotel haben deine Eltern?“

„Wir haben am Fuschlsee, nicht weit vom Lambert, ein Golfhotel. Du musst vorbeikommen und wir spielen zusammen. Kannst du Golf spielen?“

„Ja, ein wenig. Ich habe die Platzreife gemacht. Habe aber aufgehört. Es war mir zu gefährlich.“

„Was? Wir sprechen hier vom Golfsport, oder? Mit den Fairways und ohne Verbrecherquote?“ Er mimte ein Gruselgesicht, und Marie musste lachen.

„Ich meinte ... mir ist der Schläger aus der Hand gerutscht, und ich habe jemanden getroffen.“

Kai hob seine Augenbrauen und wich einen Schritt zurück. „Das ist ja schaurig. Ich sehe die Schlagzeile: ‚Marie Lipp, die rabiate Golferin‘“, dozierte er und malte Buchstaben in die Luft.

„Als ich den Mann im Krankenhaus besuchen wollte, ließ man mich nicht zu ihm. Man hat mir die Mitgliedschaft gekündigt, und seine Frau sagte, ich soll mich nie mehr blicken lassen.“

„Welch’ grausame Menschen.“ Kai lachte auf. „Du hast mir bei unserer Begrüßung auch einen elektrischen Schlag verpasst.“

„Du lachst, ich habe lange Zeit nach diesem Golfunfall nach Verfolgern Ausschau gehalten. Du hättest sein verbeultes Gesicht sehen sollen. Es schimmerte in allen Farben. Ich fürchtete, der Kerl rächt sich irgendwann."

„... und seither hängt dein Foto auf einer Dartscheibe im Golfclub, oder?"

„So wird es sein", lachte sie und nahm einen weiteren Schluck.

34.

Glas(UN)kultur

Max stand noch immer auf der Tribüne, während die Angestellten die Reihen säuberten. Er schwenkte ein Glas Whisky und starrte auf eine Frau und einen Mann, die unter einem Baum plauderten.

Zuletzt hatte er Kai bei einer Versammlung des Tourismusverbands gesehen. Er war heilfroh, dass sie nicht mehr als dieses Gremium miteinander verband. Schon sein Anblick ging ihm auf die Nerven. Und nun stand er dort. Mit Marie Lipp, von der er seinen Blick nicht lösen konnte. Zorn stieg in ihm hoch.

Woher kannten sich die beiden? Was erzählte er ihr, das sie so zum Lachen brachte? Er setzte das Glas an seine Lippen. Waren die beiden ein Paar? Kaum! Irgendjemand hätte ihm diese Liaison mitgeteilt. Jeder in Fuschl wusste von dem Zerwürfnis der ehemaligen Freunde.

Was war das nur für ein verkorkster Tag! Zuerst schlug er Marie auf die Wange, dann verfolgte ihn Alice und nun flirtete Kai mit Marie. Max würde viel Geld verwetten, dass Kai wusste, dass sie im Lambert arbeitete. Grund genug, seine Finger von ihr zu lassen. Diese Vereinbarung trafen sie schon in der Schule, aber Kai hielt sich nie daran. Er kannte seinen Frauengeschmack. Sie musste attraktiv und vergeben sein, dann war Kai hinter der Frau her.

Der Wind drehte sich und trug Kais Bassstimme zu ihm. Er biss seine Zähne aufeinander. Ungeduldig winkte er einem Kellner. Dieser versuchte, Max in eine Plauderei zu verwickeln.

„Na, haben Sie gewettet?"

„Nein."

„Dann haben Sie verloren."

Max vermutete, dass er komisch sein wollte.

„Wissen Sie, ich habe mehr verspielt, als ich heute verdiene. Hoffentlich wirft Jenny mich nicht aus der Wohnung. Sie hat mir noch gedroht. ‚Wenn du nur einen Cent verwettest, dann kannst du verschwinden.' Wie dumm von mir."

Max klammerte sich ans Geländer, sonst wäre er dem Kellner, mit einem Gruß von Jenny, an die Gurgel gegangen. Er war ohnehin in Schlägerlaune. Am liebsten würde er Kai die Visage polieren.

„Ich habe eine Strategie ..."

Der Kellner kann nichts dafür, dachte sich Max und knallte sein Glas auf dessen Tablett.

„Möchten Sie gar nicht meine Strategie ...?"

„Nein", fauchte Max. Er stieß sich vom Geländer ab und lief die Metalltreppe hinunter.

Je näher er den beiden kam, desto mehr fühlte er sich als Eindringling. Als würde er ihr Separee betreten. Es war ihm egal, Kai war ihm zu nahe gekommen.

Das Klirren ihrer Gläser und Maries Lachen drangen an sein Ohr. Seine Schritte wurden schneller. Entschlossener. Er musste mit ihr sprechen. Kai bemerkte Max, der wie eine Dampflok auf sie zukam, als Erster.

Der Hauptgang

Salzburg Gourmet Magazin: Was zeichnet Ihrer Meinung nach gutes Servicepersonal aus?

M. D.: Wenn man meinen Wunsch schon erfüllt, bevor ich ihn ausspreche (zwinkert mit einem Auge).

35.

Champignons-Liga

Als Kai seinen ehemaligen Kumpel auf sie zurasen sah, gefror sein smartes Lächeln. Marie folgte seinem Blick. Von nun an ging alles ganz schnell. Max postierte sich neben Marie, dass ihr Champagner über ihre Finger lief.

„Hey!“ Sie streckte das Glas von sich.

Seine Körperwärme legte ihre Empörung lahm. Sie fühlte jeden seiner Finger an ihrer Taille.

Völlig desorientiert blickte sie von Kai zu Max. „Herr Lambert, das ist Kai Makowetz.“

„Ich kenne den Mann“, knurrte er und warf Kai einen schneidenden Blick zu. „Sie gehört zu mir! Lass deine Finger von ihr!“, fauchte er.

Hatte sie sich verhört? Sie gehört zu mir!?

Kai setzte sein Glas an und trank seelenruhig.

„Vielleicht erklärt mir jemand, was das hier soll?“

Weder Kai noch Max antworteten.

Kai blickte auf Max' Arm um Maries Taille.

„Niemand gehört dir. Weder sie noch eine andere“, belehrte Kai und zog an seinem Bärtchen.

Marie wand sich in Max' Arm und drückte ihre Hände gegen seine Seite. Ihr Befreiungsversuch holte ihn in die Realität zurück. „Ich muss kurz mit Ihnen reden."

Sie strich ihre Bluse glatt und straffte die Schultern: „Wieso? Worum geht es hier eigentlich?"

Im selben Moment flüsterte Kai ihm ins Ohr: „Feigling!"

Max wirbelte herum. Dadurch prallte er gegen Kai, der sofort seine Arme in die Höhe riss.

„Aufhören!", rief Marie dazwischen.

Gut gemacht, Kai, dachte Max. Diese Unschuldspose hatten sie beim Schultheater oft geübt.

„Du nimmst dir wohl immer anderer Eigentum, was?", keifte Max.

„Sie ist nicht dein Privatspielzeug!"

„Ich bin überhaupt kein Spielzeug", warf Marie entrüstet ein.

„Sie arbeitet für mich."

„Was?" Kai wurde blass um die Nase.

„Ähm, ich bin nur eine Aushilfe", sagte sie und beide Männer sahen sie fragend an.

„Willst du behaupten, du wusstest das nicht?", fragte Max. „Jetzt enttäuschst du mich, Kai. Du weißt doch sonst immer alles, was im Lambert passiert."

Nun nutzte er Kais Sprachlosigkeit. „Ich glaube dir sowieso kein Wort. Denn wer dir vertraut, dem geht es wie Christian. Erinnerst du dich noch an ihn?"

„Christian Breitfuß? Was hat er damit zu tun?"

„Das willst du bestimmt nicht hier besprechen, oder doch?“ Max blickte zu Marie, dann wieder zu ihm.

„Es gibt nichts, weshalb ich mich schämen müsste“, entgegnete Kai.

„Bist du sicher? Auch nicht, dass du zu dem Banktermin nicht erschienen bist? Christian hatte ein Konzept. Das Fischrestaurant hätte unserem Ort gutgetan. Er hat auf uns gezählt. Wir waren seine letzte Hoffnung gewesen.“

Ja, genau! Christian Breitfuß, schoss es Marie durch den Kopf. Es stimmte! Die Kritik war hart gewesen.

„Hast du ernsthaft geglaubt, dass Christian dazu in der Lage gewesen wäre? Er war ein Trinker!“

„Er hatte zumindest ein Ziel vor Augen. Es gab eine Hoffnung.“

„Ich werfe mein Geld doch nicht beim Fenster hinaus.“

„Ach, was rede ich mit dir! Du bist es nicht wert, Kai Makowetz.“

Max wandte sich wieder Marie zu. Seine Augen aufgerissen, als würde er jeden Augenblick die Kontrolle verlieren.

„Gehen wir!“ Er packte sie am Arm und zog sie mit, doch Marie riss sich los. Kurz verharrten sie, dann überreichte sie Kai ihr Glas und versicherte ihm: „Ich komme gleich. Warte bitte auf mich.“

„Okay“, erwiderte Kai knapp.

Sie drehte sich um, ging an ihrem Chef vorbei,

den sie dabei anrempelte, und steuerte auf die Stallungen zu.

36.

Bitterer Eispalast

Der Pferdestall war das passende Umfeld. Er musste aufhören sie zu schikanieren wie einen Straßenhund. In der Arbeit mochte sie ihm nicht dagegenreden. In ihrer Freizeit schon.

Im Dunkel des Stalles eingetaucht spürte sie plötzlich einen Widerstand. Seine Hand drückte auf ihrer Schulter. Marie drehte sich um. Weder seine Haltung noch sein Offiziersgesicht zeigte einen Funken von Reue. Im Gegenteil, er sah sie triumphierend an.

„Hören Sie, Herr Lambert. Soweit ich mich erinnere, ist das eine Veranstaltung, zu der ich auf Ihren Wunsch hin mitgekommen bin. An diesem Ort bin ich keine Ihrer Angestellten. Ich kann mich mit jedem unterhalten, der meinen Weg kreuzt.“

„Reden Sie, mit wem Sie wollen, aber nicht mit Kai Makowetz.“

Oh! Er ist so eingebildet! Marie biss sich auf die Zunge. Wäre er nicht Onkel Freddys Boss, würde sie ihm seine Arroganz unter die Nase reiben.

„Kai ist ein Lügner“, fügte er hinzu.

„Ich danke Ihnen für die Warnung, aber ..."

„Verdammt! Seien Sie nicht so hochnäsig."

„Ich bin ..."

„Ich wollte Sie vor dem Kerl schützen!"

„Schützen? Vor wem? Ist er ein Mafiaboss? Oder wollen Sie mich von ihm fernhalten, weil er so freundlich ist und mich herumführt?"

„Oh nein!"

„Ist das der Grund, weshalb Sie wütend sind? *Sie* haben *mich* beim Eingang stehen gelassen, nicht umgekehrt."

„Bevor Sie sich etwas Falsches einbilden, Frau Lipp. Wir reden hier nicht über Sie und mich ..."

„Was ... einbilden?"

„... wir reden über Makowetz."

„Das gibt's doch nicht!"

„Den Sie zu kennen glauben, in Wahrheit haben Sie aber keine Ahnung. Sie meinen, Sie sind so schlau, das sind Sie nicht. Sie wissen nicht, was für ein Betrüger Kai ist. Nur auf seinen Vorteil bedacht, ohne Rücksicht auf andere." Er fuchtelte herum, als zähle er eine Liste auf.

„Tut mir leid, davon habe ich nichts bemerkt."

„Darin ist er gut, nicht wahr?" Zynismus quoll aus seinem Mund. „Der Kerl hat keinen eigenen Geschmack. Bedient sich an zweiter Wahl, wie eine Hyäne."

„Zweiter Wahl?" Sie lief rot an. „Für Sie bin ich doch auch nur eine Aushilfe, ‚secondhand'. Weshalb regen Sie sich eigentlich so auf?"

„Wie meinen Sie das?"

Ha, nun war er fällig. Jetzt packte sie Max dort, wo es ihn am meisten schmerzte. Bei seiner Überheblichkeit.

„Draußen, bei Ihrem Freund. Diesem Dragan. Sie konnten es kaum erwarten, ihm zu sagen, dass ich Ihre Aushilfe bin. Wissen Sie, wie erniedrigend das war?"

„Aber ... Das haben Sie gehört?"

„Klar!"

„Das habe ich nur gesagt, damit Dragan Sie nicht ständig so ... anstarrt."

„Oh vielen Dank!"

„Das war nicht für Ihre Ohren bestimmt gewesen."

„In Ihren Augen bin ich wohl für niemanden ansprechend! Ich bin ja nur eine ..."

„Ich habe verstanden. Verdammt! Müssen Sie mir alles im Mund umdrehen. Sie sind viel mehr als das."

Sie horchte auf.

„Sie sind ..." Max schluckte und blickte zu Boden.

Marie nutzte die Pause. „Und damit Sie es wissen ... ich gehöre niemandem. Weder Kai noch Ihnen."

Damit hatte sie es ausgesprochen. Mit ihm war sie fertig. Doch Max war der Meinung, sie kapierte so manches noch nicht: „Makowetz ist ein arroganter und unsensibler Mensch. Das sollten Sie wissen, ehe Sie sich mit Kerlen wie ihm einlassen."

„Da hat er mit meinem Boss einiges gemeinsam", schoss es aus ihr heraus.

Maximilian Lambert zog scharf die Luft ein und

seine Augen formten sich zu kleinen Schlitzen. Verdammt! Hätte sie nur ihre Klappe gehalten. Dieser Mensch brauchte nur seinen Mund zu öffnen, schon fühlte sie sich angegriffen.

Ab sofort würde sie sich von ihm fernhalten. Es war besser für sie, für Freddy und die Tatsache, dass sie M. D. war.

„Das denken Sie von mir? Arrogant und unsensibel?“

Die Blasiertheit wich aus seinem Gesicht. Der Zorn bröckelte, und Marie erkannte in ihm den Jungen. Wie damals, als er mit der Rose vor ihr gestanden hatte, überraschte er sie heute ebenso: „Marie, es tut mir leid, was sich vorhin abgespielt hat ... Ich verstehe nicht, was mit mir los war.“

„Mir tut es auch leid! Die Pferde sind wohl mit mir durchgegangen.“

„Kai und ich, wir waren, man glaubt es kaum, die besten Freunde.“ Er suchte nach Worten. „Er hat nicht das Recht ... verstehen Sie?“

Nein, sie verstand nichts.

Eine Wolke schob sich plötzlich vor die Sonne und es wurde dunkler im Stall.

Sein Blick glitt über ihr Gesicht. „Es gibt vieles, das Sie nicht von mir wissen. Das ist es, was ich Ihnen die ganze Zeit erklären will. Zwischen Kai und mir ist vieles vorgefallen, lange bevor Sie ins Hotel kamen.“

Sie erkannte ein zerbrochenes Lächeln, das ihr einen leichten Stich gab. Seine Lippen bewegten sich, doch Marie begriff nichts. Was wollte er ihr wirklich sagen?

Er trat an sie heran. Sie fühlte seinen Atem. Er roch nach Whiskey. Seine Hände tasteten an ihren Armen empor. Seine Finger streichelten ihre Schultern.

Marie wollte seine Wärme fühlen, wie vorhin, als er seinen Arm um ihre Taille gelegt hatte.

Seine Fingerspitzen wanderten über ihre Haut, bis zu ihrem Hals. Sie erforschten jeden Zentimeter. Seine zärtliche Berührung machte sie schwindlig. Er sah ihr in die Augen. Seine Befangenheit erregte sie, dass sie ein Keuchen kaum unterdrücken konnte.

„Marie“, hauchte er und schob seine Finger unter ihr Kinn. Seine Lippen waren leicht geöffnet. Träumte sie wieder? Der sinnliche Duft seines Parfums vermischte sich mit dem Geruch der Strohballen. Er zog Marie an sich heran und legte seine Arme um sie.

„Marie.“ Fast berührten sich ihre Lippen, als er ihren Namen wiederholte. Sie spürte die Spannung in seinen Armen, als er sie noch mehr an sich drückte, doch er küsste sie nicht. Stattdessen glitt er mit seinem Mund über ihre Wange.

„Fühlt sich das arrogant und unsensibel an?“, fragte er und liebkoste sie weiter.

Kaum merkbar schüttelte sie ihren Kopf. Ihre Lippen zitterten. Sie wollte nicht reden. Sie bestand nur noch aus einem Gedanken: Sie würde sich gleich auflösen, wenn er sie nicht sofort küsste.

„Nein“, hauchte sie und schloss ihre Augen.

„Sicher?“ Er hielt inne. Nicht um sie zu quälen, sondern um sie noch einmal anzusehen, als könne er es sonst nicht fassen.

„Darauf kann ich erst antworten, wenn du mich endlich küsst.“

Er gehorchte. Zum ersten Mal, seit sie ihn kannte. „Oh Gott, Marie! Was machst du mit mir?“ Dann legte er seine heißen Lippen auf ihre. Sein Begehren, das er ihr jetzt offen zeigte, löste bei Marie eine Lust auf diesen Mann aus, dass ihre Knie nachgaben. Max hielt sie fest in seiner Umarmung. Glühende Hitze sammelte sich in ihrer Brust und sank tiefer.

Seine Lippen lösten sich und wanderten bis zu ihrer Schläfe. Er atmete schwer. „Du bist so wunderschön!“ Seine Stimme bebte. Ihre Willenskraft, sich ihm zu widersetzen, war weggewischt. Das Ziehen in ihrer Brust erschwerte ihr das Atmen. Max küsste sie ein zweites Mal. Er schmeckte ihre Lippen und erforschte jeden Millimeter. Seine Zunge streichelte sie langsam und zärtlich, sodass Marie stöhnte. „Max!“ Sie fühlte seinen Herzschlag. Woher wusste er so genau, wie sie geküsst werden wollte?

Er fuhr ihr durchs Haar, das seidig durch seine Finger glitt. Er küsste sie zwischen Hals und Schulter. Mit einem Mal hörte sie einen Klagelaut aus seiner Kehle. Er hielt sie auf einmal so fest, dass ihr die Luft wegblieb. Er küsste sie gierig, schmerzhaft, fordernd. Zuerst glaubte sie noch an Begierde, doch dann, als er seinen Mund auf ihren drückte, sodass sie ihre Zähne schmerzten und sie Metallenes schmeckte, öffnete sie die Augen. Sie drehte ihren Kopf zur Seite. Das grelle Tageslicht war wieder überall und die Pferde unruhig. Nur in Max' Gesicht blieb Finsternis zurück.

Er ließ sie blitzartig los und taumelte. Er wischte mit dem Finger über seinen Mund und sah Blut. Mit dem Rücken zu ihr klammerte er sich an das Stahlgitter einer Pferdebox.

„Was war das?", fragte sie. „Max?"

Er kühlte seine Stirn an den Stäben. „Ich weiß es nicht. Ich habe die Beherrschung verloren. Bitte entschuldige. So etwas ...", er nickte zu ihr und gleichzeitig zu dem Platz, an dem sie eben noch umschlungen gestanden hatten, „so etwas, das sollte unter Kollegen nicht vorkommen."

Sie war gerührt und verärgert zugleich.

„Dagegen gibt es kein Gesetz, Max."

„Wofür gibt es dann Gesetze, wenn sich nichts und niemand daran halten?"

Wovon sprach er?

Auf einmal erschien er ihr fremd. Zwischen seinen Augenbrauen bildete sich wieder diese Furche. Er trat entschlossen zur Seite. Sein Kiefer spannte sich an. Zuerst wankten seine Blicke, als müsse er sich entscheiden. Ohne ein Wort drehte er sich um.

„Du wirst doch jetzt nicht einfach gehen? Hey!"

„Es tut mir leid! Ich habe die Beherrschung verloren."

37.

Warmer Champagner

Etwas Dunkles hatte sich zwischen sie gedrängt. Mit tausend Fragen und seinem Aftershave an ihren Wangen hatte er sie in den Stallungen alleine gelassen. „Es tut mir leid! Ich habe die Beherrschung verloren."

Als sähe sie zum xten Mal einen Kurzfilm, kehrte er ihr immer wieder den Rücken. Gerade begann er von Neuem, als hinter ihr etwas aufschlug, wie Eisen auf Eisen. Ein hellbraunes Pferd stieß mit dem Huf gegen seine Stalltür und steckte seinen Kopf durch zwei Gitterstäbe.

„Na, du?"

Heiße Luft strömte aus seinen Nasenlöchern, und das Pferd erlaubte ihr, dass sie die samtenen Nüstern streichelte.

„Hast mich ganz schön erschreckt. Du hast uns beobachtet, stimmt's?"

Das Tier ließ sich die Streicheleinheiten gefallen.

„Verrate mir doch, was mit dem Mann nicht stimmt."

Als wäre es auf den Geschmack gekommen, schnappte es auf einmal nach ihrer Hand.

„Du bist also auch ein schweigender Mann“, warf sie dem Pferd vor, sofort schüttelte es seine Mähne.

„Also gut. Wenn du nichts zu sagen hast, kann ich ja gehen“, verabschiedete sie sich von dem Pferd.

Wie Max vorhin fuhr sie sich über den Mund. Sie verspürte ein dumpfes Gefühl im Bauch, als sie an seine Flucht dachte. Was, wenn er sie kündigte? Das Rennen, zu dem er sie als Begleitung gebraucht hatte, war schließlich vorbei.

Gerade als sie hinaustrat, kam Kai auf die Stallungen zu. Er wirkte etwas tollpatschig mit den Gläsern in seinen Händen.

„Ist alles okay? Ihr wart lange weg und gerade ist Max zurückgetorkelt.“

Die Vorstellung, dass sie den kontrollierten Max Lambert zum Taumeln gebracht hatte, heiterte sie auf. Sie nahm ihr Glas entgegen und prostete Kai zu, dann leerte sie es.

„Pfui Teufel!“

„Was ist los?“

„Warmer Champagner schmeckt scheußlich.“

Kai lachte auf: „Ich besorge dir Neuen.“

Marie schüttelte sich noch einmal, worauf sie Kai herausforderte: „Was ist, kannst du tanzen?“

„Mein Gott, bin ich froh, dass dir Max nicht die Laune verdorben hat“, jubelte er.

„Da braucht es schon mehr als einen übellaunigen Vorgesetzten.“

„Was hatte er denn vorhin?"

Sofort beschleunigte sie ihren Schritt. „Was ist nun mit Tanzen? Kannst du, oder etwa nicht?"

Kai sprang auf ihren Gute-Laune-Zug auf.

„Oh, doch." Er holte ihren Vorsprung mit zwei langen Schritten auf, zog den Hut und breitete die Arme aus. „Vor deinen Augen ist der begehrteste Tänzer aller Zeiten. Und der Attraktivste! Du kannst dich glücklich schätzen, Marie Lipp."

Mit einem behielt Max Recht: Kai war eingebildet, aber ein Witzbold.

„Wetze deine Stiefel. Ich werde dir zeigen, was es heißt, mich zum Tanzen aufzufordern."

„Na, das ist ja mal eine Ansage."

Seite an Seite marschierten sie zu dem Pavillon, der die Fangemeinde der Countrymusik beherbergte. Die Männer trugen Wrangler Hemden mit Western-Halsschmuck und lange Hosen und ihre Partnerinnen Blusen mit Stufenröcken. Sie erinnerten Marie an alte Musikfilme und Petticoats.

Hier konnte man nicht still sitzen, während die anderen sich auf der Tanzfläche amüsierten, man musste mitmachen. Kai warf ihr einen zweifelnden Blick zu, aber Marie fasste ihn am Arm und zog ihn auf die Tanzfläche. Der Leadsänger der Band hieß die Neuankömmlinge über sein Mikrofon willkommen. Weder Kai noch sie beherrschten Squaredance, aber sie folgten dem Vorsprecher und machten es den anderen nach.

Währenddessen saß Max Doktor Riener im VIP-

Zelt gegenüber und war in ein tiefschürfendes Gespräch verwickelt. Trotzdem hielt er immer nach einer Frau in Carmenbluse und Jeansrock Ausschau.

39.

Peanuts und andere Schwächen

Einmal war es Jazz und dann Rockmusik. Zuletzt landeten sie in einem Zelt, in dem Volksmusik spielte. Ein Alpen-Rocksänger quetschte mit liebevoller Affinität seine Ziehharmonika. Der Nachmittag war davongerauscht, und Wolken zogen auf, die niemand bemerken wollte. Unvermittelt donnerte es und es goss, als würden die Gewitterwolken überschwappen.

„Dort sind meine Hotelgäste", rief Kai gegen das Prasseln des Regens an. „Ich komme gleich." Marie beobachtete ihn, als er das Paar begrüßte.

Am Tresen versammelten sich die Volksmusiker zu einer Trinkpause. Sie prosteten sich zu und kippten ihre Schnäpse hinunter. Der Größte bestellte beim Barkeeper eine weitere Runde und zwinkerte Marie auffällig zu. Sie wich seinem Blick aus und griff in die Schale. Im Grunde wollte sie die Erdnüsse nicht anrühren, doch jetzt schienen sie ihr wie eine Art Rettungsanker. Die Musiker, in karierten Hemden und Hirschledernen, machten keinerlei Anstalten, aufzuhören. Gewitter hin oder her, sie würden heute die Letzten sein, die nach Hause gingen.

Marie blickte über die Köpfe der Gäste hinweg. Die Trabrennbahn verwandelte sich allmählich in einen Teich. Menschen hetzten zum Ausgang, andere drängten unter Sonnenschirme, durch die es tröpfelte. Auch die Rieners kämpften sich durch den Wolkenbruch. Lore hatte das Herrensakko ihres Mannes übergestülpt. Marie winkte, aber Lore kämpfte mit dem Schlammfeld unter ihrem Schuhwerk. Völlig unvorbereitet schaute Marie in ein Gesicht, dessen unruhige Augen die Menschenmenge absuchten. Na toll! „Der fehlt mir gerade noch", flüsterte sie, als Max den Pavillon betrat. Er schüttelte sein nasses Haar und bahnte sich einen Weg in ihre Richtung. Ausgerechnet! Marie reckte ihr Kinn und drehte ihm den Rücken zu. Sie hegte die Hoffnung, dass er sie nicht entdecken würde, als seine Stimme neben ihrem Ohr ertönte. „Marie?!"

Sie schnappte die Schale wieder und schob sich eine Handvoll Nüsse in den Mund. Er drehte sie mit dem Barhocker zu sich. Dabei berührte er ihre Knie.

„Können wir reden?"

„Ch hb dn Mnd vll."

„Dann rede ich."

„Ws wllst d?"

„Es ist so", er räusperte sich, „seit du in das Hotel gekommen bist, weiß ich, wie viel mir in Wahrheit an meiner Arbeit liegt. Zum ersten Mal sehe ich einen Sinn in dem, was ich tue."

Sie griff erneut in die Schale.

„Handelst du aus dem Bauch heraus, oder woher weißt du so viel vom Hotelgeschäft? Ich kann es mir nicht erklären. Du scheinst immer alles richtig zu machen."

Marie leckte das Salz von den Fingern.

„Für dich scheint alles leicht und einfach, ja fast wie ein Kinderspiel ..."

„Hey, Max! Endlich finde ich dich."

Verdammt, ausgerechnet jetzt!, dachte sie und entdeckte eine Frau in einem glänzenden Etuikleid. Was für eine übertriebene Aufmachung für einen Besuch auf der Pferderennbahn.

„Wie geht's dir?" Ihre Armreifen klimperten wie ein Orchester beim Einspielen.

Marie hätte sich lieber auf die Zunge gebissen, als die Frau mit der Kicherstimme zu begrüßen, die ihren Boss abknutschte.

„Servus! Hätte dich bald nicht erkannt."

„Da staunst du, was?", schmatzte die Frau. Offenbar kaute sie Kaugummi.

„Wusste nicht, dass du Kleider trägst! Man sieht dich ja sonst nur in Reithosen."

Erneutes Kichern und Musizieren der Armreifen.

Marie rümpfte die Nase. Wie setzte er nur so schnell eine Maske auf?

„Wen hast du mitgebracht?"

Oh, mein Gott! Die meinte hoffentlich nicht mich? Marie drehte sich weg, so weit es auf einem Barhocker möglich war, und ihr Blick landete in dem zwinkernden Auge des großen Volksmusikers. Auch das noch!

„Hat jemand dein Herz erobert, Max?", fragte die Frau.

„Um Himmels willen!", lachte er, als wäre er gegen jegliche Gefühlsduselei immun. „Kennst mich doch."

„Dann hab' ich noch Chancen auf den Titel der Miss Lambert?" Ihr Armschmuck wurde hysterisch.

Marie rollte die Augen, was der Musiker offensichtlich als Aufforderung verstand. Was hatte er vor? Wo wollte er hin? Und wo blieb eigentlich, verdammt nochmal, Kai? Sie guckte ringsum, doch er war nirgends auszumachen, stattdessen näherte sich der Musiker mit einem sicheren Grinsen. Sie saß in der Falle. Vor ihr das zwinkernde Auge, hinter ihr ihr Boss, der sie erst geküsst und sich danach dafür entschuldigt hatte. Sie verschränkte die Arme, in der Hoffnung, der Musikant überlegte es sich anders. Gleichzeitig tastete sie ihren Hörradius nach Max und der Frau ab, indem sie sich zurücklehnte.

„Sie ist meine, ähm, eine Angestellte", sprach er undeutlich.

Schon besser!, triumphierte Marie und warf ihren Kopf in den Nacken, zu heftig, denn plötzlich kämpfte sie mit ihrem Gleichgewicht, als wären ihrem Barhocker Rollen gewachsen. Sie verlor den Halt. Der Hocker kippte. Marie klammerte sich an die Theke. Vergebens! Die Salznüsse rächten sich. Ihre Finger hinterließen eine Fettspur am Schanktisch. Ein letztes Mal holte sie mit ihren Beinen Schwung.

Sie wusste nicht, ob ihr jemand geholfen hatte, oder es verdammtes Glück gewesen war, dass sie jetzt nicht vor den Füßen von Max lag. Jedenfalls knallte sie gegen die Schank, und die Kante bohrte sich in ihren Magen. Marie rang nach Luft. Der Barkeeper kontrollierte, ob eine Rangelei im Gange war. Schon okay, war nichts, bedeutete sie mit einem zerknirschten Lächeln. Ebenso mied sie den Kontakt zu allen anderen und nippte an ihrem Getränk. Selbst der Musiker war zu seiner Gruppe zurückgekehrt und studierte sie von nun an skeptisch. Wie peinlich! Bestimmt glaubte er jetzt, sie sei sternhagelvoll.

„Sybille hat sich den Fuß gebrochen", erzählte Max nun.

„Ja, stimmt! Kai hat davon erzählt. Wir saßen alle im *Irish-Pub* und ..."

„Woher weiß Kai davon?", fragte Max.

„Ach, äh, keine Ahnung! Du weißt ja, Kai erfährt immer alles", kicherte die Frau vorsichtig. Selbst die Armreifen blieben stumm.

„Dieser verdammte ...!"

„Sorry, Max. Muss jetzt los", unterbrach sie und verzichtete sogar auf eine Umarmung. Stattdessen rief sie Marie über die Schulter zu: „Alles Gute im Lambert!"

39.

Aus gutbürgerlichem Haus

Marie erhob soeben ihr Glas, als ihr jemand auf die Schulter trommelte: „Wir fahren!" Sie kannte den Tonfall. Derselbe, den sie vor ein paar Tagen im Speisesaal erstmals gehört hatte. Er ließ mehrere Botschaften durchdringen, hauptsächlich aber diese: Es gibt keinen Spielraum für Diskussionen!

Marie drehte sich nicht um. Sie wusste ohnedies, welche Kraft seine Attraktivität auf sie ausübte.

„Ich muss mich noch von Kai verabschieden", entgegnete sie ihm und wünschte sich, dass er gleich platzen würde. Sie wartete auf eine Reaktion, einen verbalen Anfall, doch Max schwieg. Er dürfte kapiert haben, dass es auch bei ihr keinen Verhandlungsspielraum gab.

„Ich bin beim Wagen. Fünf Minuten, länger warte ich nicht!"

„Dann werde ich in fünf Minuten dort sein", gab sie zur Antwort.

Entweder war Kai der Alkohol zu viel geworden, oder er trug einen unsichtbaren Mehlsack unterm

Arm. Jedenfalls hatte er eine gefährliche Schieflage bekommen.

„Ich muss los. Max Lambert wartet draußen auf mich."

„Was? Das ist unmöglich. Du glaubst doch nicht, dass ich dich zu dem ins Auto steigen lasse." Kai zog Marie an sich heran. Seine kantige Gürtelschnalle pikste ihr in den Bauch. „Ich werde dich heute nicht fortlassen, Marie Lipp. Ich kann dich fahren. Lass den Hohlkopf."

Kai Makowetz war tollpatschig anziehend. Er machte kein Hehl daraus, dass er auf sie stand.

Sie wusste, dass er nicht mehr fahrtüchtig war, ließ den Gedanken dennoch kurz aufflammen. Sie sah Max vor sich, wie er in seinem Mercedes thronte, die Uhr kontrollierte, um nach exakt dreihundert Sekunden loszufahren.

Marie sah in Kais eisblauen Augen eine Flamme lodern. Sie spürte, wie angetan er von ihr war. Ein Gefühl verstärkte sich, das sie von Anfang an bei Kai hatte. Er war ein Jäger. Er liebte Frauen, die nicht zuließen, wonach ihm gerade der Sinn stand. Es gab noch einen Grund. Makowetz wollte sie, weil Max sie so vehement beanspruchte. Sie war das Ziel bei dieser Jagd. Er wollte die Trophäe, bevor Max sie bekam.

„Nein, nein, ich fahre mit Lambert. Außerdem solltest du heute nicht mehr Auto fahren."

„Dann nehmen wir ein Taxi."

„Du nimmst ein Taxi!"

„Komm schon!"

„Ein anderes Mal."

„Schade!" Seine Augen leuchteten verschmitzt. „Wann kann ich dich wiedersehen?"

Marie winkte dem Barkeeper.

„Du weißt ja, wo ich arbeite", wich sie aus. „Zahlen, bitte!"

„Darf's für Sie noch etwas sein, Herr Makowetz?", fragte der Barkeeper und sah Kai vielsagend an: ‚Geben Sie Acht, die Frau ist sternhagelvoll.'

„Ja, noch eins für mich und ich übernehme die Getränke der Lady", lallte er.

„Ich darf dich besuchen kommen?", hauchte er über ihre Wange, und sie spürte das Kitzeln seines Spitzbartes. Marie wollte sich verabschieden, doch Kai küsste sie. Gerade als sie rebellieren wollte, ließ er sie los.

„Und du bist sicher, dass ich dich nicht nach Hause bringen soll? Dann müsstest du nicht mit der Nervensäge fahren."

„Mach dir keine Sorgen." Sie entzog sich seiner Umarmung.

„Wir könnten bei mir schwimmen gehen."

„Ha, es schüttet!" Sie deutete nach draußen.

„Na und?"

„Ich habe nichts dabei."

„Ich werde dich nicht ansehen."

„Ja, genau", spottete sie und verkniff sich ein Lachen. „Lass nur, Max und ich haben denselben Weg." Er wollte sie noch einmal küssen, als sie ihre Arme gegen ihn stemmte. „Ich muss los."

So charmant und witzig sie Kai auch fand, in ihrem Inneren ahnte sie, dass es eine gefährliche, vielleicht sogar dunkle Seite in ihm gab. Es war die Art, wie Max ihn angeblickt hatte. Zwischen den beiden ging es um eine andere Geschichte.

Bei Max' Mercedes angelangt, schaute sie an sich hinab und dankte Gott, dass sie einen BH trug. Ihre Carmenbluse legte sich wie eine Körperbemalung über ihre Haut. Max startete demonstrativ den Wagen, und als Marie einstieg, stellte sie fest, dass der Wolkenbruch auch über ihm nicht haltgemacht hatte. Mit den regennassen Haaren sah er aus wie ein Model. Sie hingegen fühlte sich in ihren Klamotten wie eine ertränkte Maus. Sie fröstelte und rutschte in den Sitz.

Marie hatte noch nicht ihren Gurt angelegt, da stieg Max bereits aufs Gas. Er achtete weder auf geflutete Asphaltlöcher noch auf die Steine, die gegen den Fahrzeugboden hämmerten. Die Regentropfen prallten wie Gummibälle von der Straße ab, und der Scheibenwischer gab sein Möglichstes. Es ärgerte sie, dass Max kein Wort mit ihr sprach. Als säße sie nicht neben ihm.

‚Sie gehört zu mir, lass deine Finger von ihr!', erinnerte sie sich an seine Worte. Noch nie hatte jemand in dieser Art Partei für sie ergriffen. Nicht dass sie es nötig gehabt hätte. Bevor sie kapiert hatte, was zwischen den Männern abging, fand sie es schmeichelhaft. Keineswegs war sie in einer brenzligen Situation gewesen, dass sich Max wie ein Vormund aufspielen musste. ‚Du nimmst dir wohl immer anderer Eigentum?', erklang die Erinnerung erneut. ‚Niemand gehört dir, weder sie noch eine andere!'

Worum ging es bei dem Streit?

„Warum hast du Kai nicht gesagt, dass du bei mir arbeitest?", riss Max sie unversehens aus ihren Gedanken.

„Ich wollte ihn aushorchen", entkam es ihr schneller, als ihr der grandiose Einfall bewusst wurde. „Ist doch gut, wenn man der Konkurrenz voraus ist."

Er warf ihr einen misstrauischen Blick zu.

„Ehe du uns unterbrochen hast, wusste Kai immerhin noch nichts von unserem Verhältnis. Dienstverhältnis, meine ich!"

Max sah drein, als säße er über seiner Steuererklärung.

„Und? Was hat er Interessantes gesagt?"

„Nachdem er erfahren hat, dass ich bei dir arbeite, hat er natürlich nichts mehr erzählt."

„Und davor?"

„Dass du eine Paranoia hast."

„Was zum Teufel ...?", fauchte er.

„Nämlich vor Kritikern."

„Zhhh!" Er schaute kurz durch sein Seitenfenster. „Ich sagte doch, er ist ein Lügner."

„Er meint, du bist der Auffassung, dass Christian Breitfuß deshalb unter der Brücke schläft, weil ihn ein Kritiker fertiggemacht hat."

Max griff nach seiner Krawatte, wo keine war.

„Die Bank hätte ihm den Kredit gewährt. Aber Kai ist nicht erschienen, dieser Sprücheklopfer."

„War Christian wirklich alkoholabhängig?"

Er schwieg eine Weile.

„Christian hat diesem Kritiker einen Drink spendiert. Dabei hat er sich selbst auch einen genehmigt." Max fixierte die überschwemmte Fahrbahn. „Die Kritik hat ihn ruiniert."

„Eine Kritik kann einem Gastronomen auch zum Erfolg verhelfen." Wieder konnte sie ihn nicht aus der Reserve locken. „Er erfährt von Schwachstellen und lernt daraus. Das hat man schon oft erlebt."

„Du glaubst wohl wirklich, alles wäre so einfach?"

„Ich glaube, dass sich viele Menschen das Leben selbst schwer machen."

„Und du bist die große Weltverbesserin, weißt alles und kannst in alle Menschen hineinsehen."

„Nein, das kann ich nicht. Sonst wüsste ich, warum du nicht wolltest, dass ich mit Kai spreche."

„Das geht dich ... das ist unwichtig."

„Das geht mich etwas an! Immerhin hast du mich vor ihm gewarnt, als wäre er ein Frauenschänder."

„Er ist nicht gut für dich. Für niemanden!"

„Ha! Das gibt's doch nicht. Ich bin erwachsen, falls es dir entgangen ist. Ich kann selbst entscheiden, was gut für mich ist."

„Du kennst Kai nicht."

„Aha! Dich kenne ich auch nicht. Trotzdem hast du mich im Pferdestall ..." Sie stockte. Das Wort wollte ihr nicht über die Lippen.

„Das war etwas anderes und hat nichts mit der Sache mit Kai zu tun“, entgegnete er genervt.

„Welcher Sache? Worum geht es zwischen euch? Ich werde das Gefühl nicht los, als spiele ich eine Rolle dabei.“ Ihr entfuhr ein hitziger Lacher zwischen dem Geklapper ihrer Zähne. „Geht es um eine Sandkastengeschichte oder geht es um eine Frau?“

Max trat schonungslos auf die Bremse.

Verflucht! Sie hätte es sich denken können, dass sie damit richtig lag. Der Wagen geriet ins Schleudern. Max musste das Lenkrad mit beiden Händen festhalten. Es verging eine gefühlte Ewigkeit, bis er den Mercedes unter Kontrolle hatte. Trotz störrischem Wanken blieb der Wagen stehen. Marie keuchte. Das musste sie erst verdauen. Das Klappern ihrer Zähne hatte zumindest aufgehört.

Am liebsten hätte sie ihn angeschrien. Doch sie wollte ihre Panik keinesfalls zeigen.

Er machte keinerlei Anstalten weiterzufahren oder sein Fahrzeug auf das Bankett zu manövrieren. Warum auch? Bei dem Wolkenbruch war ohnehin kein Mensch unterwegs. Stattdessen aktivierte er die Warnblinkanlage.

Marie versuchte, sein Gesicht zu enträtseln. Die Erinnerung an die Leidenschaft, mit der er sie geküsst hatte, kroch in ihr empor. Reiß dich zusammen, Marie! Plötzlich bemerkte sie, dass sich ihre Finger in seinen Schenkel festgekrallt hatten. Als Max ihrem Blick auf sein Bein folgte, presste er rasch seine Hand auf ihre.

40.

Knusprig ummantelt

Ihre Hand fühlte sich klein und ruhelos auf seinem Oberschenkel an. Er strich mit dem Daumen über ihr Handgelenk. Nicht auffällig, eher besorgt. Ihr Jeansrock klebte an ihren Beinen und zeichnete die Form ihrer Schenkel nach. Er betrachtete die hellen Härchen auf ihren Armen, die man kaum sah, außer bei Gänsehaut, wie soeben. Der Stoff ihrer Bluse war ein zarter Hauch. Darunter zeichnete sich die Spitze ihres BHs ab. Viel zu fein, um Maries Schönheit zu verhüllen.

Im Pferdestall hatte er ihr gesagt, wie schön sie war. Er hätte ihr nicht alles sagen können, was er zwischen den Strohballen am liebsten mit ihr gemacht hätte. Wie gerne er den Moment noch länger ausgekostet hätte. Dachte sie gerade an dasselbe? Er riskierte einen Blick. Max erkannte keine Spur einer Gefühlsregung. Er betrachtete ihre großen Augen, dasselbe tiefe Blau, das ihm bei ihrer ersten Begegnung in alle Glieder gefahren war.

Es stimmte. Er hatte sie am Eingang zurückgelassen. Das hatte sie ihm vorgehalten. Sie wäre verrückt, irgendeinen weiteren Gedanken an ihn oder den Kuss zu verschwenden. Verdammt! Die Berührung ihrer Lippen hatte ihn so ohnmächtig gemacht. Er hatte die Beherrschung verloren. Wie war er darauf gekommen, ihr eine Szene zu machen? Sollte sie doch sprechen, mit wem sie wollte. Aber ausgerechnet mit Kai, diesem hinterhältigen Kerl? Sie war viel zu schade für einen, der Frauen wechselte wie seine Golfpartner, alle Stunden.

Wie konnte er sie nur küssen? Warum hatte er sich hinreißen lassen? Es war doch offensichtlich, dass sie ihn für einen Idioten hielt. Immerhin hatte sie sich ausschließlich mit Makowetz unterhalten. Dies hätte ihm zu denken geben müssen. Der Typ Mann, auf den sie stand, waren Kerle wie Kai.

Aber da war dieser Kuss, den sie zugelassen und erwidert hatte. Dieses Feuer auf ihrer Zunge. Dieser Kuss galt ihm. Auch wenn sie es leugnen würde, bei Gott, ja, das würde sie, dieser Kuss, in den sie sich hatte fallen lassen, war in Verlangen getaucht gewesen.

Maries Lippen bewegten sich.

Was sagte sie?

„Antworte mir!" Der Klang hinkte hinterher. „Warum bin ich heute zwischen deine und Kais Fronten geraten?"

„Was?" Es war ihm, als verstünde er ihre Sprache nicht.

„Hat es mit der Frau zu tun, mit der du dich heute gestritten hast?“

„Welcher Frau? Wovon redest du?“

„Die mit den langen Haaren. Die du heute geküsst hast. War das Alice?“

„Alice? Woher kennst du ... Ich habe Alice heute nicht geküsst ... Woher kennst du eigentlich Alice? Spionierst du mir etwa hinterher?“

Er ließ ihre Hand los, und Marie verschränkte sofort ihre Finger ineinander.

„Also ist es bei eurem Streit um sie gegangen?“

„Nein, verdammt!“

„Worum dann und was habe ich damit zu tun?“

Marie schleppte die Peinlichkeiten des Nachmittags an. Er schluckte hart an der Erkenntnis, dass sie ihn und Alice beobachtet hatte. Was mochte sie gesehen haben? Wieso glaubte sie, er habe Alice geküsst?

Auf so ein Gespräch war Max nicht vorbereitet. Mit niemandem! Schon gar nicht mit Marie.

„Hör zu, Marie, es tut mir leid, was im Stall passiert ist. Ich ...“

„Was genau meinst du? Den Kuss? Oder dass du einfach gegangen bist?“

Schrecklich! Sie war wie ein Terrier.

„Das hatte nichts mit dir zu tun!“

Wann würde sie das endlich kapieren?

„Ach so? Wen hast du dann geküsst und stehen gelassen, wenn nicht mich?“

Er warf ihr einen abschätzigen Blick zu. Diese Frau kapierte überhaupt nichts. Außerdem machte sie ihn so unglaublich rasend, dass er sie am liebsten sofort am Straßenrand aussetzen möchte.

„Vergiss nicht, Marie! Du hast mich in den Pferdestall gelotst, nicht umgekehrt."

Schon als er die Worte ausgesprochen hatte, wusste er, dass sie falsch ankommen würden. Aber er hatte sein Ziel erreicht; Marie hielt endlich ihren Mund. Die Reifen drehten durch, bis sie Bodenhaftung erlangten. Dann folgte der Wagen dem Lichtkegel und im Inneren dröhnte AC/DC.

Das energische Prasseln endete und ging in den für Salzburg typischen Schnürlregen über. Max wusste, dass der Regen heute nicht mehr aufhören würde. Vielleicht auch morgen nicht. Das war ihm egal. Er hatte heute mehr Heiß-kalt erlebt, als ihm lieb war, und sein Schreibtisch hielt genug Ablenkung bereit.

Kai beobachtete eine Frau mit schwarzen Haaren. Sie trug die dunkelblaue Arbeitskleidung, die der alte Lambert vor Jahren ausgewählt hatte. In Kais Hotel war dem Personal die Kleidung freigestellt. Elegant und sexy musste sie sein.

Als ob die Frau seine Gedanken gehört hätte, drehte sie sich zu ihm. Sofort zupfte sie ihren Rock zurecht.

„Welch Glanz in dieser Hütte!", zuckerte Kai über den Rezeptionstresen.

„Was willst du hier?"

„Ich wollte dich ausspionieren und ein paar Gästekarten stehlen."

„Wir haben modernere Möglichkeiten als *Gästekarten.*“ Sie schlug ihren Laptop zu.

„Warum bist du mir nicht schon in der Schule aufgefallen?“, fuhr er fort und sie roch Alkohol in seinem Atem.

„Du warst nicht mein Typ.“

„Warst' ist die Vergangenheitsform.“ Er hob die Augenbrauen und schmunzelte. Anette drückte ihre Brille zurück und sah Kai zum ersten Mal in die Augen. „Hat Amor-Kai seinen Liebespfeil gar nicht dabei?“

„Verflixt! Ich wusste, ich habe etwas vergessen. Jetzt, wo du es sagst, fühle ich mich richtig nackt.“ Er tippte mit den Fingern auf seine Brust.

„Was willst du, Kai? Es ist spät und ich muss noch die Speisekarte umschreiben.“

„Was Neues auf der Fleischpalette?“

„Nein, schlimmer. Lambert legt auf einmal Wert auf vegetarische Gerichte. Anscheinend der Trend junger Erwachsener.“

„Igitt!“ Er kratzte sich, als hätte er eine Allergie.

„Jean-Pierre war ähnlich erfreut: ‚Jetzt muss isch misch in meinem Alter mit dem jungen Gemüse herumschlagen. Isch ‚alte das nischt mehr aus‘, hat er gejammert.“

Kai lachte über ihre Interpretation des Koches.

„Weshalb bist du eigentlich schon zurück? Zu wenig Stuten?“

„Warum so kratzbürstig?“

„Willst du zu deiner neuen Bekannten? Die von der Rennbahn?“

„Ich höre Eifersucht wachsen!“

„Wo du hintrittst, wächst bekanntlich nichts mehr.“

„Hat dir das dein Chef beigebracht?“

„Nein. Was ich weiß, habe ich mir selbst beigebracht. Was dich betrifft, braucht es nur ein Telefonat und schon weiß ich, dass du dir den Tag mit Marie Lipp vertrieben hast.“

„Du hast es richtig erkannt. Vertrieben!“

„Was hat sie mit dir angestellt? Hat sie dir den Kopf verdreht?“

„Die Frau interessiert mich nicht, aber Max hat es ganz schön erwischt.“

„Was?“ Sie sprang auf. „Niemals! Also ... davon wüsste ich.“

„Wie war Max denn drauf, als er zurückgekommen ist?“

Nichts hatte er zu ihr gesprochen. Nichts! Er war ohne ein Wort an ihr vorbei in sein Büro verschwunden und hatte die Tür zugeknallt.

„Ich kann es mir auch kaum vorstellen“, rührte Kai weiter. „Außerdem dachte ich immer, du und Max, ihr würdet irgendwann zusammenfinden.“

„Wie kommst du darauf, dass Max Lambert und diese ...“ Sie schnippte mit den Fingern, als fiele ihr der Name nicht ein.

„Sie waren heute fast die ganze Zeit zusammen.“

„Sie würde nicht mal mehr hier arbeiten, hätte Frau Riener nicht einen Narren an ihr gefressen.“

„Du meinst, Max will sie loswerden?“

Sie schwieg, doch ihr Blick war vielsagend.

„Das hat heute anders ausgesehen“, rüttelte er erneut an ihrem Traumbild. „So wie er sich für sie eingesetzt hat.“

„Wie meinst du das?“

Kai ließ ihrer Fantasie noch etwas Zeit, dann sagte er in einem bedauernden Tonfall: „Er hat sich mit mir angelegt, weil ich mich mit Marie unterhalten habe.“

„Du nennst sie Marie?“

„So heißt sie doch, oder? Als Nächstes ist er mit ihr in einem Stall verschwunden“, erzählte er und lehnte sich an den Tresen.

Anette sah ihn unwirsch an.

„Max Lambert, der große Hotelier, und du, die fleißige Dame des Hauses“, streute er Salz in ihre Wunde. „Wäre doch blöd, wenn so eine nichts ahnende Lipp einfach hereinspaziert und dich ins Aus kickt.“

Sie bemerkte zu spät, dass Kai zu ihr hinter den Tresen gekommen war. „Halt! Keinen Schritt weiter!“

Er zog seine Hand zurück.

„Verschwinde, Kai! Du weißt, ich mag es nicht, wenn du getrunken hast.“

„Da erinnere ich mich an andere Zeiten“, lachte er auf.

Anette stemmte die Hände in ihre Hüfte. „Was findet ihr eigentlich alle an dieser Ziege?“

„Wen meinst du? Ich bin wegen dir hier.“

Sie griff zu ihrer Brille, was immer Unsicherheit bedeutete. „Wegen mir oder deinen Eltern?“

„Was sollen meine Eltern davon haben?"

„Ihren Ruhestand, wenn du endlich sesshaft wirst."

„Schwachsinn!"

„Sie wollen, dass du heiratest und für Nachwuchs sorgst."

„Wer sagt das?"

„Glaubst du, du bist der Einzige, der seine Kontakte pflegt? Du denkst tatsächlich, du bist in allem die Nummer eins."

Kais Augen weiteten sich. „Wir werden schon sehen, wem du es am Ende zu verdanken hast, dass Marie aus dem Lambert verschwindet."

„Du forderst mich heraus?" Sie öffnete ihre Spange, und ihr krauses Haar fiel auseinander.

„Ich werde dir helfen, diese Marie loszuwerden. Ich habe schon einen Plan. Das Ganze ist viel einfacher, als du denkst." Er sah sie herausfordernd an, dann wechselte er das Thema. „Du hast doch gleich Feierabend, stimmt's?"

41.

Nachgeschmack

Der Regen prasselte gegen das hohe Fenster der Empfangshalle. Die Farben des Sommers zerflossen ins Graue. Der Ausblick zu der zauberhaften Lindenallee, die zum Hotel führte, blieb verschleiert. Marie saß an der Rezeption und schob vorsichtig die Menükarte in einen Einband mit goldener Kordel. Aus den Deckenlautsprechern erklang Musik von Brahms. Die Klänge passten zu Maries Gedanken. Andauernd glitt ihr Blick von ihrer Arbeit ab. Das Trommeln des Regens mischte sich mit dem Renngalopp in ihren Erinnerungen an den gestrigen Tag. Er war ein anderer Mann gewesen. Ein Mann mit leidenschaftlichen Händen. Sein Gesicht ohne Zorn und mit einer spürbaren Sehnsucht. Sie hatte sein Verlangen gefühlt. Die Erinnerung, wie sich seine Hand auf ihrer Hüfte angefühlt hatte, machte sie jetzt noch benommen.

„Sag mal, Jana! Wer bewohnt zur Zeit die Suite 113?“ Jana hielt den Putzwagen vor Anettes Bürotür an.

„Weiß nicht“, entgegnete sie.

„Hast du den Mann schon mal gesehen? Diesen Herrn Balke?“, fuhr Anette fort.

Beim Klang dieses Namens war Marie hellwach.

„Nein, ich nix sehen. Warum?“

„Es ist seltsam, ich habe die Anmeldung ausgefüllt, aber ich kann mich nicht an ihn erinnern.“

Marie wusste, warum. Sie hatten als Paar eingecheckt. Diese Verbindung fehlte Anette, und ihr Name existierte in diesem Computer nicht mehr.

„Ich muss sofort wissen, wer dieser Herr Balke ist!“

„Frag Marie.“

„Marie hat erst einen Tag später bei uns angefangen.“

„Aber“, begann Jana, „auf 113 wohnen kein Mann. Ich mich erinnern. Viele Röcke und Blusen. Ich wissen! Ich putzen!“

Plötzlich herrschte Stille. Die beiden flüsterten. War sie aufgeflogen? Sie lauschte an der Tür. Das Getuschel wechselte schlagartig in lautes Gekicher.

„Den Kerl, oder soll ich sagen die Frau, muss ich mir sofort ansehen!“

Auf einmal vernahm Marie eilige Schritte, die Tür flog auf, und ihr wurde schwarz vor Augen.

Die Aufregung von Anette, Albert und Jana rauschte über Marie hinweg.

„Ach du meine Güte!“

„Sie öffnet die Augen.“

„Du sehen blass aus.“

„Hast du dich verletzt, Kindchen?“

Jemand hievte Marie auf ihren Sessel und sie glaubte Max’ Gesicht zu erkennen, umrahmt von Sternchen.

„Was ist passiert?“, fragte sie benommen.

„Sag mir lieber, welcher Tag heute ist.“

„Mir doch egal“, lallte sie.

„Streng dich schon an!“

Langsam entstand ein scharfes Bild von Albert, Anette und der sorgenvollen Jana. „Was ist passiert?“

Albert beugte sich zu ihr. „Weißt du, welcher Tag heute ist?“

„Sonnmontag“, stöhnte Marie.

„Oh, mein Gott! Sie hat ein Schädel-Hirn-Trauma.“

„Was ist das?“, wollte Jana wissen.

„Eine starke Gehirnerschütterung“, diagnostizierte er.

„Sie stand plötzlich hinter meiner Tür“, rief Anette. „Ich kann nichts dafür, stimmt’s, Jana?“

Jana nickte und sagte: „Ich holen Wasser.“

„Gute Idee“, stimmte Albert ihr zu. „Nun, Schätzchen, folge meinem Finger.“

Marie schloss die Augen. Die Aufgabe war ihr zu anstrengend, außerdem schien ein Specht ihren Stirnlappen zu bearbeiten.

„Zh, zh! Sie reagiert nicht.“

„Sie lag auf einmal da ... ist einfach gegen die Tür geknallt.“

„Hier! Wasser.“ Jana hielt Marie das Glas hin, doch sie rieb sich nur die Schläfen.

Jetzt erinnerte sie sich. Sie stand hinter Anettes Bürotür. Sie war nicht gegen die Tür gerannt, oder? Nein! Jemand schlug ihr die Tür auf den Kopf!

„Marie, dir seien schlecht?"

Keine Antwort.

„Ich hole Lambert!"

„Nein!", schrien Marie und Anette gleichzeitig. Was Marie gleich bereute, denn der Specht war zu einem Hammerhai geworden. „Ich bin nicht gegen die Tür gelaufen."

„Ha! Was denn sonst?" Anette rückte heftig ihre Brille zurecht.

„Du hast sie mir raufgeknallt!"

„Jetzt beruhigen wir uns", beschwichtigte Albert, während Anette schrie: „Nein! Ich habe sie dir nicht raufgeknallt, du bist ..."

„Oh, Mann! Ich glaube, ich bekomme eine Beule."

„Ich habe ihr die Tür nicht raufgeknallt!"

„Soll ich dir Eis holen?"

„Nein, geht schon."

„Lambert würde dir das Eis vom Gehalt abziehen. So viel, wie du brauchst."

42.

Rache-Aromen

Was lief falsch bei ihm? Wo war seine Unabhängigkeit? Seine Entscheidung über Gefühle, sein Leben? Wenn er Marie nahe war, spürte er sich wieder. Er fühlte eine Kraft, einen Adrenalinschub. Dann, aus heiterem Himmel, umzingelte ihn Misstrauen und versperrte ihm die Sicht. Wo war oben, wo unten?

Max schaltete seinen Computer aus. Eine Weile starrte er auf den schwarzen Bildschirm, als sein Telefon läutete.

„Servus, Max!“ Bei diesem Ton sträubten sich seine Nackenhaare. „Ich habe wohl deine Durchwahl gespeichert.“

„Was willst du?“ Max versuchte, so ruhig wie möglich zu klingen.

„Ich wollte Marie sprechen. Bist du so nett und verbindest mich?“, säuselte Kai.

Er drückte das Gespräch in die Warteschleife. Jetzt würde Kai Renaissancemusik hören, bis ihm die Ohren abfielen. Unter anderen Umständen hätte er einfach aufgelegt, doch seit Marie bei ihm arbeitete, war nichts mehr wie zuvor.

Warum rief dieser Trottel in seinem Büro an? Was führte er im Schilde?

„Hast du Mann in Kleider gesehen, diesen Herrn Balke?“, kicherte Jana hinter vorgehaltener Hand.

„Nein, leider!“, antwortete Albert.

Als Jana Max bei Marie erblickte, machte sie am Absatz kehrt. Albert tänzelte jedoch auf Marie zu. „Hast du mal eine Menükarte für mich, Schätz…?“ Sein Lieblingswort vertrocknete auf seinen Stimmbändern. Er schaute in die gefährlichen Augen von Lambert.

„Okay, keine Menükarte“, sagte er und folgte Jana.

„Frau Lipp, ich muss Sie sprechen!“ Max trat näher an den Empfang.

„Wollen Sie mich auch sprechen?“ Anette konnte sich ein seichtes Grinsen nicht verkneifen.

„Jetzt nicht, Frau Biedermann“, antwortete er und sie verzog sich in ihr Büro.

Marie hob ihren Blick. Sofort setzte der Specht in ihrem Kopf wieder ein.

„Woher kennst du Kai? Ihr habt euch ja wohl nicht erst auf der Rennbahn kennengelernt?“

„Ich weiß nicht, wieso dich das etwas angeht. Du küsst auch andere, obwohl du mit dieser Alice zusammen bist.“

„Alice und ich sind nicht zusammen!“

„Mir doch egal."

Max hob beide Augenbrauen. Es war an der Zeit sie loszuwerden. Auch wenn er bis zur Charityveranstaltung durcharbeiten müsste.

„Rate mal, wer gerade bei mir angerufen hat. So ein Zufall, dass er ausgerechnet meine Durchwahl wählt, oder?"

„Ich weiß nicht, worauf du anspielst."

„Dass du dich mit einem Betrüger einlässt. Ist dir schon einmal der Gedanke gekommen, dass Kai dich nur angesprochen hat, um Informationen über mich und mein Hotel einzuholen?"

Oh, er war ja so gemein! Wieder unterstellte er, dass sie niemand ihretwillen würde haben wollen. Sie bohrte ihre Nägel in die Handflächen, sonst hätte sie ihm eine geklebt.

Achtung, Marie! Denk an deinen Onkel, er braucht dich.

„Ich habe kein Verhältnis mit Kai. Bist du jetzt zufrieden?"

„Ha!" Er ließ seine Hände auf den Tresen fallen.

„So, und nun beantwortest du zur Abwechslung einmal meine Frage! Warum hast du mich geküsst?"

„Ha!", lachte er erneut auf. „Der Kuss war ein Versehen, der die nächsten tausend Jahre nicht wieder vorkommen wird."

„Ich hoffe sehr, dass er ein Versehen war", fuhr sie fort.

„Du gehörst wohl zu den Altmodischen, die man vorher um Erlaubnis fragen muss, aber mach dir keine Sorgen, so gut küsst du auch wieder nicht." Ihr blieb die Luft weg. In ihr kreiste nur noch ein Gedanke. Rache! Max Lambert sollte an seinem Hochmut ersticken.

„Oh, du bist ... du bist ...!"

„Bevor du weiterredest. Du bist gefeuert!"

„*WAS*?"

„Du hast richtig gehört. Du bist gekündigt!"

„Das kannst du nicht machen."

„Und ob ich das kann."

„Kannst du nicht!"

„Doch, kann ich!"

„Kannst du nicht, du wirst mich noch brauchen."

„Was, in aller Welt, sollte passieren, dass ich auf dich angewiesen sein soll? Kannst du mir das bitte verraten?"

„M. D. hat eingecheckt!"

Seine Mundwinkel, die eben noch in Selbstgefälligkeit geschwebt hatten, sanken beinahe auf seine Schultern.

„Wie bitte?"

„M. D., die Restaurantkritikerin!"

„Ich weiß, wer M. D. ist."

Sie gewann den Eindruck, dass er wankte.

„Vor allem ist ER ein Mann!"

„Das glaubst du vielleicht. M. D. ist aber eine Frau. Eine Kritikerin!"

„Du ... bluffst!" Er blickte sich in der Lobby um, als suchte er nach einem Herrn mit Bauchansatz und einer Zeitung unterm Arm.

Als er seine Stimme wiedergefunden hatte, sah er sie nüchtern an: „Wieso weiß ich nichts darüber?"

„Ich hatte ... du hast mir keine Zeit gelassen, es dir zu sagen."

„Niemand weiß, wie M. D. aussieht, weshalb ausgerechnet du?"

Sein herablassender Ton bestärkte sie in ihrem Rachefeldzug. Ja, sie war im Begriff zu lügen. Aber es war eine Notlüge, und wenn sie genauer nachdachte, sagte sie sogar die Wahrheit.

„Du hast Recht, aber M. D. und ich kennen uns aus der Schule und sind uns auch sonst schon mehrere Male über den Weg gelaufen. Man kann sagen, wir sind befreundet."

Seine Augen suchten nach einem Rettungsanker.

„Warum sollte sie hier nächtigen? Hast du etwas damit zu tun? Warum ist sie nicht in dem verdammten Singlehotel?"

„Singlehotel?"

„Kais Hotel", antwortete er abfällig. Auf einmal stieß er sich ab, hackte seine Schuhsohlen in den Boden und hastete um den Rezeptionstresen. Er blieb hinter ihr stehen, schnappte sich die PC-Maus und scrollte durch die Gästeliste.

„Wo ist M. D.s Eintrag? In welchem Zimmer wohnt sie?" Seine Stimme an ihrem Ohr ließ sie zusammenzucken.

„Ist doch klar, dass sie nicht unter ihrem Namen eingecheckt hat. Sie will außerdem nicht gestört werden."

„Das werden wir ja sehen."

„Sie ist auf Urlaub, Max."

„Und aus welchem Grund verrätst du es mir dann?"

„Weil, ähm, ich wollte ..."

„Weil es wieder einmal mit dir durchgegangen ist?", wiederholte er ihre Worte, als sie ihn als arrogant und unsensibel bezeichnet hatte.

„Ich habe dir von M. D. erzählt, weil ..."

„Wenn es stimmt, dass M. D. in meinem Hotel ist, dann ..."

„Es stimmt!", unterbrach sie ihn. „Ich wäre dir dankbar, wenn es unser Geheimnis bliebe."

Er sah sie verbissen an: „Geheimnis? Ich weiß nicht, was du hier für eine Show abziehst, Marie, aber eines verrate ich dir, sobald M. D. auscheckt, verlässt du mein Hotel."

Er wandte sich erneut dem Bildschirm zu. Seine Augen flogen über die Namen seiner Gäste, als er plötzlich in die Hände klatschte. „Ha! Jetzt begreife ich es. *Mann in Frauenkleidern.* Jetzt ergibt das Getuschel der beiden vorhin einen Sinn. M. D. hat als Herr Balke eingecheckt und der wohnt auf ...", er scrollte weiter, „Balke wohnt auf 113."

Er nickte zufrieden.

„Marie, hol mir ... *Marie?*"

43.

Kulinarische Intelligenz

Max kannte M. D. aus den Medien. In einem Artikel beschrieb man M. D. als besserwisserisch, als jemand, der sich kein Blatt vor den Mund nahm. Er marschierte vor der Suite 113 auf und ab. Hinter dieser Tür befand sich jene Frau, die durch *Weltoffenheit und kulinarische Intelligenz brillierte,* so hieß es. Es war nicht seine Art, bei fremden Frauen, die noch dazu zur Spezies Kritiker gehörten, zu Kreuze zu kriechen. Dennoch, sein Vater hatte dadurch seine Gäste bei Laune gehalten. Er beäugte die Lilien und Nelken in seiner Hand und klopfte.

„Wer ist da?"

„Maximilian Lambert."

Etwas fiel im Zimmer auf den Boden.

„WER?"

„Maximilian Lambert!" Er drückte sein Ohr an die Tür, als diese sich mit einem Ruck öffnete. Max fiel der fremden Person beinahe vor die Füße. Beim ersten Anblick zuckte er zurück. Die Frau trug eine Algenmaske im Gesicht, und ihre Haare waren in das weiße Handtuch gewickelt, das sein Label trug. Über dem Buchstaben L klebte ein grüner Pfropfen ihrer Schlammmaske.

„Heißen Sie alle Gäste so spät willkommen?“

Genauso hatte er sie sich vorgestellt. Unangenehm und heroisch. Den altrosa Bademantel musste sie mitgebracht haben. Das Teil war eine Zumutung. Keine Spur von Frottee, eher Synthetik. Die Frau rieb sich mit dem Fuß ihre Wade. Er ertappte sich, dass er auf ihre kleinen Zehen starrte.

„Verzeihung! Ich komme besser morgen wieder.“ Er wandte sich zum Gehen.

„Das geht nicht!“ Die Frau klammerte sich an den Türrahmen. „Ich bin sehr verplant während meines Aufenthaltes hier im ... ähm ...“

„Hotel Lambert!“, verdeutlichte er mit dem Versuch eines Lächelns.

Wie konnte diese Kritikerin von seinem Personal verlangen, dass es den Gästen Wünsche von den Augen abliest? Sie selbst konnte sich nicht mal merken, in welchem Hotel sie gerade testete.

„Ja genau! *Das Lambert.*“

Warum betonte sie den Namen so eigenartig?

„Sind die für mich?“

„Ach, ja!“

Er hielt ihr den Strauß entgegen, doch sie reagierte nicht.

Er probierte es erneut: „Herzlich willkommen!“

„Ich weiß, ich weiß. Sie sind sehr aufmerksam. Danke für die Blumen.“

„Gern geschehen. Ich wünsche Ihnen einen schönen Auf…“

„Mit Marie haben Sie ein Juwel erobert. Ich hoffe, Sie wissen die Gute zu schätzen.“

Er zerrte am Kragen. „Selbstverständlich!“

Max musste zusehen, wie sich die grüne Masse allmählich auflöste und ihr Gesicht verzerrte. Er überlegte soeben, ob er sie darauf aufmerksam machen sollte, als sie den Blumenstrauß schnappte und Max die Tür vor der Nase zuknallte.

„Toll! Noch eine Verrückte.“

44.

Selbst gemachtes Eingelegtes

Was mochte Max vergessen haben, fragte sie sich, als es erneut klopfte. Sie hätte ihm ein Versprechen abverlangen sollen, sodass er M. D.s Privatsphäre respektieren musste. Dem Mann durfte man keine Haarbreite weit trauen. Marie prüfte den Turban auf ihrem Kopf und öffnete.

Eine Frau mit roten Locken und einem frechen Lächeln lehnte am Türstock. „Was machst du denn hier?"

„Ich freue mich auch, dich zu sehen!" Karin stieß sich vom Türrahmen ab. „Was machst du mit deinem Gesicht? Das ist ja eklig." Maries Umarmung wehrte sie gerade noch ab.

„Eine nette Begrüßung."

„Hast du in den Spiegel geschaut? Wenn man dich sieht, fällt man tot um."

„Komm rein. Du bist ja klatschnass."

„Es regnet so stark. Man könnte ertrinken, würde man den Mund aufmachen."

„Woher weißt du, in welchem Zimmer ich wohne?"

„Hallo? HG!? Erinnerst du dich noch an ihn? Du bist ja schon fast zwei Wochen fort."

„Wir telefonieren fast jeden Tag", schummelte sie. „Du hast kein Sterbenswörtchen gesagt, dass du kommst."

„Ein Kundentermin mit einem Lederhosen-Model ist geplatzt. Ich dachte, ich überrasche dich."

„Prima Idee!"

Karin schüttelte den Regen aus ihrem Haar, während Marie ihr Gepäck ins Zimmer hievte.

„Wow! Das nenne ich eine bescheidene Unterkunft für Angestellte. Hast du Beziehungen in die Chefetage?" Karin lachte kehlig und da sie keine Antwort erwartete, fuhr sie fort: „Sagst du mir, warum du so grün bist? Hoffentlich hat dich niemand so gesehen."

„Niemand Wichtiges", dabei zog Marie eine Schnute.

„Wer?"

„Max Lambert."

„Max Lambert? Was wollte er in deiner Suite?"

„M. D. willkommen heißen."

„Was treibst du hier für ein Unwesen, ‚M'arie ‚D'eufel Lipp?"

„Nichts, das ich nicht im Griff hätte."

„Raus mit der Sprache!"

„Das Ganze entstand nur, weil ich so wütend auf Max war."

„Max?"

„Ja, wir duzen uns seit dem Kuss."

„Kuss?“ Karin sank auf das Doppelbett.

„Ja. Dann wollte er mir den Umgang mit einem Bekannten verbieten. Einfach paranoid. Ich war so sauer! Wir haben uns gestritten. Und als er mich gekündigt hat, habe ich ihm gesagt, dass M. D. hier im Hotel ist. Er hat nämlich Angst vor Kritikern.“

„Die habe ich langsam auch.“ Karin schluckte. „Hat er dir das abgekauft?“

„Natürlich! Da ich M. D. seit der Schule kenne und ich mit ihr befreundet bin, konnte er mich schlecht rauswerfen.“

„Ich verstehe noch nicht, warum du das machst.“

„Ich habe meinem Onkel versprochen, dass ich ihm helfe und ich halte meine Versprechen.“

„Wie lange willst du das durchziehen?“

„Max hat mir gedroht. Ich muss sein Hotel verlassen, sobald M. D. auscheckt und da ich das bin, ... keine Ahnung.“

Karins benommener Blick fiel auf die Lilien und die Nelken. „Er hat dir Blumen gebracht?“

„Nicht mir, sondern M. D. Dieser Schleimer! Dabei habe ich ihm gesagt, dass er sie in Ruhe lassen soll.“

„Und er hat dich nicht erkannt?“

„Nein. Für diese Unkenntlichkeit hat meine teure Anti-Aging-Maske daran glauben müssen.“

„Ich hätte dich auf jeden Fall erkannt. Schau dich mal an.“

„*Bitte*?“ Sie stürzte ins Badezimmer. „Ach du liebes Bisschen! Vorhin sah alles noch cremig aus.“

„Jetzt wie ein ausgetrocknetes Flussbett.“

„Er hat mich bestimmt nicht erkannt. So schlau ist er nicht."

„Was dagegen, wenn ich mir was aufs Zimmer bestelle? Aufregungen machen mich hungrig."

„Mach nur! Und öffne den Piccolo. Er steht in der Minibar. Heute machen wir einen Mädelsabend und feiern." Marie riss sich das Handtuch vom Kopf. „Ich geh' schnell duschen. Bin gleich wieder bei dir."

Karin nippte an ihrem Sekt, als es an der Zimmertür klopfte. „Das ging schnell", freute sie sich und beschwerte sich gleich darauf. „Wo ist das Essen?", fragte sie den adretten dunkelhaarigen Mann vor der Tür.

„Ich bin es noch einmal", sagte er und musterte sie. „Ich habe vorhin etwas vergessen."

„Ach ja?!"

„Entschuldigen Sie! Ich bin nur etwas überrascht, wie schnell Sie sich umgezogen und dieses grüne Zeug losgeworden sind."

„Hä? Ah! Ach so ... die Gesichtsmaske meinen Sie."

Ein plötzlicher Luftzug ließ ein Fenster knallen.

„Macht es Ihnen etwas aus, wenn Sie kurz hereinkommen? Das Fenster ist offen. Ich möchte vermeiden, dass der Sturm durch mein Zimmer fegt."

„Ich möchte Sie keinesfalls stören."

„Keine Angst, Herr Lambert, Sie stören nicht."

In diesem Augenblick klirrte es im Badezimmer. Karin stieß einen Schrei aus. „Huch! Der Wind." Sie huschte nach nebenan. Maries Anblick entsprang dem Bild einer nassen Katze mit ausgefahrenen Krallen. Sie gestikulierte, dass sie Karin den Hals umdrehen würde, wenn ...

„Verdammt noch eins, Marie! Das ist dein Chef? Der Hohlkopf? Der Typ ist ja zum Anbeißen!", fiepste sie.

„Kann ich Ihnen helfen? Soll ich die Reinigungsfrau rufen?"

Die Frauen erstarrten.

„Nein, nein!", rief Karin und schlängelte sich wieder nach draußen. „Das war nur eine alte ... Flasche Parfum."

Wieder taxierte er sie. „Wie lange müssen Sie, ähm ... bleiben Sie im Hotel Lambert?"

„Mindestens bis Sonntag, vielleicht länger."

Er sah durch sie hindurch, als zählte er die Tage.

„Möchten Sie einen Schluck?" Karin deutete auf den geöffneten Piccolo und füllte das zweite Glas. „Er ist kalt. Marie hat ihn mir gebracht, auch ein Willkommensgruß."

„So? Ich dachte, sie hätte schon Feierabend." Er winkte dankend ab, doch sie drückte ihm das Glas in die Hand.

„Marie kennt keinen Feierabend. Sie würde Ihr Romantikhotel noch ankurbeln, wenn die Männer längst zum Mars und die Frauen zur Venus zurückgekehrt wären."

„Sie kennen Frau Lipp also gut?"

„Nennen wir es so: Wir erzählen uns alles!"

Max nahm einen extragroßen Schluck.

45.

Faszinierendes Gastspiel

Diese Suite war mit Abstand das Imposanteste aller Zimmer. In diesen Räumen wurde Kulturgeschichte lebendig.

„Was hat Ihnen Marie Lipp alles erzählt?“, fragte er so beiläufig wie möglich.

„Dass Sie sie zum Pferderennen mitgenommen haben. Darüber hat sie sich sehr gefreut.“

Was hatte Marie der Frau sonst noch erzählt?, fragte er sich und dachte an den Kuss im Pferdestall.

„Seit wann sind Sie in der Hotelleitung?“

„Seit ein paar Monaten.“

Wieso wollte sie das wissen? Machte sie schon Notizen? Bei der Vorstellung trank er das Glas leer.

„Ah, dann sind Sie ja noch ein frischer Fisch im großen Teich der Gastronomen?“ Die Frau lachte über ihren Wortwitz.

Er stellte sein Glas ab. „Ich bin hier aufgewachsen. Dies ist mein Elternhaus.“

„Interessant! Erzählen Sie mir davon. Ich liebe Familiengeschichten“, kicherte sie und setzte sich.

Sein Blick blieb bei ihren Zehen hängen, die im Hochflorteppich spielten. Hatte sie vorhin auch schon pinkfarbenen Nagellack auf ihren Zehennägeln gehabt?

„Darf ich Ihnen für Ihr Abendessen einen Wunsch erfüllen?"

„Nein, danke. Ich bin mir sicher, Ihr Chef de Cuisine ... ähm, wie war sein Name?"

„Jean-Pierre Lounge."

„Ach ja, genau! Er wird mich nicht enttäuschen."

Sie schlug die Beine übereinander und wippte mit dem Fuß.

Ein weiteres Mal wunderte er sich über ihre lackierten Nägel.

„Was war es, das Sie vorhin vergessen hatten, Herr Lambert?"

Er löste seinen Blick. „Es wäre mir eine Ehre, wenn Sie mich morgen zum Maskenball begleiten. Es ist eine Charityveranstaltung zugunsten der Krebsforschung, hier in meinem Hotel."

„Sehr gerne! Es wird mir ein Vergnügen ..."

Ein weiteres Mal klirrte es im Badezimmer.

„Sie sollten das Fenster schließen, ehe noch eine wertvollere Flasche kaputt geht."

„Das stimmt."

„Ich muss jetzt los. Ich habe ohnehin eine Menge Arbeit."

„Übrigens, mit Marie haben Sie ein Juwel erobert. Ich hoffe, Sie wissen diese Frau zu schätzen."

Komisch, dasselbe hatte sie vorhin schon gesagt?

Max eilte in die Küche. Lärm und Dunst schlugen ihm entgegen und warnten ihn: schlechter Zeitpunkt, Max! Ganz schlechter Zeitpunkt! Das halbe Dutzend Küchenpersonal erinnerte ihn an einen Stab Ärzte.

Jean-Pierres kleine Statur ging in dem Gemenge unter. Die Küche kam ihm heute kleiner vor, und hektischer. Dann entdeckte Max die hohe Kochmütze.

„Jean-Pierre!"

„Schneller, das muss schneller!", herrschte der Koch einen Mitarbeiter an.

„Jean-Pierre! Kannst du mal?"

„Schleschter Zeitpunkt, Monsieur Lambert, ganz schleschter Zeitpunkt!"

„Deshalb bin ich hier!"

Ihre Blicke trafen sich, und gleich darauf standen sie in Jean-Pierres Büro, das sich durch eine Glaswand von der Küche trennte.

„Was ich dir jetzt sage, darf dich auf keinen Fall aufregen."

Jean-Pierre riss sich die Mütze vom Kopf. „Isch will es nicht wissen."

„Du MUSST es wissen. Es ist ein Vorteil für uns."

Moment!, musste er Marie jetzt auch noch dankbar sein? Auf keinen Fall. Niemals! Ihm wäre lieber, er wüsste nichts von dieser M. D.

„Mon dieu! Der Kritiker, stimmt's?" Max war unsicher, ob Jean-Pierre gleich weinen würde. „Zuerst das vegetarische Menü und jetzt ... Isch 'alte das nischt mehr aus."

„Es ist besser, du weißt davon."

Jean-Pierre setzte seine Mütze wieder auf, bekreuzigte sich und verließ sein Büro. Max sah ihm hinterher. Hätte er ihm besser nichts sagen sollen?

Eingewickelt in ein Tuch, stürmte Marie aus dem Bad. „Sag mal, spinnst du? Was sollte das?"

„Was meinst du?", fragte Karin unschuldig.

„Zum Beispiel, dass du einfach diese Tür öffnest?"

„Ich dachte, es wäre der Zimmerservice."

„Und, dass du Max anlügst? Du kannst doch nicht einfach behaupten, du seist M. D.?"

„Das habe ich nicht. Ich habe mit keiner Silbe behauptet, ich sei M. D."

„Aber er glaubt jetzt, dass du es bist!"

„Das kommt daher, weil du ihm gesagt hast, M. D. wohne in seinem Hotel."

„Aber ... aber ..."

„Du behauptest doch auch, dass du Marie Lipp bist!"

„Das ist etwas anderes. Ich bin Marie Lipp!"

„Du bist in Wahrheit keine Aushilfe, du bist M. D., die Kritikerin, die Max Lambert lieber heute als morgen loswerden möchte."

„Ich hätte ihm nie mein Gesicht gezeigt. Er hätte nie erfahren, wer M. D. ist. Warum musstest du nur diese verdammte Tür öffnen?"

„Darf ich dich daran erinnern, dass du deinem Chef von M. D. erzählt hast?" Karin schnappte nach Luft. „Hätte ich dich lieber aus dem Bad holen sollen: ‚Ach, Herr Lambert, das ist die Ikone, Marie Dorothea Lipp!'."

Marie wurde blass. Karin hatte Recht, sie hatte sich selbst in dieses Dilemma gebracht.

Sie ließ sich auf das Bett plumpsen. „Es stimmt! Ich bin der Idiot! Was mache ich immer falsch?“ Sie raufte sich die nassen Haare. „Aber musstest du dich gleich mit ihm verabreden?“

„Was sollte ich sagen? Er hat mich eingeladen.“ Karin begann hellauf zu lachen.

„Du blöde Kuh!“ Marie schleuderte ein Polster in ihre Richtung, das prompt zurückflog.

„Sieh es positiv, solange ich ihn beschäftige, kannst du in Ruhe deine Arbeit machen und Freddy helfen.“

„Ja, stimmt.“

„Sag, Marie, du fährst doch voll ab auf deinen Chef, oder?“

„Auf diesen Hohlkopf? Nein, danke.“

„Doch! Du bist eifersüchtig, dass ich mit ihm auf den Maskenball gehe.“ Karin deutete auf das Haustelefon: „Komm, gib mir den Hörer. Ich fühle mich nicht wohl bei der Sache. Ich sage den Ball ab, und wir überlegen uns, wie wir M. D. unbemerkt aus dem Hotel bekommen.“

„Auf gar keinen Fall!“

„Wie jetzt?“

„Erinnerst du dich, als wir beim Friseur saßen und uns die Haare strohblond färben ließen?“

„Ach, herrje! Erinnere mich nicht daran! Mir gingen die Haare büschelweise aus.“

„Dein ganzes Lehrlingsgehalt ging für die Lookveränderung drauf“, lachte Marie.

„Man hat uns für Zwillinge gehalten."

„Wir haben die Rollen getauscht."

„Deine Mutter weiß bis heute nicht, dass ich es war, die in deinem Bett geschlafen hat, während du die Nacht mit ... Wie hieß er?"

„Nein, sie weiß es bis heute nicht", grinste Marie.

„Du denkst, Max wird nicht dahinterkommen?"

„Ich denke, der Ball wird lustig."

Karin sah Marie in die Augen. „Ob du damit nicht zu weit gehst."

„Komm, lass uns den Sekt austrinken", wechselte Marie das Thema.

„Her mit der Pulle", rief Karin. „Wir werden prüfen, ob er deinem, oder sollte ich sagen meinem Gaumen mundet."

Die beiden lachten, dann beobachtete Marie ihre Freundin von der Seite. „Gib es zu, du bist gekommen, um Max unter die Lupe zu nehmen!"

„Keinesfalls." Karin hob eine Augenbraue. „Obwohl ich neugierig war, welcher Kerl es ist, der dich deinen HG vergessen lässt."

„Ich habe ihn nicht vergessen. Außerdem haben wir gestern telefoniert, bevor er nach Wien gefahren ist."

Oh, Gott! Wie gut kannte ihre Freundin sie? Das war schon unheimlich. Hans-Georg hatte sie tatsächlich vergessen gehabt, und als sie gestern sein Gesicht auf dem Handy sah, war sie vor schlechtem Gewissen zusammengezuckt. „Hal-lo!"

„Hey, Marie! Wie geht es dir? Erholst du dich gut?"

„Es geht mir gut. Danke!“

„Du klingst müde. Habe ich dich geweckt?“

„Geweckt? Um drei Uhr Nachmittag?“, nuschelte sie und zog rasch die Bürotür zu.

„Du kannst es ruhig zugeben. Ich bin selbst schuld, dass ich nicht neben dir im Wellnessraum liege.“

Sie blickte sich in Anettes Büro um. Das Einzige, das an Wellness erinnerte, war eine Aloe-Vera-Handcreme.

„Okay, du hast mich ertappt. Ich hatte gerade eine fantastische Thai-Massage.“

„Ich beneide dich. Außerdem fehlst du mir.“

Was sollte sie darauf sagen? „Du mir auch. Weißt du schon, ob du nach Fuschl kommst?“

„Ehrlich gesagt, eher nicht. Wir fahren nach Wien. Ich will dir keine falschen Hoffnungen machen.“

„Die letzten Tage werden ohnehin im Nu vorbei sein.“

„Ja, das stimmt und falls ich doch komme, dann am ehesten am ... Oh! Mein nächster Termin ist gerade eingetroffen. Rufen wir uns morgen zusammen?“

„Ja, gut!“

„Tschüss, Schatz!“

Tschüss, HG.

46.

Produkt einer Lüge

„Rede keinen Unsinn, Vater! Du bist erst zweiundsechzig. Bald bist du gesund, kommst zurück und gehst wieder allen auf die Nerven."

Max hatte an jenem Regentag vor dem Krankenbett seines Vaters gestanden und auf ihn hinabgeblickt. Er hatte winzig ausgesehen, unter der steifen Bettdecke, und sein Gesicht war noch vor Schmerzen verzerrt gewesen, die er in seiner Brust gehabt haben muss.

„Ich komme nach der Reha nicht mehr zurück." Adam Lambert sah ihn so entschlossen wie möglich an für jemanden, der kaum sprechen konnte. „Ich habe andere Pläne. Eine Kreuzfahrt. Durch Nordamerika trampen."

„Das geht so plötzlich. Ich habe doch keine Ahnung von dem Geschäft." Max spürte, dass sie an einem Scheideweg standen, und obwohl er den Tag oft herbeigesehnt hatte, fühlte er sich nun wie ein Versager.

„Du weißt mehr, als du dir zutraust. Außerdem

hast du Frederik. Er wird dich unterstützen." Adam Lambert seufzte. Ein Schatten huschte über sein Gesicht. „Schade, dass ich diese Reise nicht mehr mit deiner Mutter erleben darf."

„Ich vermisse sie auch." Max fühlte sich, als läge ein Grabstein auf ihm. „Ich fühle mich so schuldig, wenn ich an sie denke."

„Warum denn? Du hast doch keine Schuld!", hörte er seinen Vater aus der Ferne.

„Es war Krebs. Du trägst keine Schuld. Ich war zu wenig für dich da, nachdem sie starb. Und wenn", Adam holte Luft, „dann habe ich herumgeschrien." Auch jetzt klang er energisch. „Verdammt! Was sagt man einem Kind, warum seine Mutter nicht mehr nach Hause kommt? Was hätte ich anders machen sollen?"

Eine Umarmung? Doch Max besaß nicht den Mut, ihm das zu sagen, stattdessen brach die Vergangenheit in ihm auf: „Ich war auf Sportwoche, als Mama um ihr Leben kämpfte. Habe den Segelschein gemacht, während sie Schmerzen hatte. Hatte Spaß mit anderen, während sie alleine starb. Das werde ich mir nie verzeihen."

„Du kannst doch nichts dafür."

„Warum sagst du das immer? Ich hätte bei ihr sein müssen."

„Das hätte ich nie zugelassen. Du warst erst zwölf. Außerdem hätte es nichts geändert."

„Na und? Sie war meine Mutter. Der Tod gehört zum Leben dazu, das hast du immer gesagt."

„Okay, Max. Setz dich." Sein Vater bewegte sich mühevoll.

Max' Augen waren feucht vor Zorn. Die Gestalt seines Vaters zerrann wie eine Tuschezeichnung.

Leise fuhr Adam fort: „Ich wollte nicht, dass du in der Nähe deiner Mutter bleibst. Ich wollte, dass du fährst." Er stöhnte. „Ich wusste, dass sie nur noch wenige Tage zu leben hatte. Der Krebs hatte sie besiegt. Sie war schon kaum mehr bei Bewusstsein."

„Wie meinst du das?" Er hörte seine Stimme aus weiter Entfernung. „Du hast mich absichtlich fortgeschickt?"

„Was soll ich sagen, es war eine schreckliche Tragödie."

„Und ich ... ich mache mir ein Leben lang Vorwürfe, dass ich nicht da war?"

„Ach, Max. Verdammt! Ich hätte ..."

„... ich dachte, dass ich sie im Stich gelassen habe in dieser Stunde, wo sie mich gebraucht hätte?"

„Versteh doch, ich war überfordert. Das Hotel, die kranke Frau. Ein Kind ... du hast Fragen gestellt, die ich nicht beantworten konnte."

„Du hast mich mein halbes Leben lang in dem Glauben gelassen ... Du hättest es mir irgendwann sagen müssen. Ich habe mich verflucht, weil ich es nicht gespürt habe, dass sie im Sterben lag."

Max wollte seine widerlichen Worte abwehren, doch es war zu spät: „Dafür hasse ich dich!"

Anette sauste in einem rosa Plüschhasenkostüm hin und her. Die besten Kostüme waren bereits verliehen gewesen, so auch die marokkanische Prinzessin, welche besser zu Max gepasst hätte. Er trug ein langes Gewand aus grünem Panné-Samt. Um seine Taille lag ein breiter Gürtel, von dem ein Säbel baumelte. Sein Haar verbarg er unter einem smaragdgrünen Tuch und kaum jemandem entging, wie sehr Anette von Max' Erscheinung als Scheich angetan war.

Mit einer Verbeugung vor dem Herrn und einem Handkuss für die Dame begrüßte Max seine Gäste. Darunter Stammgäste, die schon im Lambert Urlaub gemacht hatten, als er noch ein Kind war. Andere Gäste waren von der Presse, dem Tourismusverband sowie der hiesige Bankdirektor. Ebenso waren Lieferanten und Politiker darunter, auch das Ehepaar Riener.

Luftballons schwebten am Plafond. Girlanden und Lichterspiele verwandelten den Speisesaal in eine perfekte Bühne für den Ball. Die Livemusik spielte, und die Trennwand zum zweiten Saal war geöffnet.

Der Ball erlebte gerade wieder einen neuen Höhepunkt an Spenden und noch immer glitten Lichtkegel über die Auffahrt. Die Garderobenfrau nahm den Gästen ihre Regenkleidung ab und wusste nicht mehr wohin mit den nassen Sachen. Anette und Max trafen sich zufällig in der Lobby. Ihre Stimme klang heute schriller als sonst.

Max entließ soeben den Bankdirektor mit seiner Gattin in den Saal, dann ging er auf Anette zu. „Fehlt noch wer? Habe ich jemanden übersehen?"

Sie schüttelte den Kopf. „Alles in Ordnung. Alle, die hier sind, sind auch angemeldet." Sie hätte niemanden ohne Einladung hereingelassen. Schon gar nicht einen Kritiker. „Ihr Kostüm steht Ihnen sehr gut, Herr Lambert!"

„Danke!", nickte er und behielt weiter den Eingang im Blickfeld, da fiel ihm ein Sportwagen auf. Valentin rannte mit einem Schirm zu dessen Fahrertür. Anette folgte seinen Blicken. Sie verfluchte die neuen Kontaktlinsen. Sie fühlten sich an wie Schnapsgläser. Das Resultat blieb außerdem unbefriedigend.

Max zuckte, als ihm Anettes Langohr auf seine Schulter tippte. Er räusperte sich, als wäre ihm der Riesenhase erst jetzt aufgefallen.

„Ich kenne diesen Sportwagen."

Sie kniff die Augen noch mehr zusammen. „Tut mir leid, ich kann nichts erkennen."

„Er ist es."

Beide riefen: „Das kann nicht sein!"

„Was will der denn hier?"

„Bitte beruhigen Sie sich, Herr Lambert!"

47.

Aus Wiesen und Wäldern

Kai zückte seinen Hut, der mit einer Feder geschmückt war, und warf Valentin seine Autoschlüssel zu. Dann lief er über die mit Fackeln beleuchtete Treppe und betrat das Hotel. Max glaubte es nicht. Kai stand in seiner Lobby, als wäre das selbstverständlich. Helden in Strumpfhosen! Er fand zwischen Robin Hood und Kai Makowetz keine Verbindung. Außer, dass sie in den Strumpfhosen kein bisschen wie Männer aussahen.

Anette nahm Kais Einladungskarte entgegen. Ohne ihre Lippen zu bewegen, fragte sie ihn: „Bist du irre, was machst du hier?"

Kai streichelte sein Spitzbärtchen.

„Ich habe dir doch gesagt, dass ich dir helfe, sie loszuwerden."

„Wie willst du das anstellen, wenn du tot bist, sobald dich Max in die Finger kriegt?"

„Jetzt überschätzt du ihn, aber reizend, dass du dich um mich sorgst."

„Ich glaub' das alles nicht."

„Zu deiner Frage: Ich biete Marie einen Job bei mir im Golfhotel an und ...“

Max tauchte wie ein Schatten hinter ihm auf. Anette quiekte und Kai folgte ihrem Augenpaar. Er drehte sich um und prallte gegen Max.

„Meine Güte. Hast du mich erschreckt!“

„Warum bist du nicht in deinem ... Singlehotel?“

„Nicht so abfällig. Es ist ein Golfhotel.“

„Und die ‚Dirnen-Alm‘, die du nebenbei betreibst?“

„Du irrst dich, dort werden Seminare abgehalten. Du solltest vorbeikommen. Du wirkst angespannt.“

„Ich kann mich nicht erinnern, dass ich dich eingeladen habe.“ Das Gespräch widerte ihn an. Kai widerte ihn an.

„Das war ein Irrtum, stimmt's?“

„Das war kein Irrtum, sondern Absicht.“ Er sah ihn frostig an.

„Der Tourismusverband sieht das anders.“ Kai wies auf die Einladung in Anettes Hand.

„Der Vorstand meinte, das Romantikhotel und das Golfhotel sollten enger zusammenarbeiten. Jetzt liegt es an dir, Max.“

Das konnte doch niemand von ihm verlangen? In seinem Magen breiteten sich Flammen aus, wie jedes Mal, wenn er ihm begegnete. Er fing Kais Grinsen auf und knallte es ihm mit den Worten zurück: „Was soll das alberne Kostüm? Den Retter von Witwen und Waisen glaubt dir sowieso niemand.“

„Das hier ist eine Spendensammlung, oder? Außerdem habe ich mich geändert, Max.“

„Allerdings, zu einem verlogenen ...“

„Komm schon, das ist lange vorbei.“ Kai machte eine Pause. „Na, gut. Behaupte später nicht, ich hätte es nicht versucht.“

Am liebsten hätte Max ihn eigenhändig hinausbefördert, aber mit einem lag er richtig: Dies war eine Spendensammlung für einen guten Zweck.

„Wo ist eigentlich Marie, sie sagte mir, ich würde sie treffen?“

Er packte Kai am Arm: „Ich sagte dir schon, lass deine Finger von ihr. Sie will nichts von dir, kapiert?“

„Ha!“, lachte Kai auf und riss sich los. „Zu deinem Harem gehört sie auch nicht, wie sie mir gesagt hat.“

Max schnappte nach Luft. Was wusste dieser Playboy? Ein Anflug von Eifersucht lähmte ihn, und er musste zusehen, wie Kai durch die gläserne Schwingtür den Ballsaal betrat. Er wollte ihm gerade folgen, als ihn die Gattin seines Notars zurief. Sie gestand ihm, dass er wie Omar Sharif aus Alexandria aussah, und sie für den Mann noch immer schwärmte. Es blieb ihm nichts übrig, als Kai ziehen zu lassen. Außerdem gab es noch M. D., auf die er wartete.

Freddy eilte auf ihn zu: „Die Musik macht gerade Pause. Du solltest dich unter die Gäste mischen.“

„Alles klar. Danke Freddy.“

„Max! Hast du Kai schon gesehen?“

„Ja, ich hatte das Vergnügen.“

„Er behauptet, er hat eine Einladung.“

„Tu mir den Gefallen, Freddy, lass ihn nicht aus den Augen. Es ist ein wichtiger Abend für mich."

„Ja, mach' ich."

Dann hielt er Freddy noch einmal zurück: „Noch etwas, wenn er Marie belästigt, gib mir Bescheid. Wenn es sein muss, schmeiß ich ihn raus."

Freddy nickte und schmunzelte, nachdem ihm Max den Rücken gekehrt hatte.

Sie hob das Kleid an und stieg die Treppe hinab. Die Verkleidung wäre für niemanden passender gewesen als für eine Frau, die ein Geheimnis hatte. Ein silberner Umhang und ein Fadenkostüm, dessen Saum bis zum Knie eingerissen war. Von dem ausladenden Hut hing ein Schleier und verriet nichts von einer gefürchteten Kritikerin.

„Entschuldigen Sie, ich muss einen weiteren Gast begrüßen." Mit diesem Satz wandte er sich von der Gattin des Notars ab und trat der Geisterlady entgegen: „Sie sehen ‚unheimlich' aus."

„Unheimlich sexy, hoffe ich!", erwiderte sie. Er lachte auf und hielt ihr seinen Arm hin.

„Werden Sie Ihren Schleier heute abnehmen?"

„Nein."

„Das dachte ich mir."

„Ich werde es genießen, wie ein Geist an Ihrer Seite zu schweben."

Er führte sie durch den Ballsaal.

„Wollen Sie einen Aperitif oder einen Cocktail?"

„Cocktail klingt genial. Einen ‚Mai Thai' bitte." Sie

hielten an einem Stehtisch, der in ein bodenlanges Tuch gehüllt war.

„Geistern Sie mir nicht davon."

„Guten Abend, Albert!", begrüßte Max seinen Mitarbeiter.

„Hallo Schätzchen! Hoppla, das ist mir jetzt rausgerutscht."

„Einen ‚Mai Thai' für meine Begleitung und für mich …", er studierte die Getränkekarte, während Albert, als Teufelin verkleidet, ein Ballonglas bereitstellte. Er füllte es mit Crushed-Ice, Rum und Ananassaft. Zuletzt verzierte er die Kreation mit einem Minzezweig.

„Wow! Das ging schnell. Scheint, als hätte ich einen guten Fang mit Ihnen als Cocktailmixerin gemacht."

„Das sage ich doch", prahlte Albert und zupfte an seiner Oberweite. „Haben Sie sich entschieden?"

„Ich nehme den Überraschungscocktail."

Alberts geschminkte Lippen dehnten sich. „Der wird Ihnen die Schuhe ausziehen!"

„So schnell haut mich nichts mehr um", gab Max an. „Haben Sie Marie Lipp irgendwo gesehen?"

„Ich weiß, dass Anette sie geschickt hat, Ihre Rede zu holen."

„Ach quatsch, ich brauche den Spickzettel nicht."

„Soll ich in der Zwischenzeit auf die Geisterlady aufpassen?"

„Gute Idee! Sie ist mein spezieller Gast."

„Verstehe!" Die Teufelin grinste.

„Welches Kostüm trägt Frau Lipp?"

„Als ich sie zuletzt sah, war sie noch die hübsche Aushilfe."

Beide sahen sich um.

„Vielleicht ist sie unter dem Schleier Ihrer Geisterlady und drückt sich vor der Arbeit", stichelte Albert und rüttelte den Shaker.

„Nein, nein, wie ich schon sagte, sie ist mein persönlicher Gast."

„Was Ernstes?"

Er überging die Neugierde mit einem kurzen Statement. „Etwas Berufliches."

„Hier, Ihr Überraschungscocktail."

„Verdammt, was ist das?" Max schaute auf den blutroten Inhalt und die Chilischoten, die wie Hörner über den Glasrand ragten.

„Warten Sie es ab! Aber sagen Sie hinterher nicht, ich hätte Sie nicht gewarnt."

Das hatte er heute schon gehört, erinnerte er sich an Kais Seitenhieb.

„Suchen Sie jemanden?", fragte die Geisterlady.

„Wie kommen Sie darauf?"

„Sie sehen so aus."

Er überreichte ihr den Mai Thai. „Entschuldigen Sie, ich wollte nicht unhöflich sein. Ich halte Ausschau nach einer Mitarbeiterin."

„Muss eine wichtige Mitarbeiterin sein."

„Heute brauchen wir jede Hand."

„Marie Lipp?“, erkundigte sie sich.

„Haben Sie sie gesehen?“

„Sie half mir mit dem Kostüm.“ Sie hielt ihm ihr Glas hin. „Auf eine geisterhafte Nacht.“

Max trank einen Schluck und hustete sogleich. „Oh mein Gott, was für ein Höllenzeug!“

„Schmeckt nach Schwefel, was?“

„Ich rate Ihnen, lassen Sie die Finger von dem Überraschungscocktail.“

Ein Paukenschlag ertönte. Max' Zeichen für die nächste Ankündigung. Rasch nippte er an einem Wasserglas, ehe er sich zum Podium aufmachte. In diesem Moment entdeckte er Marie.

Nicht viele Anblicke bewirkten, dass Max mundtot wurde, doch dieser war einer davon. Marie trug eine bis zu den Knien reichende Pluderhose und ein bauchfreies Top. Sie trug einen kleinen Turban im Haar, und ihre Augen leuchteten durch die Schminke aber dennoch sinnlich. Noch nie hatte er eine attraktivere Frau gesehen. Der Scheich und sein schöner Flaschengeist. Seine Bewunderung klebte an ihrer weißen Haut. Erst als ihm ihr Gespräch von gestern einfiel, fand er wieder zu sich. Sie hatte ihm kein Wort gesagt, dass M. D. in seinem Hotel wohnte. Wie illoyal war diese Frau eigentlich? Gedanken an Marie Lipp hatten keinen Platz. Heute nicht und auch sonst nicht mehr.

„Den brauche ich nicht“, sagte er zu Marie und zerknüllte den Spickzettel. „Stellen Sie eine Flasche Champagner kühl. Aber den besten. Ich gebe Bescheid, wann Sie ihn servieren können. Der Abend wird lang." Er drehte ihr den Rücken zu und steuerte auf das Podium zu.

Marie dachte nicht im Traum daran, wie ein Hündchen zu kuschen und ließ sich neben Karin nieder.

48.

Mürb geschmort

„Wie geht es dir mit ihm?“, fragte Marie ihre Freundin.

„Er kauft mir die Rolle ab.“

„Er wirkt nervös. Die Kritikerin im Haus macht ihn ganz schön fertig.“

„Hoffentlich fragt er mich nicht über das Essen aus.“

„Lass dich nicht verrückt machen. Du sagst ganz einfach, dass es nichts zu meckern gibt.“

„Wann sagst du ihm eigentlich die Wahrheit?“

„Die Wahrheit?“

„Ja! Hattest du nie vor, ihm die Wahrheit über dich zu sagen?“

„Niemals! Das braucht er nicht zu erfahren. Du machst dir ein schönes Wochenende und ich gehe ihm so lange auf die Nerven.“

„Was, wenn er dich rausschmeißt?“

„Das kann er nicht. Wir haben einen Deal. Er wäre verrückt, würde er die Freundin der Kritikerin rausschmeißen.“

„So nervig, wie du sagst, finde ich ihn überhaupt nicht."

„Was glaubst du denn? Bei der Kritikerin zeigt er sich von seiner besten Seite."

Die beiden beobachteten Max wie Fans aus der hintersten Reihe. Seine Schultern wirkten durch den Kaftan und den Gürtel um seine Taille breiter. Während er seine Ansprache hielt, unterstrich er Wörter, wie *Spenden* und *Hilfe,* mit ausladenden Gesten.

„Seit dem Krebstod meiner Mutter habe ich mir zum Ziel gesetzt, die Forschung zu unterstützen. Jetzt und heute, wo sich mir die Möglichkeit bietet, möchte ich mein Versprechen einlösen. Ein Teil davon ist diese Veranstaltung."

„Er war erst zwölf, als seine Mutter starb", flüsterte Karin.

„Ich weiß."

„Die bezaubernde Lilli Fuchshofer aus Bad Ischl konnte ich ebenfalls für den heutigen Abend gewinnen. Sie ist Ihnen bestimmt ein Begriff. Ich persönlich empfinde ihre Arbeiten als Seelenbilder. Sie können ihre Werke im Untergeschoss bewundern und natürlich auch kaufen." Sein Grinsen verwandelte sich in ein smartes Lächeln, als er Lilli anvisierte.

Karin hing an Max' Lippen, und während er über Gutherzigkeit sprach, brach sie beinahe in Tränen aus. Wo war der kühle Rotschopf geblieben?, fragte sich Marie und stellte fest, dass Max alle Gäste fesselte. Sie folgte seinem Blick, der nun an der Geisterlady neben ihr hängen blieb. Marie sah Karins Aufregung unter dem Schleier, und etwas stach ihr in die Brust. Sie eilte hinter die Cocktailbar, wo Albert des Öfteren an einem Proseccoglas nippte, wenn niemand hinsah. Der Schaumwein war zwar warm und prickelte in ihrer Nase, doch seine Wirkung ließ nicht lange auf sich warten.

„Hey, Schätzchen!“, rief Albert Marie zu. „Das ist mein Aphrodisiakum.“

„Sorry, aber ich brauchte einen Schluck.“

„Lamberts Rede geht dir unter die Haut, was?“

„Mir nicht, aber allen anderen hier“, stichelte sie.

„Wo warst du vorhin? Lambert hat dich gesucht.“

„Bei Jean-Pierre.“

„Warum warst du in der Küche?“

Sie trank noch einmal von dem Glas.

„Marie?“

„Hm?“

„Ist alles okay? Du weißt, du kannst mit mir über alles reden.“

„Ich weiß, Albert.“

„Und, willst du?“

Sie schüttelte den Kopf. „Noch nicht.“

„Okay.“ Er schwieg eine Weile, dann wanderte sein Blick zu der Geisterlady. „Was hältst du von Lamberts hübscher Begleitung?“

„Weiß nicht. Du?“

„Ich glaube, da läuft was.“

„Wie kommst du darauf?“

„Er verhält sich sonderbar.“

Wann tut er das nicht? „Zum Beispiel?“

„Er lässt die Frau nicht aus den Augen. Niemand lässt er an sie heran. Nicht einmal mich, obwohl ich ... na ja, mir nichts aus Geisterladys mache, wenn du verstehst.“

„Eine Piña Colada, bitte!“, rief ein Cowboy über den Schanktisch.

„Kommt sofort.“

Sie lehnte sich an die Wand und spürte das kühle Mauerwerk in ihrem Rücken.

„Milady!“, raunte ihr jemand ins Ohr.

„Herrje! Kai?“

„Stets zu Ihren Diensten.“

„Wo kommst du her?“

„Aus dem Sherwood Forest. Woher sonst?“

„Red keinen Unsinn. Was, wenn Max dich sieht?“

„Wie Sie sehen, Milady, kein Weg ist mir zu gefährlich, um Sie wiederzusehen.“

Sie stieß ihn in die Seite.

„Also gut! Ich bin hier, um deine Handynummer zu bekommen.“

„Du hättest Anette fragen können!“

„Dann hätte ich dich aber nicht in diesem bauchfreien Teil gesehen.“

„Wie bist du hereingekommen?“

„Ich weiß es nicht mehr. Seit du mit mir getanzt hast, kann ich an nichts anderes mehr denken“, flunkerte er.

„Mach doch einen Tanzkurs.“

Zum ersten Mal erlebte sie ihn sprachlos.

„Quatsch. War nur Spaß.“

„Ich dachte, wir könnten ...“

„Kai, es war ein schöner Tag auf der Rennbahn, aber ...“

„Autsch!“, er fasste sich an seine Brust. „Sprich nicht weiter. Ich habe ein schwaches Herz. Lass mich dich zum Essen einladen. Zu Bruno Albano, einem dickbäuchigen Italiener, der dir eine Pizza zubereitet, als hinge sein Leben davon ab. Entscheide erst danach, ob du mich noch einmal sehen möchtest.“

„Du bist verrückt!“

„Heißt das, du gehst mit mir essen?“

Es war knapp 23 Uhr, als Jean-Pierre in der Küche mit den Maiscrêpes für die Gäste beschäftigt war. Im selben Moment betrat ein Mann im Businessanzug das Hotel und zog seinen Trolley hinter sich her. Die Hotellobby war menschenleer. Nur aus dem Speisesaal ertönte Stimmengewirr und Musik. Hoffentlich ist der Krawall bald zu Ende, maulte der Neuankömmling, als sein Handy vibrierte.

Ein spitzes Lachen, umrahmt von einem blonden Pagenkopf, erschien am Display. Denise Hundtsberger! Sie musste ihr Foto auf seinem Smartphone hochgeladen haben.

Seine Nasenflügel bebten. Sie hatte einfach an der Besprechung teilgenommen. Als seine Vertretung! In seinem Namen! Natürlich war sie bestens vorbereitet gewesen, immerhin waren sie alle Vertragspunkte gemeinsam durchgegangen. Die Lobeshymne von Herrn Vorderegger klang immer noch in seinen

Ohren: „Eine beeindruckende Assistentin haben Sie, Herr Balke. Mit einer solchen Vertretung kann man schon einmal im Bett bleiben." Wie immer er das gemeint haben mag. Denise musste seinen Wecker ausgeschaltet haben. Niemals hätte er sonst den Termin verschlafen. „Nur auf einen Absacker!", hatte sie ihn gelockt. Der Abend war geschickt eingefädelt. Eine gemütliche Bar. Fragen, die sein Ego polierten und noch ein Gläschen. Er bedankte sich unermüdlich, weil sie ihn nach Hause gefahren hatte. Was war er für ein Trottel!

„Es ist Wochenende!", brummte Hans-Georg und drückte Denise' Bild fort.

Ihm fiel ein, dass er niemanden vom Hotelpersonal brauchte: Der Schlüssel zur Suite hing an seinem Platz und als er gerade danach griff, spuckte der Ballsaal einen seltsamen Kerl aus. Wäre er nicht dermaßen k.o. gewesen, hätte er über die Verkleidung des Mannes gelästert.

„Einen wunderschönen guten Abend! Kann ich Ihnen helfen?", fragte der Mann in waldgrünem Hemd und Strumpfhosen.

„Nein", antwortete er knapp und griff nach seinem Trolley.

„Ich kann gerne jemanden für Sie holen, das ist kein Problem." Die Heiterkeit dieses Robin-Hood-Freaks ging ihm auf die Nerven.

„Nein, danke! Ich gehöre zu Frau Lipp."

„Das ist aber der falsche Weg. Sie müssen rüber ins Nebengebäude."

„Nein."

„Doch, ganz sicher, ins Personalhaus."

„Ich muss in die Suite 113."

Robin Hood hob noch einmal den Arm, ließ ihn dann aber sinken.

„Es ist bestimmt eine Verwechslung", brummte Hans-Georg, ehe sich die Tür des Aufzugs hinter ihm schloss.

49.

Falscher Hase

„Da bist du ja!“ Die Tür zum Ballsaal schloss sich. Anette stemmte ihre Hände in das Kostüm. „Kannst du mir jetzt verraten, was du hier treibst? Lambert hätte dich fast hinausgeschmissen.“

„Ich bin immer auf der Suche nach weiblicher Gesellschaft! Nach einer, die so garstig ist wie du.“ Kai zwinkerte ihr zu.

„Lass den Blödsinn.“

„Hast du schon etwas rausgefunden?“

„Ich bin mir zu hundert Prozent sicher: Irgendetwas stimmt nicht mit Marie.“

„Weißt du etwas, oder spricht deine weibliche Intuition aus dir?“

„Blödmann!“, entfuhr es ihr. „Was ich mir nicht erklären kann, ist, warum eine Frau wie Marie, die sogar Kochtipps gibt, als Aushilfe arbeitet.“ Sie wollte ihre Brille zurechtrücken, stieß aber mit den Fingern gegen ihre Nase. „Blöde Kontaktlinsen.“

„Du meinst, Marie gibt eurem Franzosen Tipps?“

„Das stimmt alles nicht zusammen.“

„Das Menü war übrigens hervorragend, das muss ich eurem Jean-Pierre zugestehen."

„Wenn ich nicht bald herausfinde, was hier gespielt wird, drehe ich durch."

„Du bist diejenige mit dem doppelten X-Chromosom." Er lehnte sich gegen das Empfangspult. Sie näherte sich ihm und zischte: „Pass du auf, dass du sie so schnell wie möglich von hier wegholst und sie an dein Singlehotel kettest."

„Golfhotel."

„Denn tust du das nicht, schwöre ich dir, werde ich, sobald ich herausgefunden habe, was sie auf dem Kerbholz hat, Max die Wahrheit sagen." Sie holte tief Luft. „Danach wird Marie Lipp für immer aus dem Lambert und deinem Leben verschwunden sein."

Kais Augen wanderten über ihre roten Lippen. Seine Beherrschung hatte er schon am Beginn ihrer Entrüstung fallen lassen.

„Was hast du hier?", fragte er und deutete auf ihren Hals.

„Was denn? Eine Spinne!?" Anette wurde laut. „Ich hätte mir nichts ausleihen sollen."

„Keine Spinne. Komm her!", befahl er.

„Mach es schnell weg, bitte." Sie kam nicht umhin, in Kais blaue Augen zu sehen.

„Gleich hab' ich es." Ihre Hilflosigkeit brachte sein Innerstes in Aufruhr. Er öffnete ihren Reißverschluss von der Brust abwärts, und ehe sie rebellieren konnte, presste er seine Lippen auf ihren Mund. Anette drohte den Boden unter ihren Füßen zu verlieren.

Der Kuss zuckte durch ihren Körper und forderte die Stellen heraus, die sie für Max reserviert hielt. Sie verlor das Gleichgewicht und aktivierte die Gästeglocke. Beide ließen erschrocken voneinander ab. Für einen Augenblick herrschte Beklommenheit. Sie zog den Reißverschluss zu und rückte ihre Nicht-Brille zurecht, da erschien eine große Teufelin in der Lobby.

Anette rief Albert zu: „Der Single-König will zu Marie."

„Und deshalb läutest du?", beschwerte er sich und richtete seinen falschen Busen.

„Das ... war ... nur ein Versehen, sonst gar nichts. Nur ein Versehen", stammelte sie und warf Kai einen ernsten Blick zu.

„Marie hat zu tun." Albert trat mit schwingenden Hüften näher. „Kann ich Ihnen helfen, Robin of the hood?" Er kräuselte seine Lippen.

Kai wich zurück. Es gab nur wenige Situationen, mit denen er nicht zurande kam. Eine davon waren Männer, die ihn anbaggerten.

„Danke, aber ich kann mir selbst helfen", war Kais Antwort, deren Doppeldeutigkeit er zu spät bemerkte.

Albert schmunzelte. „Wer nicht will, der hat schon."

50.

Dünnes Eis

„Was zum Geier treibst du da?"

In dem Trubel glaubte Marie, Hans-Georgs Stimme zu hören. Sie drehte sich um, sodass ihr beinahe das Tablett von der Hand rutschte und sah in zwei grau-blaue Augen, die sie anfunkelten.

„Was machst du da?", hörte sie noch einmal, und sie war nicht imstande zu antworten. Erst als sich Max ihnen näherte, traf es sie wie ein Tritt in den Hintern.

„Komm mit", rief sie und eilte an HG vorbei.

„Vor wem läufst du davon und was soll der Flaschengeist?" Es war klar, dass er ihr Kostüm meinte.

„Bezaubernde Jeannie, bringen Sie mir noch einen Riesling!" Sie ignorierte den Mann, den Max als Bankdirektor vorgestellt hatte.

„Hey Marie", rief ein Papagei mit schwerer Zunge. Er schwang seine Flügel. „Komm, lass die Arbeit und trink mit mir."

„Später, Lore", winkte sie ab.

„Versteh schon!" Lore schielte zu HG und grinste.

„Albert!“, rief Marie über die Bar, „der Direktor möchte noch einen Riesling, ich muss kurz …“

Sie schaute sich nicht um und hoffte, HG würde ihr folgen. In der Lobby angekommen, bombardierte er sie: „Wer ist dieser Papagei und dieser Mann mit den schwarzen Haaren, was soll überhaupt das Versteckspiel?“

„Das ist kein Spiel.“

„Was ist es dann? Du siehst aus wie eine … billige Tänzerin!“ Dabei wanderten seine Augen über ihren nackten Bauch.

„Warum bestellen die Leute bei dir? Bist du die … Kellnerin?“

Diese Worte spie Hans-Georg geradezu aus.

„Äh … nein, so ist das nicht.“

„Du hattest gerade ein Tablett in der Hand“, erinnerte er sie.

„Schhhh, nicht so laut! Ich helfe nur aus.“ Sie zog ihn in eine Ecke, von wo aus sie die Tür zum Saal im Auge behielt.

„Was machst du eigentlich hier?“

Hans-Georg verschlug es die Sprache. „Was ich hier …? Ich dachte, du schreibst die Hotelkritik für Bettina.“

„Richtig, aber im Moment brauchen die mich hier“, flüsterte sie. „Du siehst ja, was hier los ist!“

„Ich fasse es nicht, du wirfst mir ständig vor, dass ich ein zwanghaftes Verhältnis zu meiner Arbeit habe, und was tust du?“ Seine Stimme überschlug sich.

„Das ist etwas völlig anderes. Du hingegen springst nur noch zwischen Abschlüssen und Philipp Vorderegger hin und her.“

„Und wenn sich die Kritikerin als Kellnerin ausgibt, ist das nicht irre?“

„Tatsache ist, dass dir die Firma wichtiger war als unser Urlaub.“

Die beiden starrten sich an, als sie plötzlich ein dumpfes Geräusch aufschreckte. Marie prüfte, ob sich jemand im Empfang aufhielt. Dann bemerkte sie die überquellende Garderobe und den zusätzlichen Garderobenständer. Ein Regenschirm lag am Boden. Bestimmt war er hinuntergefallen, beruhigte sie sich.

Mit einem Mal öffnete sich die gläserne Schwingtür, und Freddy kam aus dem Ballsaal. Er setzte zu einem Gruß an, doch Marie bremste ihn durch ihr heftiges Kopfschütteln. Freddy verstand und verschwand wieder. Noch ehe sich die Tür zum Saal schloss, erhaschte Hans-Georg einen Blick hinein. Eine Frau lachte hemmungslos. Er reckte seinen Hals und fixierte einen Punkt in der Menge.

„Moment mal!“, rief er. „Ist das Karin? Diese Geisterlady dort?“

„Was?“ Marie hielt ihn am Ärmel fest. Sie fürchtete, dass er sonst hineinstürmen würde.

„Die mit dem Hut und dem Schleier. Ich hätte sie nicht erkannt, aber ihr Gelächter ist nicht nachzuahmen.“

„Ja, sie unterstützt mich.“

Ihm blieb der Mund offen, dann fragte er spitz:

„Als was? Hui-Buh das Schlossgespenst?“

„Das ist jetzt nicht so witzig … ähm wichtig. Meinst du nicht, wir sollten besser …“

„Wozu trägt sie den Schleier? Damit man sie nicht erkennt?“

„Keine Ahnung!“

„Sag mir bitte, dass ihr nicht eure Rollen getauscht habt!“ Zusehends weiteten sich seine Augen. „Sie trägt einen Schleier, weil sie sich als dich ausgibt, oder?“

Mann! Er kannte sie wirklich gut.

„Sag mal, spinnt ihr zwei?“

„Morgen ist der Spuk vorbei. Möchtest du nicht in die Suite? Du siehst müde aus. Ich komme gleich nach.“

„Nein, ich möchte, dass ihr zwei damit aufhört. Was, wenn jemand davon erfährt?“

Die Band spielte noch zwei Zugaben, ehe sie ein Saxophonspieler ablöste. In der Lobby entstand ein Durcheinander, sodass Freddy Valentin beim Vorfahren der Wägen unterstützte.

Anette besaß die Alleinherrschaft über alle Autoschlüssel, sie stand unter einer Laterne und bibberte, trotz ihrer Plüschkleidung. Wenigstens regnete es nicht mehr, dachte sie gerade, als Robin Hood vor ihr auftauchte.

„Dass du hier extra auf mich wartest, Bunny?“, flötete er. „Die langen Ohren und das süße Stummelschwänzchen machen mich übrigens total …“

„Irgendwann wird dir jemand auflauern und dir deine Frechheiten rausprügeln", sagte sie.

„Alles würde ich zulassen, wenn du mich unter deine Löffelchen nimmst."

Anette lachte leise und verstummte, als Valentin zu ihr gelaufen kam, um die restlichen Wagenschlüssel zu holen. Als er verschwunden war, fragte Kai: „Gibt's etwas Neues in Bezug auf deinen Verdacht?"

„Meinst du Marie? Nein, weißt du etwas?"

„Nichts! Außer ..."

Sie fixierte ihn.

„Spuck es aus! Du weißt doch was, oder?"

„Wann lässt du endlich von Max ab und kommst zu einem richtigen Mann, nämlich zu mir?"

„Ach, komm schon, Kai, spann mich nicht auf die Folter. Was ist mit Marie?"

„Ich meine es ernst, Anette. Du bist zu raffiniert für ihn. Er ist so langweilig und spießig."

„Ich überlege es mir. Aber nun sag mir, was du Neues für mich hast."

Er gab ihrem Drängen nach: „Marie ist nicht diejenige, für die sie sich ausgibt und ihr Geheimnis scheint sich zu offenbaren. Wir müssen nur noch ein wenig Geduld haben. Sie hat sich heute mit einem Mann gestritten."

Anettes Stimme überschlug sich: „Mit wem? Wann? Und worüber?"

„Ihr Freund. Mitternacht. Keine Ahnung."

Sie fiel ihm um den Hals und küsste ihn auf den Mund. „Du bist ..." Kai sah sie überrascht an und vollendete: „... der Beste, ich weiß“, dann zerrte er sie aus dem Laternenschein und küsste sie. Lange.

„Mein Angebot steht, Anette. Wenn du dein süßes Näschen von Lambert voll hast, für dich habe ich einen Platz in meinem Hotel. Diese Lipp will ich nicht.“

Vor wenigen Stunden hätte Anette ihm auf den Kopf zugesagt: Das wirst du nicht erleben, Makowetz!

„Falls dein Schweigen ein Ja bedeutet, kannst du schon einmal deine Röcke kürzen.“ Kai ließ seinen Autoschlüssel vom Finger baumeln und gleichzeitig zauberte er einen Geldschein aus dem Ärmel.

„Für die Witwen und Weiber“, fügte er mit tiefer Stimme hinzu und drückte ihr 200 Euro in die Hand. Er tippte an seinen Hut und folgte der schwachen Wegbeleuchtung.

Der nasse Kiesel maulte unter Kais Sohlen, während er die Wagenreihe entlangging. „Da ist ja meine Italienerin“, murmelte er und näherte sich seinem Sportwagen. Die Zentralverriegelung pfiff zaghaft. Die Lichter zuckten. Plötzlich hetzte etwas auf Kai zu. Es packte ihn und stieß ihn über die Motorhaube, sodass er zu Boden fiel.

„Ah! Verdammt! Was soll das?“ Kai leckte Blut von seinen Lippen.

„Vielleicht merkst du dir jetzt, dass du hier nichts zu suchen hast, Makowetz.“

„Spinnst du?“

„Lass endlich deine Finger von Marie und meinem Hotel.“

„Bist du total durchgeknallt?"

„Wenn sich das so herrlich anfühlt, dann von mir aus."

Endlich hatte Max ihm den Fausthieb verpasst, von dem er schon oft geträumt hatte.

„Ich will doch nichts von Marie."

„Ja, weil sie zu klug für dich ist."

„Nicht nur das, sie ist heiße Ware."

„Pass auf, wie du von ihr sprichst."

„Du bist ein Trottel." Langsam rappelte sich Kai auf. „Zuerst lässt du dich von Alice an der Nase herum führen, jetzt auch noch von dieser Marie."

„Was willst du damit sagen, außer, dass du erbärmlich klingst?"

Kai tastete sich an seinem Wagen entlang auf Max zu. Dieser fasste erneut nach ihm.

„Lass mich los, dann sage ich dir die Wahrheit über deine Aushilfe."

Max schüttelte ihn. „Du kennst doch gar keine Wahrheit." Er wusste, dass er sich lächerlich machte, aber er wollte Kai nicht aus seinen Fingern lassen, bis er mit der Sprache rausgerückt war, lieber würde er ihm noch eine reinhauen.

„Lass endlich los!" Nun war es Kai, der ihn von sich stieß. Max schlug gegen einen Wagen, dessen Seitenspiegel sich in seinen Rücken rammte.

„Auhh!", jammerte er, ließ Kai aber nicht aus den Augen. „Mach endlich den Mund auf."

„Marie ist keine Aushilfe. Sie ist nicht einmal bei dir angestellt."

„Natürlich ist sie das.“

„Du Narr! Marie ist Gast in deinem Hotel. Sie wohnt nicht im Personalhaus, sondern in der Suite 113.“

„Quatsch, dort wohnt M. ...“, beinahe wäre es ihm rausgerutscht.

„M. D., die Restaurantkritikerin?“, vollendete Kai.

Max geriet ins Wanken. Woher wusste Kai von M. D. und was war tatsächlich mit Marie?

„Marie Lipp ist M. D., die Kritikerin. Und sie wohnt nicht nur in deiner Suite, sie schreibt dort ihre Kritik über das Lambert.“

51.

Genialität und Wahnsinn liegen dicht beieinander

Sein Kaftan hinderte ihn, sich mit Riesenschritten dem Personalhaus zu nähern. Max riss die Eingangstür auf. Das Scharnier quietschte, und die Türklinke knallte gegen die Wand. Er bemerkte nicht, dass der Putz von der Mauer rieselte. Max hielt vor dem Zimmer, von welchem er Marie am Renntag abgeholt hatte. Er erinnerte sich, als wäre es gestern gewesen, wie er Melissa im Flur begegnet war. Sie wusste nicht einmal, welches Zimmer Marie bewohnte. Wieso hatte ihn das nicht irritiert?

Er schlug mit der Faust gegen die Tür.

‚Sie wohnt nicht im Personalhaus, sondern in der Suite 113', hallten Kais Worte in ihm nach.

Sie war aus dieser Tür gekommen. Sie musste hier wohnen.

Stille.

Warum öffnete niemand? Die Antwort lag auf der Hand: Marie räumte mit Albert die Tische ab. Sie konnte noch nicht hier sein.

Er machte am Absatz kehrt, als die Eingangstür abermals quietschte.

Jemand betrat das Personalhaus. Gleich würde sie um die Ecke biegen. Er hielt die Luft an. Sie würde ihn vor ihrer Tür entdecken. Was sollte er sagen? Was war er für ein Vollidiot, dass er Kai auch nur eine Silbe geglaubt hatte. Es wurde ihm klar, dass er sich nach der Frau, die mit Glasscherben in sein Herz geschlittert war, sehnte. Seit er sie im Pferdestall geküsst hatte, war er süchtig nach Marie. Er wollte mehr von ihr erfahren und nicht nur das, er wollte sie mit all seinen Sinnen kennenlernen. Sie hatte ihm vertraut. Ihn in ihr Geheimnis über M. D. eingeweiht. Das war doch Beweis genug. Seine Schultern entspannten sich. Seine Augen leuchteten voller Erwartung. Gleich würde er Marie in die Arme schließen.

„Wo ist mein Schlüssel?"

Er kannte die Stimme, begriff es aber nicht. Er musste die Frau, die zu dieser Stimme gehörte, mit eigenen Augen sehen, sonst würde er es nicht glauben.

„Herr Lambert?" Ein rosa Hase mit wippenden Ohren näherte sich ihm. Anette Biedermann schob die Kapuze ihres Hasenkostüms zurück. „Ist etwas passiert?"

Ihm stand der Mund offen.

„Sie kommen zu mir?" Anette legte die Pfote über den Mund.

„Wer wohnt hier, in diesem Zimmer?"

„Ich."

Als Bestätigung steckte sie den Schlüssel ins

Schloss. Ihre Wangen färbten sich rot, als er in ihr Zimmer trat.

Max sah sich in dem kleinen Raum um. Er betrachtete den durstigen Ficus und die König-der-Löwen-Bettwäsche.

„Herr Lambert, ich meine Max. Ich wollte dir schon lange etwas sagen und, dass du jetzt da bist, beweist mir ..."

Er ignorierte ihren mondsüchtigen Blick. „Wenn Sie schon so lange warten, hat es auch noch Zeit." Sein Fokus richtete sich auf Zeitungsausschnitte, die am Spiegel klebten. Er rümpfte die Nase, als er Anettes Lippenstift über seinem Bild bemerkte.

„Du weißt gar nicht, wie viel mir das bedeutet. Ich liebe dich schon so lange. Endlich können wir ..."

„Es gibt kein WIR und es wird nie ein WIR geben. Verstehen Sie das, Frau Biedermann? Und nun sagen Sie mir, wo Frau Lipp ist."

„Was?"

„Wo ist ihr Zimmer?"

„Nächste Tür."

Er kramte nach dem Generalschlüssel und öffnete. Dunkelheit empfing ihn. Der Geruch erinnerte ihn an das Internat in Bad Ischl. Das Bild einer Ausländerin in einem hellen Kittel blitzte vor ihm auf. Er sah, wie sie über den Plastikboden wischte. Immer wieder verschwand der Mopp in trübem Wasser. Schmutz von Kinderschuhen. Schüler auf dem Abstellgleis, deren Eltern draußen weiterlebten, wie sein Vater Adam. Der kleine Junge lief in sein Zimmer. Sein Bett war kalt. Jemand hatte es neu überzogen. Max hob das Kopfpolster hoch, doch das Bild seiner Mutter war weg. Er rannte hinaus, rüttelte am Arm der Putzfrau: „Wo ist es? Wo hast du das Bild hingetan?“ Heiße Tränen liefen über seine Backen. Er warf Polster und Decke zu Boden. Nichts. Nichts. Das Bild seiner Mutter war weg.

Dieses Personalzimmer war ebenfalls kalt und leer. Kai hatte ihn nicht angelogen, er hatte die Wahrheit über Marie Lipp herausgefunden. Max wurde mit einem Mal klar, weshalb Marie alle Begriffe aus der Gastronomie kannte und weshalb sie wusste, was Gäste besonders schätzten. Sie hatte Jean-Pierre sogar Kochtipps gegeben.

Marie wohnte nicht in einem Personalzimmer, sie lebte in der Suite 113. Ja, er war ihr dort schon begegnet. Sie steckte hinter dieser grünen Maske. Marie Lipp, die Frau mit den hübschen Zehen. Wer aber war die andere Frau, die ihm beim zweiten Mal geöffnet hatte? Jetzt kapierte er erst! Jemand hatte sich als M. D. ausgegeben. Ihre Komplizin. Die Geisterlady.

Was spielten die beiden für ein Spiel mit ihm? Wollten sie ihn ausspionieren, um eine dreckige Kritik zu verfassen? Waren das die Methoden, um ehrliche Geschäftsleute fertigzumachen?

Ab jetzt würde er die Geschichte selbst zu Ende schreiben.

52.

Das Farbenspiel wechselt mit den Tageszeiten

Als Max zurückkehrte, geleitete Albert die Geisterlady gerade eben in die Hotelbar. Die beiden tuschelten und kicherten, und schließlich erschraken sie, als Max sich bemerkbar machte: „Danke, Albert!“ Seine Stimme klang frostig und ihm graute vor sich selbst. In seinem Kopf herrschte ein völliges Durcheinander.

„Entschuldigung, ich wollte Sie nicht erschrecken“, lächelte er.

„Ist alles in Ordnung?“, fragte Karin.

„Ja, natürlich. Alles bestens.“ Er wies Karin an einen kleinen gemütlichen Tisch. Max stülpte sein Gastgebergesicht über und befragte Karin: „Wie fanden Sie eigentlich das Essen? Die Maiscrêpes zum Beispiel? Oder das Sauté von Kastanien und Kohlsprossen?“ Er beobachtete ihre Reaktion und während sie grübelte, gab er an: „Zu viel Rosmarin, oder?“

Dass kein einziges Rosmarinsträußchen, sondern nur Thymian in das Sauté gelangt war, verschwieg er.

„Ach wissen Sie, Herr Lambert. Ich habe rein gar

nichts zu meckern. Das Mahl war vorzüglich. Ein seltener Genuss und hübsch anzusehen."

Hübsch anzusehen? Am liebsten hätte er sie auf der Stelle bloßgestellt, doch er würde die Falsche treffen. Wo blieb eigentlich Marie mit seiner georderten Champagnerflasche?

„Bitte nehmen Sie es mir nicht übel, wenn ich Sie aushorche. Ich habe nicht oft eine Meisterin ihres Faches in meinem Hotel."

„Ja, ja, ich weiß." Sie wischte seine Bemerkung fort. „Aber die Karamellspitzen? Was war dieser bittere Geschmack? Was meinen Sie? Lag es an dem Karamell? Zu spät abgelöscht und verbrannt?"

Karin fuhr mit der Hand unter den Schleier und rieb sich die Nase. „Also, was soll ich sagen? Vielleicht ... ah, da kommt ja meine Freundin. Hierher!"

Marie Lipp, die Aushilfe, der Flaschengeist, die Kritikerin. Er taxierte ihre Bewegungen. Mit einer Hand hielt sie das Serviertablett. Die elegante Flasche lag auf reichlich Crushed-Ice, mit dem Etikett nach oben. Genau, wie es gehörte. Sie stellte den Kühler auf den Tisch, folglich nahm sie den Champagner heraus, sodass das Eis raschelte, und umhüllte die Flasche mit einer Serviette. Dann präsentierte sie Max den Champagner von der linken Seite, sodass er das Etikett lesen konnte.

Die Frau hatte immer alles richtig gemacht. Sogar diese Champagner-Präsentation. Wieso war er selbst nie darauf gekommen, dass sie für eine Aushilfe viel zu qualifiziert war?

Sie nahm das erste Glas, trat an Karins rechte Seite und stellte es ab. Gleichermaßen tat sie es bei Max. War es seine Dummheit oder ihre Überheblichkeit, die ihn so rasend machte. Sie war so von sich überzeugt, dass sie nicht einmal absichtlich einen Fehler einbaute.

Hatte sie soeben seine Gedanken gelesen? Plötzlich kratzte Marie ungeschickt an der Banderole. Max wollte sie auf ihr Kellnerbesteck hinweisen, da warf sie das Band in die Tischmitte.

Er schluckte. Was hatte sie vor?

Sie rüttelte am Metallgestell, ohne den Korken festzuhalten. Bald wäre ihm rausgerutscht: „Du bist M. D.! Du musst wissen, wie man einen Champagner öffnet."

Marie rüttelte an der Agraffe, dabei richtete sie den Flaschenhals auf Max.

„Was machen Sie?" Der Druck, der auf dem Korken sitzen musste, schien sie nicht zu kümmern. Er sprang auf und griff nach dem Flaschenhals, bloß Marie ließ die Flasche nicht los. Es wäre besser gewesen, sie hätte losgelassen, denn Max legte seine Hand über ihre und drückte erbarmungslos zu. Das Metallgestell arbeitete sich in ihre Hand hinein. Er drehte am Verschluss. Ihre Hand schmerzte. Trotz ihrer Qual hoffte sie, der Verschluss würde sich unter seinen groben Fingern wehren. Ein süffisantes Lächeln umspielte Max' Mundwinkel, dann erklang das rettende Zischen.

Sie zog sofort ihre Hand unter seiner hervor.

„Das muss gelernt sein“, sagte Karin mit einer Portion Erleichterung. „Ich kann bis heute noch keine Flasche entkorken, ohne zu zittern.“ Karins Stimme rutschte in eine fremde Tiefe ab. Ein Überschuss an Testosteron entlud sich, sobald sie Alkohol trank. Marie tadelte sie mit einem spitzen Blick.

Er reichte Marie den Korken. Ihre Finger berührten sich. Ohne ein Wort roch sie an dem Korkenboden. Der Geruch war neutral. Nicht modrig oder holzig. Max kontrollierte nicht nach. Er wusste, dass der Champagner perfekter nicht sein konnte.

„Ich verrate Ihnen etwas“, führte er das Gespräch mit Karin fort: „Viele meiner Konkurrenten fürchten sich und können mit Kritik überhaupt nicht umgehen. Sie finden Negativkritik käme einer Verleumdung nahe.“ Karin sah ihn verloren an. Sie suchte den Blickkontakt zu Marie, die soeben das zweite Glas füllte.

„Für mich und mein Küchenpersonal ist eine Kritik eine enorme Chance. So sehe ich das!“

Marie presste ihre Lippen aufeinander.

„Die Sterne liegen nun mal auf den Tellern“, gab er zum besten.

Marie stieß die Flasche in das Crushed-Ice. Die Eisstückchen spritzten in alle Richtungen. Marie kehrte ihnen den Rücken.

„Da haben Sie vollkommen Recht, Herr Lambert.“ Karin griff schnell nach Max’ Arm. Er war imstande und folgte Marie.

Er musterte Karin auf einmal mit einem anzüglichen Lächeln. Schnell griff sie nach ihrem Glas und trank einen Schluck. Max näherte sich Karin einen Kuss weit entfernt. „Ich lehne mich sogar so weit hinaus und behaupte, dass ein aufmerksamer Mitarbeiter seinem Gast jeden Wunsch von den Augen abliest."

Karin trank einen weiteren Schluck. „Was, ehrlich? Übertreiben Sie da nicht etwas?" Ihre Stimme rutschte erneut ab.

„Ist etwas mit Ihrer Stimme?"

„Nein! Was soll sein?" Sie räusperte sich.

Er brauchte keine weiteren Beweise. Die Geisterlady war keine Kritikerin. Und das Spiel machte ihn allmählich krank, auch Karin wirkte bedrückt. Sie nahm gleich noch einen Schluck.

„Ich habe eine großartige Idee." Max stand mit einem Ruck auf.

„Einverstanden, solange ich nicht mehr über meine Arbeit reden muss!" Sie unterdrückte ein Aufstoßen.

„Versprochen. Damit lasse ich Sie in Ruhe. Sie haben mir ausreichend Hinweise gegeben."

„Habe ich das?" Der Champagner prickelte in ihrer Nase.

„Ja und dafür möchte ich mich bei Ihnen bedanken." Max zog sie mit sich.

„Was haben Sie vor?" Ihr wurde schwindelig. Automatisch hakte sie sich bei ihm unter.

„Vertrauen Sie mir!"

„Kann ich vorher noch aufs Klo, bevor ich Ihnen vertraue?", kam es ihr kinderleicht über die Lippen.

„Okay, dann treffen wir uns in der Lobby."

„Na, Chef, wie läuft's mit der Geisterlady?“ Albert grinste breit und warf eine dicke Haarsträhne nach hinten.

„Gruselig.“

Der Gedanke, bald eine Kritik über ihn und das Hotel zu lesen, brachte ihn zum Kochen.

„Gib mir mal ein Glas Wasser.“ Er stürzte das Leitungswasser hinunter.

„Albert! Schick Marie in den Weinkeller. Sie soll noch eine Flasche für meinen Gast holen.“

„Das kann ich auch machen, Boss.“

„Nein, nein!“ Er suchte nach einer Erklärung. „Ich möchte, dass sie mit dem Weinkeller vertraut wird.“

„Na, gut! Wie Sie wünschen.“

„Pst!“ Karin winkte Marie zu den Toiletten.

„Was ist?“

„Ich weiß nicht“, Karin taumelte.

„Bist du betrunken?“

„Quatsch!“

„Lüg nicht. Ich erkenne es an deiner Stimme. Die wird so ... männlich.“

„Ich habe kein gutes Gefühl mehr. Ich mach' Schluss mit Max Lambert.“

Marie lachte. „Du selbst hast seine Einladung angenommen!“

„Aber jetzt will ich nicht mehr. Er stellt auf einmal so ... Fragen.“

„Fragen, worüber?“

„Was ich von Jean-Pierres Dessert halte.“

„Das sieht ihm ähnlich. Er will dich ausquetschen. Du bist ihm hoffentlich ausgewichen."

„Natürlich! Hab' schließlich keine Ahnung vom Backen."

„Was tut Max noch?"

„Er schaut mich komisch an." Karin gähnte und machte sich nicht die Mühe ihre Hand vorzuhalten.

„Womöglich liegt es an deinem Alkoholkonsum?"

„Er mustert mich. Unheimlich. Der weiß etwas!"

„Blödsinn! Woher? Aber, wenn du dich nicht wohlfühlst, dann sag, du hast Kopfschmerzen. Das nimmt er dir in deinem Zustand bestimmt ab."

„Es war dumm, dass ich die Einladung angenommen habe."

„Aber lustig!" Marie grinste. „Man soll aufhören, wenn es am schönsten ist."

„Dann sind wir uns einig?"

„Ja, wir sehen uns später in der Suite."

Marie wollte soeben gehen, doch es gab noch etwas, das ihr auf der Seele brannte: „HG war hier."

„Wie bitte?" Karin riss die Augen auf.

„Keine Sorge, er ist wieder gefahren." Sie machte eine Pause, dann fuhr sie fort: „Ich muss jetzt zurück zur Arbeit. Wir sehen uns nachher."

Karin hielt sie am Arm fest: „Wie geht es dir?"

Sie zuckte die Schultern. „Mit HG war es schon lange vorbei."

53.

Weinstraße durch wild wogende Hügel

„Ich habe Kopfschmerzen, ich werde besser auf mein Zimmer gehen."

„Die frische Luft wird Ihnen guttun", erwiderte Max strenger als beabsichtigt und führte Karin in die Nacht hinaus. Sie umrundeten das Hauptgebäude und hielten vor einem Tor, das mit nur einem Spot beleuchtet wurde. Er stemmte sich gegen die schwere Tür, die bei jeder Bewegung raunte. Karin folgte ihm. Im Nu war es stockfinster.

„Ah!", schrie Karin auf.

„Was ist?"

„Ach, nichts!"

Herrje! Ihr Schrei hatte geklungen, als ob ihr jemand etwas antun wollte. Schließlich strich er ein Zündholz an. Er lachte beinahe, als er in Karins qualvolles Gesicht schaute. Ihr Blick verfolgte das brennende Hölzchen, doch es brannte ab, bevor er den Docht anzünden konnte. Wieder gruben seine Fingerspitzen in der Schachtel.

Max zündete der Reihe nach die sechs Kerzen an.

„Folgen Sie mir!“, forderte er sie auf und ging die Stufen hinunter.

„Können wir ein Licht anmachen?“

„Ich finde das Gewölbe so viel spannender.“

Er wartete ungeduldig, während sie sich an den kalten Wänden orientierte und eine Steinstufe nach der anderen nahm.

„Sie werden sehen, es wird richtig gespenstisch.“

„Wie passend!“

In dem Ziegelkeller war die Luft kühl, aber abgestanden und feucht. Von der Decke hing ein Kronleuchter aus einem alten Wagenrad. Max entzündete dessen Kerzen, und sofort fochten ihre Schatten gegeneinander.

„Was sagen Sie? Haben Sie schon einmal so einen Weinkeller gesehen? Vieles ist Handwerkskunst. Sehen Sie hier, die Schmiedearbeiten.“ Er deutete auf einen antiken Türdrücker.

„Eine optimale Lagerstätte für Wein“, gab sie ihr Statement ab, als hätte sie es abgelesen.

„Und nun die Krönung: Ich habe einen brillanten Riesling-Eiswein und soviel ich weiß, lieben alle Frauen seine süßen Aromen.“ Max verschwand im Nebenraum. Stille kehrte ein. Als wäre er nie da gewesen.

Er beobachtete die Geisterlady aus der Finsternis. Bestimmt hatte sie etwas anderes erwartet als einen Eiswein. Vielleicht ein Salzwasseraquarium, in dem er Austern züchtete.

„Dieser Wein hat eine glänzende Karriere vor

sich." Er tauchte neben ihrem Ohr auf und Karin schluckte einen Aufschrei hinunter.

„Trinken wir auf den gelungenen Ball."

Karin stieß an sein Glas und kostete von dem süßen Wein.

„Mhhh, der schmeckt lecker."

Ein Kritiker würde sagen: leichtfüßig, harmonisch oder vorzüglich. Aber niemals lecker.

In diesem Augenblick hörte er das Murren der schweren Kellertür. Der Lichtschalter wurde betätigt, jedoch hatte Max die Sicherungen ausgeschaltet. Ein leises Fluchen eilte den Stufen voraus.

Max näherte sich der Geisterlady.

„Was sagen Sie zu dem Nachhall?", gurrte er. „Reifes Steinobst und trotzdem ungemein leichtfüßig."

Karin antwortete nicht. Sie stieß den Eiswein im Mund hin und her und klammerte ihren Blick an Max.

„Schmecken Sie den Hauch von Maracuja?"

Sie nickte heftig. Immer öfter griff sie sich an den Hals. Schluckte und ein unkontrolliertes Gurgeln entstand.

„Wie finden Sie das Finale?"

Sie runzelte die Stirn.

Was? Sie kannte den Ausdruck nicht?

Max sah hinter Karin eine Taschenlampe aufleuchten.

„Probieren Sie noch einmal. Versuchen Sie es mit geschlossenen Augen."

Ein weißer Schein tappte den Kellerboden entlang. Gleich war es so weit. Gleich würde er sich bei Marie Lipp, der Restaurantkritikerin, rächen.

„Jana, was machst du denn schon hier? Um diese Uhrzeit?", fragte Albert und taumelte durch die Küche.

„Mich holen Teufel!?"

„Sieht super aus, was?" Er stieß gegen die Arbeitsplatte. „Warum bist du schon da?"

„Ich nix können schlafen. Dachte, ich helfen in Kiche."

„Du bist ja sooo ein süßes Schätzchen!"

„Du haben getrunken, Albert?"

„Neiiin! Nicht ich. ALLE haben getrunken."

„Ach! Ich jetzt wissen, wer Mann in Kleider."

Albert gluckste. „Echt?"

„Ja. Ich haben Kostim gesehen. Schenes Kostim."

„Sag!"

„Nein, nein!"

„Ich schwöre dir beim Club der Teufelinnen, dass ich nichts sagen werde."

Albert bückte sich zu ihr. „Er verkleidet als Geisterfrau."

„WAS?" Albert fiel das Kinn auf die Brust. „Bist du sicher?"

Sie nickte mehrmals.

„Als Geisterlady?" Sein Gesicht wechselte zwischen einem Lachen und einem Weinen.

„Das gibt's nicht. Die Geisterlady – Herr Balke! Darum der Schleier. Dann ist Lambert mit einem Kerl im Weinkeller? Warum passiert mir so etwas nie?"

Max nahm einen kräftigen Schluck. Genussvoll kaute er den Eiswein und gab schlürfende Geräusche von sich. Karin wollte es ihm nachmachen, doch sie musste fürchterlich husten, während sich hinter ihr der Lichtstrahl mit dem Kerzenschein mischte. Karin hustete weiter. Max hob ihren Schleier an. Ihr Gesicht glühte.

„Gleich wird es wieder." Max legte den Arm auf ihren Rücken und klopfte.

„Schön atmen. Bis vier ein- und bis acht ausatmen."

Er tätschelte weiter. „Keine Sorge, ich bin ja da."

Ihr Husten beruhigte sich und sie zog an ihrem Ausschnitt. „Ich muss hier raus!"

Max erkannte Marie im Augenwinkel.

„Nein, warten Sie!" Er hielt Karin fest.

„Ich muss hier raus!"

„Nur noch einen Augenblick." Bevor Karin antworten konnte, riss er sie in seine Arme und küsste sie.

Marie wäre fast in Albert hineingekracht, als dieser ihr in der Finsternis entgegenkam.

„Marie! Ist Lambert noch im Keller?"

Er stützte sich auf seine Knie und musste verschnaufen, während Marie die Kellertür zudrückte, als würde ihr jemand folgen.

„Alles okay bei dir?", fragte er.

„Ja. Er ist unten."

„Gut! Du musst mir helfen. Ich muss mit Lambert reden. Kannst du die Geisterlady ablenken?"

„Die zwei wollen alleine sein."

„Alleine?", plärrte er. „Das geht nicht! Was tun die dort unten?"

„Sie küssen sich."

„Küssen?" Er schlug sich auf die Brust, dann auf die Stirn und wieder auf die Brust. „Er kann ... er kann doch nicht einen ... Kerl küssen? Das geht nicht. Lambert steht nicht auf Männer. Das hätte ich bemerkt."

Marie beugte sich zu Albert. „Sag, hast du was geraucht?"

„Nein, aber hättest du was?"

„Spinnst du?" Sie ging in Richtung Hotel zurück, und Albert folgte ihr.

„Der Typ ist ein Kerl. Ich meine, die Lady ist ein Kerl."

„Blödsinn!"

„Doch. Jana hat sein Zimmer aufgeräumt. Jana hat bei Herrn Balke das Kostüm gesehen. Balke ist die Geisterlady und ..."

„Unsinn!"

„Doch! Lambert küsst einen Mann!"

„Quatsch!"

„Bitte glaub mir", Albert klang verloren.

„Nun hör mir zu!"

Endlich hielt er den Mund.

„Die Geisterlady ist eine Frau, das weiß ich."

„Meinst du?"

„Das weiß ich sogar sicher."

„Ehrlich?"

„Ja."

„Ganz sicher?“

„Ja.“

„Gott sei Dank! Ich wusste gerade nicht mehr, ob ich ein Mann oder eine Frau bin.“

„Dann hätten wir das geklärt?“

„Woher weißt du das so genau?“

„Sie ist meine Freundin.“

„Na dann ist es ja gut.“

54.

Butterweich geschmort

Nichts war gut. Marie schob den Servierwagen in den Ballsaal. Sie fasste nicht, was sie gesehen hatte. Was war in ihn gefahren? Und was war mit Karin los?

Weshalb hatte sich das Kellerlicht nicht einschalten lassen? Dann wäre das alles nicht passiert! Sie verwarf die dämliche Frage. Es machte keinen Unterschied.

„Hat Freddy dir schon erzählt, dass Sybille den Gips los ist?“, fing Melissa an zu plaudern.

Der Zeitpunkt könnte nicht besser sein, fand Marie.

„Der Bruch ist gut verheilt. Ihr Arzt meint, sie kann wieder arbeiten.“

„Das freut mich.“

„Du wirst doch bei uns bleiben, oder?“

„Nein!“, gab sie kräftig zur Antwort.

„Das klang aber fix.“

„Entschuldige“, Marie versuchte ein Lächeln.

„Was habe ich da gehört?“ Albert kam ihnen mit

einem zweiten Wagen entgegen. „Du kannst nicht aufhören. Du passt prima in unser Team.“ Er fuhr sich durchs Kunsthaar und verfing sich darin. Marie zupfte die Perücke zurecht. Er nahm ihre Hand und hielt sie fest. „Ist wirklich alles okay mit dir? Du wirkst verstört. Ist es, weil Lambert deine Freundin geküsst hat? Bist du etwa in Max ver...?“

„Denk erst gar nicht weiter!“ Sie hielt ihm ihren Zeigefinger vor die Nase.

Normalerweise hätte sie Albert alles erzählt. Was Max seit ihrer Ankunft mit ihr gemacht hatte, und dass sie deshalb keine Minute länger bleiben wollte. Sie hätte sich zu gerne jemandem anvertraut. Karin würde dafür nicht mehr infrage kommen.

„Ich geh' mal zu Jana in die Küche. Soll ich deinen Wagen schon mitnehmen?“, gähnte Melissa. Marie stellte noch einen Stapel Teller darauf ab. „Ja, danke, Melissa!“

Kaum war die Tür hinter Melissa zugefallen, fing Albert an, sie zu bearbeiten: „Liegt es an Lambert? Ist heute etwas vorgefallen?“

Oh Gott! Wenn er wüsste, wie richtig er mit seiner Vermutung lag.

„Du kannst mit mir reden. Ich kann schweigen wie ein Grab, wenn es sein muss.“ Er tat, als werfe er einen Schlüssel weg.

Marie belud seinen Wagen.

„Was ist das für eine Freundin, die deinen ... ähm, deinen Chef küsst?“

„Keine!“

„Es ist komisch, ich hatte immer das Gefühl, Lambert steht auf dich."

„Wie kommst du darauf?"

„Er ist zwar ein Freak, und man muss ihn gut kennen, um ihn zu durchschauen. Aber immer wenn er in deiner Nähe war, wirkte er nervöser als sonst."

„Na toll!"

„Das mag bei anderen seltsam klingen, bei Lambert ist das allerdings eine seltene Gefühlsregung. Heute war er extrem nervös. Zuerst dachte ich, es liegt an Kai Makowetz. Aber mit dessen Anwesenheit dürfte er sich arrangiert haben, sonst hätte er ihn rausgeschmissen."

„Aha!"

„Der Chef war heute schon die ganze Zeit so seltsam."

„Heute?"

Albert zuckte die Schultern. „Zum Beispiel wollte er nicht, dass ich ihm den Champagner aus dem Keller hole. Er wollte partout, dass du das erledigst."

„WAS?!"

„Was? Was! Er war vorhin bei mir und sagte so etwas in der Art, wie, die Geisterlady sei gruselig. Und jetzt soll er sie geküsst haben?"

„Er wollte, dass ich die Flasche aus dem Keller hole?"

„Das sag' ich doch! Er meinte, du sollst mit dem Weinkeller vertraut werden. Aber ich kauf' ihm das nicht ab. Aus irgendeinem Grund wollte er nicht, dass ich in den Keller gehe. Ich habe ihm gesagt ..."

Alles, was daraufhin folgte, zerfloss vor ihren Augen. Sie sah Alberts Lippen, wie sie sich dehnten, quetschten und überschlugen und irgendwann auflösten.

Das Dessert

Salzburg Gourmet Magazin: Gehen Sie alleine essen oder dürfen Sie jemanden mitnehmen?

M. D.: Zu zweit genießt es sich besser, aber manchmal geht es nicht anders und ich bin alleine unterwegs. Dann habe ich die obligatorische Zeitung unterm Arm, und es wird unter den Kellnern getuschelt, und sie warten, bis ich mir Notizen mache. Aber das Personal merkt schnell, dass ich tatsächlich in der Zeitung lese und ich bin dann ein Gast wie jeder andere auch.

55.

Glas schmilzt nicht

Marie erhob sich von ihrem Schreibtisch und trat an das Fenster, das auf den Salzburger Abendverkehr zeigte. Ihr Handy klingelte zum x-ten Mal. Sie konnte dem Gespräch nicht ihr restliches Leben lang aus dem Weg gehen.

„Was willst du?"

„Ich muss mit dir reden", betonte Karin.

„Zwischen uns gibt es nichts mehr zu reden."

„Warum bist du gestern so schnell abgereist?"

„Zhhh, im Weinkeller hausen Ratten."

„Was du gesehen hast ... war nur ein Spiel."

Bei der Erinnerung an Max' leidenschaftlichen Kuss im Pferdestall und das, was Karin ein Spiel nannte, wurde ihr übel.

„Max, also Lambert, hat die Wahrheit erfahren", erklärte Karin, als würde dies ihre Freundschaft retten.

„Ich will nichts davon hören. Ihr könnt machen, was ihr wollt. Meinen Segen habt ihr, falls du deshalb anrufst, und jetzt muss ich arbeiten."

„Was redest du da?"

„Lassen wir es dabei."

„Max weiß alles. Er weiß, dass du M. D. bist. Er weiß es schon länger."

Ihre Beine gaben nach. „Seit wann?"

„Das hat er mir nicht gesagt. Aber am Ball ..."

„Du hast mit ihm über mich gesprochen?"

Jetzt war alles aus. Freddys Abfindung, ihre Karriere und Glaubwürdigkeit.

„Der Kuss war eine Racheaktion", rollte Karin auf.

„Und du hast mitgemacht?"

„Glaubst du das wirklich?"

„Ich weiß nicht ..."

„Sicher habe ich nicht mitgemacht. Er hat mich überrumpelt. Ich hätte ihm beinahe eine gescheuert, so wütend war ich. Zuerst küsst er meine Freundin und dann mich. Was für ein Mann ist das, dachte ich."

„Das hat für mich anders ausgesehen!"

„Das glaube ich dir sogar."

Eine kurze Pause entstand.

„Woher wusste er davon?"

„Keine Ahnung! Von Hans-Georg? Er wollte es mir nicht verraten."

Karin nannte HG sonst nie beim vollen Namen.

„Warum hat Max mit dir darüber gesprochen?"

„Er stand heute früh vor der Suite. Er wollte die Wahrheit von dir hören."

„HG würde mich nicht verraten."

„Ist ja egal. Fakt ist, er weiß, dass du M. D. bist."

„Wird er Freddy entlassen?"

„Jetzt hör zu. Du kannst das noch geradebiegen.

Der Mann liebt dich.“

„Komische Art, mir das zu zeigen, indem er meine beste Freundin küsst.“

„Das sagst ausgerechnet du! Wer hat ihn angelogen?“

„Ich bin ja nicht in ihn verliebt! Er ist ein arroganter ...“

„Ich kenne dich lange genug. Du empfindest wie er. Doch ihr seid die gleichen Sturköpfe.“

„Angenommen es stimmt, was du sagst. Warum küsst er dich dann?“

„Er hat dich absichtlich in den Keller geschickt, damit du uns siehst.“

„Du wusstest davon?“

„Spinnst du! Sicher nicht.“

„Warum lässt du dich dann küssen?“

„Scheiße, ich hatte keine ...“

„Sonst bist du auch nicht auf den Mund gefallen.“

„Jetzt pass mal auf, du hast ...“ Marie hörte sie durchatmen. „Eine Frage: Wenn dich der Mann kalt lässt, weshalb postest du diesen Artikel über ihn in der Internetzeitung?“

„Welchen Artikel?“

„Jetzt bist du ebenfalls einer der Gründe, weshalb Max Lambert ein Vorurteil gegenüber Kritikern hat.“

Marie schluckte. Himmel! Bettina wird doch nicht ... oder doch? Panik stieg in ihr auf. Noch nie hätte sie Karins Beistand mehr gebraucht als in diesem Moment.

„Wenn Max annimmt, dass ich diese Nachricht geschrieben habe, dann kann ich gleich in die Salzach springen."

„Da hast du verdammt Recht."

So kannte sie Karin nicht. Sie zwang sie sonst immer, nach vorne zu schauen. Marie resignierte.

Der Renntag schob sich vor ihr geistiges Auge. Max' dunkelbraunes Haar, dessen Locken in der Sonne glänzten, als sie zur Rennbahn gefahren waren. Sie hatten ihre Diskrepanzen beiseite gelegt und genossen die neue Unbekümmertheit, die zwischen ihnen erwacht war. Sie erinnerte sich auch an ihre Suche nach ihm und das Herzklopfen, als sie ihn auf der Tribüne entdeckt hatte. Sie fühlte erneut die Erregung dieses Augenblickes.

Max hatte sie beschützen wollen. Bei Dragan, weil er sie angestiert hatte, bei Kai, weil er die Finger nicht von ihr lassen konnte. Wie viel brauchte sie noch, um zu begreifen?

Dumpfe Stimmen zogen Marie samt ihren Gedanken in ihr dunkles Büro zurück. Sie blickte durch die Glaswand ins Vorzimmer und ihr wurde schwindlig, als sie den Grund des Aufruhrs begriff.

„Ich muss auflegen." Ihr Herz fing an zu rasen. „Er ist da."

„Wer? Max Lambert?", quietschte Karin.

„Nadine! Du musst Herrn Lambert unbedingt abwimmeln. Sag ihm, dass niemand da ist. Lass ihn auf keinen Fall durch, hörst du!"

„Okay, aber ...?"

Marie schmiss den Hörer auf den Apparat und tauchte hinter ihrem Schreibtisch ab. Auf allen vieren krabbelte sie nach nebenan. Dieses Büro war vor eindringlichen Blicken geschützt.

Bettina feilte an einem Text aus dem Diktiergerät ihres Chefs. Als sie die Kollegin zu ihren Füßen entdeckte, riss sie die Kopfhörer herunter.

„Was suchst du auf dem Boden? Egal, hör zu: Hast du deinen Text über das Hotel Lambert schon gelesen? Ich habe ihm noch Schärfe verpasst. Dein Text klang nach einem mittleren Aufsatz aus der Unterstufe. Was ein Vorteil war, so glaubte Kolbnacker, dass ich ihn geschrieben habe."

Karin hatte also Recht. Die Kritik stand im Netz.

„Ich habe den Artikel noch in der Nacht reingestellt. Er ist spitze." Bettina strahlte die Glückseligkeit aus allen Poren.

„Zeig her!"

Mit einem Klick flammte der Artikel am Bildschirm auf.

Salzburg Gourmet Magazin – Blogeintrag

„Adam Lambert sollte noch einmal überdenken, sein Romantikhotel in der schönen Lage am Fuschlsee seinem Sohn Maximilian Lambert zu übergeben, der es nicht nötig zu haben scheint, eine angemessene Freundlichkeit an den Tag zu legen. Der Schirmherr Adam Lambert, der auf dem Rückweg aus den Staaten in das bezaubernde Salzkammergut ist, wird seine

Mühe haben, jene Stammgäste, die er im Zuge seiner Laufbahn in dem Traditionshotel gewonnen hat, zu halten. Das wird allerdings an der Seite seines griesgrämigen Sohnes eine schwierige Aufgabe. Von einer ehemaligen Mitarbeiterin hieß es, Maximilian Lambert schikaniere und demütige sein Personal, da ist es kein Wunder, wenn das Romantikhotel, das auch zahlreiche Ausflugsgäste beherbergt, unterbesetzt ist und daher die von Adam Lambert gewohnte Freundlichkeit nicht an den Tag gelegt werden kann. Bei der momentanen Arbeitslage in der Gastronomie kann sich das Personal schnell einen neuen Vorgesetzten suchen, ob es umgekehrt genauso schnell geht, sei dahingestellt. Was dem Hotel also wieder guttäte: die Seele eines Familienclans statt des Gefühls, in einem sogenannten Gewerbebetrieb untergebracht zu sein. Man kann eben nicht alles haben.

Anerkennung und Herzlichkeit sind Eigenschaften, die sich selbst ein Mann wie Maximilian Lambert, von Beruf Sohn, nicht kaufen kann."

Bettina Fink

„Na, wie findest du unseren Artikel?" Bettina stieß Marie in die Seite.

Schroffe Stimmen hallten durch die Redaktion.

„Was ist da draußen los?", wollte Bettina wissen und war im Begriff nachzusehen, als Marie sie zurück in den Sessel drückte.

„Was steht hier unten noch geschrieben?"

„Ach, das sind nur ein paar Idioten, die sich zu dem Artikel geäußert haben."

Maries Knie gaben nach. Der Name Riener stach ihr ins Auge.

Salzburg Gourmet Magazin

„Was Sie hier schreiben, Fräulein Bettina, ist Blödsinn!!! Wir fahren seit Jahren ins Lambert am Fuschlsee und sind noch nie enttäuscht worden. Auch nicht von Maximilian Lambert und seinen Angestellten."

Familie Dr. Riener

„Hast ihn wohl nicht gekriegt, den begehrten Junggesellen Lambert."

Günther Veltliner

„Stimmt, wahrscheinlich wollte sie sich den Juniorchef angeln. Dabei hat sie ins Fettnäpfchen gegriffen."

Amelie

„Arme Bettina Fink! Falls du so heißt."

Bouillabaisse81

„Oder sie hat sich an seinen heißen Töpfen die Finger verbrannt. Hahaha!"

Dr. Schiwago

„Von Beruf Sohn finde ich zum Lachen."

Jo

„In meinen Ohren schreit dieser Blogeintrag nach der Rache einer enttäuschten Liebe.“

Schnüffelhase

„Von wegen mittlerer Aufsatz. Ich fürchte, du hast den Text zu einem gemacht.“

„Was?“ Bettina stemmte eine Hand in ihre Hüfte. „Na hör mal. Solche Antworten von Verrückten sind dir doch nicht fremd, oder?“

Eine energische Stimme tönte durch die Büroräume: „Ich möchte auf der Stelle Bettina Fink sprechen!“

„Entschuldige, Bettina. Vergiss, was ich eben gesagt habe. Es ist nicht dein Fehler. Sorry!“ In Maries Büro läutete das Telefon.

„Von welchem Fehler sprichst du und was ist da draußen eigentlich los?“, rief Bettina ihr hinterher.

„Ja, Nadine?“, sprach Marie ins Telefon. „Ja, ist gut. Lass ihn durch.“

56.

Rohe Kost

Marie stand wie angewurzelt hinter der Tür. Sie hörte Max' wütende Stimme und gleichzeitig kreiste der Artikel vor ihren Augen: *Anerkennung und Herzlichkeit sind Eigenschaften, die sich selbst ein Mann wie Maximilian Lambert, von Beruf Sohn, nicht kaufen kann.*

Sie nahm die Türklinke in die Hand. Sie musste eingreifen, doch Max' Stimme ließ sie erstarren.

„Das ist alles erstunken und erlogen. Woher wollen Sie etwas von mir und meinem Vater wissen, Frau Fink?", brüllte Max.

„Ich habe meine Quellen, das ist mein Job", setzte sich Bettina zur Wehr.

„Ihre Quellen stinken. Wissen Sie, dass ganze Existenzen zugrunde gehen wegen so einem schmierigen Artikel wie dem Ihren hier?"

„Davon weiß ich nichts."

„Weil Sie erst gestern den Windeln entsprungen sind."

„Für die Schicksale anderer können Sie mich nicht verantwortlich machen, Herr Lambert."

„Ha!, dass ich nicht lache."

„Max, bitte! Mäßige dich."

„Lass mich machen, Vater."

Verdammt! Adam Lambert war auch hier?

„Schon einmal von Christian Breitfuß gehört?"

Ja, habe ich, dachte Marie. Und sie wusste auch, wie Max darüber dachte. Kai hatte es ihr ausführlich geschildert. Für ihn sind Kritiker das Allerletzte, danach kam lange Zeit nichts und dann kam Marie Lipp. Zumindest in Max' Augen.

„Den Namen habe ich noch nie gehört", antwortete Bettina.

„Seine Adresse lautet ‚Unter der Staatsbrücke'. Besuchen Sie ihn und fragen Sie ihn, wie er dahingekommen ist. Ha! Das gäbe eine Schlagzeile. Darauf stehen Menschen wie Sie und Marie Lipp doch, nicht wahr?"

Bei der Erwähnung ihres Namens verließ Marie der Mut, Max gegenüberzutreten. Sie ließ die Türklinke wieder los.

„Wie kommen Sie überhaupt darauf, dass ich mein Personal schikaniere?"

„Man hat es mir zugetragen."

„Ich weiß schon: Ihre Quellen!", äffte er nach. „Man trägt mir auch so einiges zu: nämlich, dass Journalisten Aasfresser sind."

„Es reicht mir langsam. Ich werde mich nicht länger von Ihnen beschimpfen lassen."

„Und ich werde Sie verklagen. Sie sind ja nicht ganz richtig im Kopf."

„Na mit der fehlenden Freundlichkeit liege ich offenbar richtig", schnauzte sie zurück.

„Und wer soll diese ehemalige Mitarbeiterin sein, die ich schikaniert und gedemütigt habe?"

Die Tür zu Bettinas Büro öffnete sich.

„Es ist mein Artikel."

Max taumelte, als bewege sich ein Geist auf ihn zu. Marie stand wie aus dem Boden gewachsen im Türrahmen. „Du hast den Artikel geschrieben?"

Explosionsartig riss sie die Arme zur Seite. „Ja!" Eine Träne lief über ihre Wange. „Ich habe ihn geschrieben."

Seine Augen verdunkelten sich. „Warum?"

„Du hast mich vom ersten Tag an wie eine Aussätzige behandelt. Ich war dir ein Dorn im Auge und ich wusste nicht, warum. Alles, was ich gemacht habe, war falsch. Nachdem die Rieners und Heinemanns an einem Tisch saßen, wolltest du mich feuern. Aber deine Gier nach Anerkennung hat dich zurückgehalten. Die VIP-Einladung war dir wichtiger. Nicht ich. Nicht Marie Lipp, sondern du selbst."

Sein Gesicht wurde weiß.

„Dann küsst du mich mit einer Leidenschaft, wie ich es nie zuvor erlebt habe. Im nächsten Moment verschwindest du." Sie holte Luft. „Lag es an Kai? Hast du mich deswegen geküsst? Wolltest du ihm eins auswischen? Oder dir selbst beweisen, dass du besser bist als er? Sei endlich ehrlich zu dir, Max."

Er schüttelte langsam den Kopf.

„Du machst mich vor deinen Angestellten schlecht.

Küsst meine beste Freundin. Ist das deine Art, Max? Musst du alles haben, oder nichts? Ach übrigens, ich hatte nie vor, eine Kritik über das Lambert zu schreiben. Ich war anfangs nicht wegen dir dort. Das mit dir, das ist ..."

„Was ist mit mir?"

„Du machst mich verantwortlich für alles, was dir bisher widerfahren ist."

Er verfolgte die Tränen, die über ihr Gesicht liefen.

„Wer sind Sie?", unterbrach Adam.

„Mein Name ist Marie Lipp", sie probierte ein Lächeln. „Ich habe den Eintrag verfasst. Wenn Sie jemanden verklagen wollen, dann bin ich es."

„Warum schreiben Sie solche Lügen über uns?"

„Ich wollte nicht, dass so etwas passiert, Herr Lambert. Der Artikel sollte nicht an die Öffentlichkeit."

Sie wischte sich die Tränen fort. „Ich war so wütend auf dich, Max, ich musste meine Wut zu Papier bringen."

Nun schaltete sich Bettina ein: „Das stimmt! Ich habe die Zeilen auf dem Schreibtisch gefunden. Ich habe ihn überarbeitet und losgeschickt. Marie kann nichts dafür."

Max schenkte Bettina keinerlei Aufmerksamkeit.

„Es sollte nicht in die Medien, bitte glaub mir."

„Du hast mir schon einmal gesagt, wie du über mich denkst. Erinnerst du dich? Und so denkst du immer noch." Er hob eine Hand, in der er den Artikel hielt.

„So stimmt das nicht ganz. Wir haben beide ein

Spiel gespielt. Du mit Karin und ich mit M. D. Jetzt müssen wir die Folgen tragen."

„M. D.?" Adams Gesicht verzerrte sich. „Das ist doch dieser Restaurantkritiker. Was hat der Kritiker mit uns zu tun?" Er trat näher an seinen Sohn heran: „Max?"

„Du gibst dich als Aushilfe aus, um an eine Kritik wie diese zu kommen? Weißt du, was du damit anrichtest? Wegen dir verliere ich das Hotel."

„Was?!" Ihr flehender Blick wechselte zwischen Max und seinem Vater. „Aber das wollte ich nicht. Ich wollte nie eine Kritik über das Hotel schreiben, das musst du mir glauben!"

„Du hast mich die ganze Zeit belogen."

„Das stimmt nicht, ich wollte dir helfen!"

„Helfen?" Ihm blieb der Mund offen, dann riss er den Artikel in Fetzen.

„Ich wusste, dass du das Hotel auf Probe hast, dass dein Vater es verkaufen will. Ich wollte nicht, dass du verlierst, was dir zusteht."

„Was geht dich mein Leben an?" Seine Stimme klirrte.

„Sehr viel. Mein Onkel arbeitet ..."

„Dein Onkel?"

Ihr wurde schwindlig. Sie fühlte, wie der Boden unter ihren Füßen zitterte. „Frederik Lafitte ist mein Onkel. Ich wollte ihm helfen, er hat tägliche Schmerzen. Ich wollte nicht, dass er seinen Job verliert."

Max wandte sich ab wie von einem schneidenden Wind. „Was denkst du von mir? Ich würde doch nie ..."

„Frederik ist Ihr Onkel?“ Adam staunte.

„Es tut mir leid!“ Marie wusste nicht mehr, was sie noch sagen sollte. Sie konnte nichts mehr geraderücken. Das Hotel würde verkauft werden, Freddy würde seinen Job verlieren, und sie würde eine Klage am Hals haben.

Max straffte seine Schultern. Er ließ die Papierfetzen auf Bettinas Schreibtisch fallen, dabei sah er Marie verächtlich an. „Ich hätte Freddy nie entlassen. Er ist wie ein Vater für mich.“

Das Schlagen der Tür, nachdem Max die Redaktion verlassen hatte, war in dem Moment alles, was Marie wahrnahm. Nach einigen Sekunden spürte sie Adams Blick in ihrem Gesicht. „Sie sind M. D.?“ Er musterte sie. „Und Freddys Nichte?“ Sie nickte. „Dann bist du ja die kleine Marie?“

Erneut flossen Tränen über ihre Wangen. „Wenn ich es könnte, würde ich alles rückgängig machen, Herr Lambert.“

„Ich weiß genau, was du meinst“, sagte Adam mit einem Mal fast zärtlich. „Wenn du meinen Sohn liebst, musst du wieder geradebiegen, was du mit dieser Kritik kaputt gemacht hast. Verstehst du?“

57.

Der Kavier unter den Naschereien

„Freddy?! Entschuldige, ich habe dich am Telefon nicht gleich erkannt."

„Schon okay! Hör zu, mein Wagen hat schlapp gemacht. Max erreiche ich nicht, obwohl er mit Adam schon längst zurück sein müsste. Könntest du mich bei Sybille abholen?"

Soeben waren sie noch in der Redaktion gewesen, dachte sie und kritzelte die Wegbeschreibung zu Sybilles Haus auf einen Block.

„Sybille freut sich, dich endlich kennenzulernen. Sie möchte uns zum Abendessen einladen."

„Tut mir leid, aber ich bin wirklich nicht in der ..."

„Lieber einen Kaffee?"

„Das klingt gut."

Wenig später wurde Marie von einer Frau mit weißen Haaren und dem wärmsten Lächeln, das sie je gesehen hatte, empfangen. Sybille bestaunte Marie von allen Seiten. „Freddy, deine Nichte ist wunderhübsch. Das hast du mir nicht verraten!"

„Das ist doch klar, sie kommt schließlich nach mir."

„Hol lieber den Kaffee, bevor dich der Macho überkommt“, lachte sie und bot Marie einen Platz auf der Terrasse an. „Ich wollte mich bei dir bedanken, dass du Freddy und Max unterstützt hast.“

Normalerweise benötigte Marie eine Anlaufphase, aber bei Sybille überkam sie sofort das Gefühl von Vertrautheit.

„Ich liebe es, mit Freddy zu arbeiten, und das Hotel liebe ich auch.“

„Ich habe gehört, du hast mit dem Mietservice verhandelt?“

„Ja, aber das war keine Kunst. Ich kenne den Geschäftsführer von einer früheren Arbeitsstelle.“

„Trotzdem, dass wir die Tisch- und Küchenwäsche zu einem günstigeren Preis gewaschen bekommen, hat mich verblüfft. Und jetzt muss ich es nicht mehr machen.“

„Wie geht es deinem Fuß?“, lenkte Marie ab und deutete auf den Verband.

„Der Doktor ist zufrieden. Ich kann wieder arbeiten. Aber reden wir von dir. Wie geht es dir bei der Zusammenarbeit mit Max?“

„Gut“, mogelte sie, was sie nicht gerne tat, denn Sybille war wirklich nett.

„Er sieht gut aus, findest du nicht?“

„Er sieht nicht schlecht aus.“ Ihre Stimme vibrierte, und sie wich Sybilles Blick aus.

„Ich kenne Max schon von Geburt an. Er war ein echter Lausbub. Hat dir dein Onkel erzählt, dass er als Junge zwei niedliche Hasen bekommen und sie in den Gemüsegarten gelassen hat, damit er sie nicht füttern musste?", plauderte sie drauflos.

Marie riss die Augen auf. „Das ist ja furchtbar. Haben die Hasen etwas übrig gelassen?"

„Kaum", lachte sie auf. „Freddy war damals wütend, dass Max die Tiere in seinem Zimmer versteckt hielt. Er wollte sie ihm wegnehmen." Ihr Lachen war so hell, dass Marie kurz ihre Sorgen vergaß. „Max ist ein netter junger Mann geworden", betonte sie.

„Moment! Das will ich überhört haben", schaltete sich Freddy ein.

Marie grinste über die beiden. Sie erinnerte sich an Max' Leidenschaft, als er ihr im Stall gegenüber gestanden und sie seinen Herzschlag an ihrer Brust gefühlt hatte.

„Aber es stimmt, meine Liebe. Max hat sich entwickelt, seit sein Vater fortgegangen ist. Ich würde sagen, er ist erwachsen geworden."

„Ich muss gestehen, wir hatten keinen guten Start", schoss es plötzlich aus Marie heraus. „Als wir uns das erste Mal begegnet sind, war er ziemlich schroff. Wir haben sofort gestritten. Und das, weil ich Gläser runtergeworfen habe. Unabsichtlich!"

„Seltsam. Ich kenne keinen netteren Mann", murmelte Sybille.

„Ich glaube, du vergisst da jemanden", beklagte Freddy sich und goss den duftenden Kaffee in die Tassen.

„Um ehrlich zu sein, ich denke, Max wollte nie, dass ich bei ihm arbeite."

Sybille und Freddy tauschten fragende Blicke.

„Neulich beim Pferderennen stand ich mit einem Mann zusammen, den ich dort kennengelernt habe. Auf einmal machte er den Mann zur Schnecke.“ Sie schüttelte den Kopf: „Er sagte: ‚Du nimmst dir immer anderer Eigentum!‘ Ich kam mir so billig vor.“

„Kai Makowetz!“, sagten beide gleichzeitig und Maries Augen weiteten sich. Freddy neigte sich zu ihr: „Meine Sybille ist eine Hexe. Du müsstest sie sehen, wenn sie nachts um ihr Feuer tanzt und irische Lieder singt.“

„Du bist ein Witzbold“, tadelte sie ihn. „Es gibt nur einen Menschen, weswegen Max seine Kontrolle verliert, und das ist Kai.“

Freddy nickte und sagte: „Da bist du wieder in eines deiner berüchtigten Fettnäpfchen getreten.“

Wenn es nur eines wäre, dachte sie bei sich.

„Hunderte von Menschen waren bei dem Rennen und ausgerechnet dem Mann begegne ich, den Max am allermeisten verabscheut.“

„Die beiden Männer haben eben guten Geschmack!“

„Ich glaube nicht, dass Maximilian Kai verabscheut, ich vermute, er hat ihm noch nicht verziehen“, warf Sibylle ein. Freddy fuhr fort: „Du musst wissen, Kai und er kennen sich aus dem Sandkasten. Trotz der wiederkehrenden Konflikte ihrer Eltern, wegen des Geschäftes, hielten die Burschen zusammen. Sie waren die besten Freunde. Gingen durch dick und dünn.“

„Was ist passiert?“, fragte Marie.

„Es war vor zweieinhalb Jahren. Max war in Frankreich gewesen, wegen seines Praktikums. Dort lernte er übrigens Jean-Pierre, unseren Koch, kennen. Und als er zurückkam ..."

„Liebling", hielt Sybille ihn an, „ich weiß nicht, ob es Max recht ist, wenn wir über sein Privatleben sprechen."

Freddy legte seine Hand auf ihre und erzählte weiter: „Und als er zurückkam, erfuhr er, dass Kai mit Alice, also seiner Beinahe-Verlobten, geschlafen hatte."

Freddy zuckte mit den Schultern und sagte zu Sybille: „Weshalb soll ich nicht erzählen, was ohnehin alle wissen?"

58.

Französisches Gemüsebett

Als Freddy die Tür öffnete, strömte ein kühler Wind durch das Büro. Vorsichtig trat er auf Max zu. „Tobias war hier. Er hat dich gesucht."

„Was wollte er?"

„Bianca hat heute Nacht das Baby bekommen. Du wirst doch Taufpate, oder?"

Max wischte sich seinen Kummer aus dem Gesicht und nickte.

„Es ist ein Junge."

Freddy glaubte, ein Funken Freude huschte über sein Gesicht. Er hielt Max das *Salzburg Gourmet Magazin* hin. Max nahm die Zeitschrift, warf einen Blick auf die Titelseite und schmiss sie auf die Fensterbank.

„Sonst noch etwas?" Er sah Freddy noch immer nicht an. Stattdessen stierte er auf die Zettelwirtschaft vor sich.

„Es ist ein Artikel darin, den du lesen solltest."

„Versteh mich nicht falsch, aber als ich das letzte Mal etwas von deiner Nichte gelesen habe, sind unsere Buchungen zurückgegangen."

„Hör mir bitte zu.“ Freddy pausierte kurz. „Ich bin dankbar, dass du mich nicht rausgeschmissen hast, dennoch muss ich dir etwas sagen.“

Max verschränkte die Arme vor der Brust. Nun sah er Freddy in die Augen.

„Marie ist für das Schicksal deines Freundes Christian nicht verantwortlich, auch wenn du das gerne glauben würdest. Sie ist für Sybille eingesprungen, als wir uns vor Arbeit nicht retten konnten, und ich weiß nicht, ob ich diese Wochen ohne sie geschafft hätte.“

Max sprang aus seinem Sessel und drückte seine Fingerspitzen in die Tischplatte. „Dann hätte ich eine andere ...“

„Aber nie eine bessere“, schnitt ihm Freddy das Wort ab. „Während der kurzen Zeit, die sie hier war, hat sie dir mehr geholfen, als du zugibst. Die wertvolle Publicity durch die Versöhnung der Rieners und Heinemanns, der neue Vertrag mit der Wäscherei, die vegetarischen Gerichte und auch sonst lief alles reibungslos.“

„So reibungslos wie der Blogeintrag im *Salzburg Gourmet Magazin.*“

„Der Eintrag wurde sofort gelöscht, die Journalistin Bettina Fink ist eine Unbekannte und wahrscheinlich hat ihn kaum jemand gelesen.“

Max kehrte ihm den Rücken zu und blickte wutschnaubend aus dem Fenster.

„Marie hat dich angelogen. Sie hätte M. D. nie ins Spiel bringen dürfen. Ich bin völlig deiner Meinung.

Aber, und das sage ich nicht, weil sie meine Nichte ist, sondern weil du wie mein Sohn bist: Du warst Marie von Anfang an feindlich gesinnt, und ich weiß auch, warum, weil du etwas für sie empfindest. Und dieses Gefühl verdrängst du, anstatt dass du um diese Besonderheit kämpfst. Deine Mutter ist früh gegangen, dafür kann niemand etwas. Alice hat dich betrogen. Aber nicht alle lassen einen im Stich. Es gibt Menschen, denen man vertrauen, und Beziehungen, auf die man bauen kann."

Max wirbelte herum. In seinen Augen schimmerten Tränen. „Du redest aber nicht von deiner Nichte, oder?"

„Lies den Artikel, dann weißt du, wovon ich rede." Er deutete zu dem Magazin auf dem Fenstersims. „Bitte!"

Freddy schloss die Tür. Max beobachtete mit brennenden Augen, wie der Wind die Seiten der Zeitschrift auffächerte. Die Hochglanzfarben leuchteten. Er las seinen Namen in großen Buchstaben, darunter Maries Namen. Die Erinnerung an ihr Gesicht mit dem tiefen Blau ihrer Augen stach ihn in die Brust.

Seit sie nicht mehr im Hotel arbeitete, kämpfte er jeden Morgen mit dem Aufstehen. Täglich fragte er sich, warum er die Hotelleitung übernommen hatte. Er hätte nie unterschreiben sollen. Besser wäre gewesen, sein Vater hätte die Last, unter der er lebte, verkauft.

„... weil du etwas für sie empfindest." Freddys

Worte drängten sich in seinem Kopf. „... dieses Gefühl verdrängst du." Er hatte Recht. Er hatte ihr nie eine Chance gegeben. Hatte sie behandelt wie einen Gegenstand, Inventar. Aber warum? War es wirklich Angst? Er sah ihre Schönheit und die Fröhlichkeit, die sie umgab. Max zog das Gourmetmagazin an sich. Seine Fingerkuppen berührten die Buchstaben ihres Namens. Marie Lipp. Sie besaß dieselben Initialen wie er. Noch etwas, das sie beide verband.

Sein Herz klopfte heftig, als er die ersten Zeilen las.

Salzburg Gourmet Magazin

„Flanieren wie ein Feinspitz"

„Nicht unweit der Festspielstadt Salzburg und direkt am smaragdgrünen Fuschlsee, sorgt das Romantikhotel Lambert seit Generationen für Aufmerksamkeit. Zuerst, weil der Seniorchef Adam Lambert seine Gäste traditionsverbunden verköstigte und dann, weil sein Sohn Maximilian Lambert, infolge der erst kürzlichen Übernahme, den französischen Koch Jean-Pierre Lounge, der in den besten Häusern seines Heimatlandes kochte, zu sich geholt hat.

Das Romantikhotel in dem begnadeten Landstrich des Salzkammerguts ist vor zwei Jahren aufwendig renoviert worden, wobei die Stilepoche der Romantik im Vordergrund blieb. Auch der sagenumwobene Speisesaal wurde renoviert, wobei darauf geachtet wurde, dass sein historischer Charakter nicht verloren ging. Jüngst war er Schauplatz einer hochkarätigen Charityveranstaltung, die Initiator Maximilian Lambert organisiert hatte und zu der viele Politiker und Prominente des Landes gekommen waren. Eine von vielen anwesenden Künstlerinnen war die bekannte Malerin Lilli Fuchshofer. Sie stellte ihre neuen Werke vor. Den Reinerlös dieses Abends spendete Familie Lambert der Krebsforschung.

Die Panorama-Sonnenterrasse gestattet den Gästen einen herrlichen Ausblick auf den See. Mit der Zille über das Wasser zu gleiten oder einfach ein Abend-

spaziergang entlang des Ufers sind nur zwei der vielen Highlights vor den Toren des Romantikhotels Lambert. Ein Juwel in einer gastronomischen Kostbarkeit.

Jean-Pierre Lounge ist ein wahrer Gourmet und kocht eine Art Fusion zwischen Flachgauer Tradition und Haute Cuisine, die seine große Liebe zum Essen widerspiegelt. Beispielsweise die Fuschler Forelle auf französischem Gemüsebett, sie liebkost den Gaumen zahlreicher Gäste. Auch der hausgemachte Apfelstrudel (aus eigenem Obstbestand) und seine Mousse au Chocolat sind herausragende Desserts.

Die Familie Lambert betreibt eine kleine Vinothek mit Weinkeller, was sich in einer durchwegs individuellen, auch mit reiferen Jahrgängen versehenen Weinbegleitung äußert.

Yoga am See, vom Hotel direkt ins glasklare Wasser, eine Joggingrunde auf weichem Waldboden oder völlig relaxed mit einer Prise exklusiver Wellness. In jedem Fall feinste Küche und spannende Weine in persönlicher Atmosphäre zeichnen das Romantikhotel Lambert aus, Salzburgs wahre Adresse für glückliche Momente.“

Marie Dorothea Lipp

59.

Herz ist Trumpf

Max öffnete die gläserne Schwingtür, ging durch den Speisesaal und trat auf die Terrasse hinaus. Die Sonne war in den letzten Tagen schwächer geworden.

Plötzlich stieg in ihm die Frage auf, weshalb sie die Kritik nicht als M. D. veröffentlicht hatte, wie sonst. Er starrte auf das Magazin in seiner Hand und schlug die Seite noch einmal auf. Die Kritik ließ seine Mundwinkel vor Stolz zucken. Dann blätterte er eine Seite weiter und Marie Lipps Foto lächelte ihn an.

Es war derselbe Blick wie beim Rennen. Er stand auf der Tribüne. Als Kai endlich verschwunden war, wollte er die Chance nutzen und zu ihr gehen. Sie lächelte, und er fühlte die Freude. Mit nur einem Wunsch eilte er die Treppe hinunter, Marie den restlichen Tag nicht mehr aus den Augen zu lassen. Wenn er in ihrer Nähe war, spürte er sich wieder. Er war ein Mann, dessen Herz schlug.

Unterhalb von Maries Bild folgte die Antwort auf Max' Frage. Es war ein Interview von Bettina Fink, in dem Marie erklärte, weshalb sie ihren Beruf als Kritikerin beendete.

„Ich höre auf mit dem Versteckspiel", las Max die Überschrift und ihm war, als hörte er ihre Stimme.

„Ich höre auf mit dem Versteckspiel", klang es an seinem Ohr. Max fuhr herum. „Marie?"

Sie stand plötzlich vor ihm, abwartend. Sofort spürte er den Impuls, sie zu umarmen.

„Es tut mir alles schrecklich leid", begann sie schließlich.

„Nein, mir tut es leid." Die Worte kamen über seine Lippen, ohne dass er nachdachte. „Ich hätte ..."

„Darf ich zuerst?", unterbrach sie ihn.

Er nickte heftig.

„Als wir nach Salzburg gefahren sind, zum Rennen, habe ich mich auf den Tag mit dir gefreut. Ich war so glücklich, weil wir uns zum ersten Mal nicht gestritten haben. Dann ist etwas passiert, von dem ich nichts wusste. Als Nächstes warst du so wütend. Auf Kai und auf mich. Wieder wusste ich nicht, was los war. Und dann hast du mich geküsst. Und ich habe dich geküsst. Es hat mir etwas bedeutet. Und dann ..."

„Marie", sein Herz pochte schneller. „Ich kenne den Rest und es tut mir leid. Ich habe von Anfang an falsch reagiert."

Sie lachte befreit auf. Ihre Anwesenheit machte ihn weich und stark gleichzeitig.

„Es gibt noch etwas, das ich dir sagen muss."

„Heute müssen wir uns alles sagen, Marie."

„Ich bin nicht alleine ins Hotel gefahren“, begann sie. „Hans-Georg Balke hatte die Suite gebucht. Wir wollten hier Urlaub machen. Wie sich schnell herausstellte, war unsere Beziehung längst zu Ende.“

„Ist sein Bild in deinem Medaillon?“

Sie schüttelte den Kopf: „Es ist leer.“

Ein Gefühl der Erleichterung überkam ihn.

„Dann komm’ ich jetzt dran.“ Max machte einen kleinen Schritt zurück. „Ich habe Karin geküsst.“

„Das habe ich gesehen.“

„Ich weiß. Ich habe Albert beauftragt, dass er dich in den Weinkeller schickt. Ich wollte mich rächen.“

Ihr Blick zuckte zwischen seinen Augen hin und her.

„Als du davongerannt bist, hätte ich mich ohrfeigen können, denn in Wahrheit wollte ich dich küssen.“

„Woher wusstest du, dass ich ...“

„Dass du M. D. bist?“

„Ja.“

Er rieb sich am Nacken: „Kai.“

Eine Falte zog sich über ihre Stirn, als sie ihm erzählte: „Kai hat mir ein Jobangebot gemacht. Er hoffte, dass du mich rausschmeißt, damit ich bei ihm anfange.“

„Ich fürchte, das Golfhotel hat schon jemand Neuen.“

Marie legte ihren Kopf schräg.

„Anette ist zu ihm rübergewechselt.“

Sie lächelte, als hätte sie es erraten.

„Willst du mich denn noch als deine Angestellte?

Ich bin nämlich auf der Suche nach einem Job, und bevor ich mich beim Arbeitsamt melde, dachte ich, …"

Max griff nach ihren Händen und verschränkte seine Finger in den ihren. Es war, als würde Elektrizität von Marie ausgehen. Er atmete tief und sein Körper bebte, als er näher kam. Beim Duft ihrer Haare stieß er einen erschöpften Laut aus.

„Marie", flüsterte er und ihre warmen Lippen waren sein einziger Wunsch. „An dem Tag, an dem meine Mutter beerdigt wurde, habe ich der Welt geschworen, nie mehr mein Zimmer zu verlassen." Er strich mit seinen Daumen über ihren Handrücken. „Vier Wochen hielt ich es durch." Er studierte die Fältchen um ihre Mundwinkel. „Ich kämpfte bald gegen meinen Entschluss. Ich wollte hinaus aus meinem Zimmer. Zu dem Mädchen, mit dem frechen Lachen, das ihrem Onkel so eifrig im Blumengarten half."

Tränen stiegen in Maries Augen. Sein Geständnis erfüllte sie mit süßem Schmerz.

„Das Mädchen warst du", flüsterte er und sein Blick drang tief in sie. „Ja, ich will dich, Marie! Mehr als dir lieb sein wird." Max presste seine Lippen auf ihre. Seine Leidenschaft ließ alles in Vergessenheit geraten. Der Wunsch, Marie Lipp endlich kennenzulernen und jede Faser ihres Körpers zu erforschen, durchströmte ihn wie eine Droge.

Dann lehnte Max seine Stirn an ihre. Er fühlte sich leicht und schwer gleichzeitig. „Ich dachte, nie mehr für jemanden etwas empfinden zu können.

Bis du kamst. Du hast mich zur Weißglut gebracht, ich habe dich dafür gehasst, dass du Gefühle in mir wachgerüttelt hast, die ich beerdigt hatte. Ich wollte nie wieder jemandem nahe sein."

„Und jetzt? Kannst du mir verzeihen?"

„Jetzt stehe ich vor dir und fühle mich erstmals frei. Du hast mich zum Leben erweckt, Marie. Ich erkenne, was richtig ist und was mich nicht mehr kümmert. Als wäre ein Traum Wirklichkeit geworden, übermannt mich das Gefühl, das ich seit der ersten Sekunde hatte, als ich dich im Speisesaal entdeckt habe. Heute weiß ich, dass ich das Mädchen in dir von der ersten Minute an erkannt und geliebt habe."